不娶閒妻 上

風 文創 758

安小雅 著

目錄

自序

安小雅

起初在設定這個故事時，是源於道家思想中的「不爭」二字。天之道，不爭而善勝，為人處世之道又何嘗不是？

如果一個才情出眾之人，一心貪戀名利，好爭高下，那他的結局會是如何？若他不求聞達，只利用自己的才學去做一些有意義的事，結局又將如何？《不娶閒妻》的女主角舒清淺便是誕生於這一設想之下。

上一世的舒清淺恃才傲物，凡事都想要與之一爭，然而世間萬物皆講究因果緣分，舒清淺種下了這貪、嗔、癡的因，必將結下悲劇的果。待她放下執念重活一世，心境轉變了，身旁的人、事、物便都會隨之變化。

舒清淺還是以前的舒清淺，唯一改變的是她自己的心態。

當她執著於名聲，張揚地想要表現自己時，反而一無所得，聲名掃地；當她放下這些虛名，只願替百姓做些實事時，不但名滿天下，還順利收穫了男神的青睞。

現實生活亦是如此，越是癡迷貪戀某物，便越容易迷失自我，一無所獲；只有以積極健康的心態面對生活，那些屬於自己的幸運才會悄然而至。我所理解的「不爭」便是此意。

而此文的男主角章昊霖，是一個女孩們心目中的完美男神。他擁有高貴的出生、強大的母族、知心的好友、忠誠的下屬，還有俊朗的外貌與受人喜愛的個性。他溫和內斂，時刻都能給身邊的親人帶來安全感；他運籌帷幄，決勝千里，卻依舊能淡然地對待所有人與事；他更是從不吝嗇自己對於舒清淺的愛與尊重，他是舒清淺生命中最耀眼的日光。

章昊霖之於舒清淺，是她所愛慕之人，亦是她的良師益友，他二人之間的感情就像一壺好酒，初嚐之下淡然爽口，細細品來盡是濃烈醇厚的滋味。

舒清淺懂他、戀他，並毫無保留地支持他；章昊霖愛她、寵她，更能平等地尊重她。他們比肩同行，相互信任，世間美好的情愛大抵如斯。

最後，我希望《不娶閒妻》這個故事在給讀者帶來休閒消遣的同時，還能讓讀者與主角一般放下執念，過好每一天，更希望所有讀者都可以收穫完美的愛情。

第一章　重生

南安寺後山小院內，舒清淺癡癡地坐在石凳上發呆。看著枯黃的樹葉從枝頭落下，她只覺胸口被壓得喘不上氣。

不遠處傳來一陣聲響，是靴子踩在枯葉上發出的「嘎吱」聲。

舒清淺緩緩抬頭望去，看清來人後張了張嘴，卻沒有發出聲音。

那是舒清淺來到這兒三個多月裡的唯一一位訪客。身材瘦削的男子一身灰色長袍，深陷的眼窩裡布滿血絲。

男子走到舒清淺跟前站定，看著她蒼白呆滯的表情，長嘆一口氣，開口喚了一聲。「小妹。」

這一聲把舒清淺神遊在外的思緒給喚了回來，她僵硬的面容上擠出一個艱難的笑容，出聲喚道：「大哥，你來了……」聲音卻因太長時間沒有開口，而變得有些嘶啞。

舒辰瑾在另一張石凳上坐下，想起舒清淺過去的靈動聰慧，再看看眼前低頭不語、毫無生氣的人兒，原本心中的憤怒與怨恨，瞬間都化成了無奈與心酸，只輕聲道：「辰瑜今日出發去邊關。」

聞言舒清淺的手指微不可見地顫抖了一下，原本就低垂著的腦袋幾乎要埋進肩膀，良久才艱澀地開口。「我沒臉見二哥。」

「小妹……」舒辰瑾伸手拍了拍舒清淺顫抖的肩頭。「知道錯了就回家吧！菡萏已經不在了，如今辰瑜這一去邊關也是歸期無望，爹娘只剩下妳與我二人了。」

聞言舒清淺終於抬起了頭，蒼白的臉上已是淚流滿面，羞愧懊惱中夾雜著後悔與不堪。「大哥，我錯了，我真的知道錯了！可我害死了姊姊，又害得二哥被發配邊關，好好一個舒家被我折騰得家破人亡。我想回家，但我真的沒有臉面去見爹娘……」

舒辰瑾看著舒清淺眼中的絕望，心中只覺悲涼。「小妹，早知今日，何必當初？」

舒清淺抹乾眼淚，起身朝舒辰瑾行了一個大禮。「清淺罪孽深重，自覺無顏回家侍奉父母，只願在這南安寺內吃齋念佛，為父母與兄長誦經祈福，還望大哥代為盡孝，成全清淺。」

舒辰瑾苦笑著，伸手扶起舒清淺。「罷了，事已至此，我也不強求。妳自己保重。」

舒清淺看著大哥離開的背影，屈膝朝著舒家的方向磕了三個頭。

父親、母親：清淺不孝，舒家的恩情，清淺來世再報。

三日後，當小尼姑領著靜安師父趕到後山小院時，舒清淺已經因心絞痛臥床不起，奄奄一息。

靜安師父在舒清淺床前坐下，柔聲安慰道：「舒小姐，大夫已經在路上了。」

舒清淺痛苦地搖了搖頭。「靜安師父，我作惡太多，如今大限已至，也是解脫。」

靜安師父伸手捏了捏舒清淺冰涼的手心，千言萬語只化為一聲佛號。「阿彌陀佛。」

舒清淺的意識已經有點模糊，她雙目微合，嘴裡喃喃自語。「我出身相府，從小備受寵愛，本應一世無憂，卻因妄念過重，一心求名圖利，好與人爭，最後不但一無所獲，還背負一身罵名，甚至害死了家姊、連累了父兄……」言至此，她已然泣不成聲。

「舒小姐本是聰慧靈性之人，若能早日放下執念，定能身居高位，造福百姓。」靜安師父嘆息道。

世間之人多為貪、嗔、癡所累，而忘乎本心，可誰又知唯有不貪、不嗔、不癡，方能化解煩惱，成其所願。

舒清淺本以為自己再次睜眼，會是無邊地獄，孰料鼻尖竟傳來了熟悉的檀香，緩緩睜開眼後，落入眼底的是一間乾淨簡潔的寮房。

她猛然坐起，難道自己沒死？可那一日瀕死的感覺又是如此真實……

就在舒清淺坐在床上發愣之際，寮房的門被推開，一位身穿鵝黃衣裙的少女走了進來，見舒清淺坐在床上，便笑道：「妳睡醒啦？母親已經和靜安師父說完話了，讓我過來找妳呢。」

舒清淺愣愣地看著眼前美麗的少女，眼淚突然不受控制地湧了出來。

她這舉動把黃衣少女驚了一跳，急忙走到床邊查看，並關切道：「怎麼突然哭了？」

舒清淺抽著鼻子，一把抱住來人。「姊姊……」

黃衣少女正是舒清淺的親姊姊舒菡萏。

舒菡萏順勢拍著舒清淺的背，柔聲安慰。「怎麼了？姊姊在呢。」

舒清淺好不容易才止住哭泣，她抱著舒菡萏，鼻音濃重地道：「我作噩夢了。姊姊，還能再見到妳真好。」

「說什麼傻話呢？」舒菡萏笑著拿出一塊鵝黃色手帕，遞給舒清淺。「快把臉擦一擦，母親還在前院等我們呢。」

舒清淺接過舒菡萏的手帕，嗅著手帕上舒菡萏慣用的桂花香味，她一邊擦著眼淚，一邊忍不住笑了起來。

原來她不是沒死，而是重生回到了過去，回到五年前自己才十七歲的這一年，回到那些讓自己後悔、懊惱的事都尚未發生的一年。

她難掩心中的喜悅，笑嘻嘻地把手帕遞還給姊姊。

舒菡萏戳了戳舒清淺被擦得紅紅的臉，取笑道：「明年妳就要行成人禮了，怎麼還像個孩子一樣，一會兒哭，一會兒笑的，傳出去也不怕人家笑話。」

本朝年輕男女在年滿十八歲之時，會由家族中名望較高的長輩替其行「成人禮」，成人禮過後便可娶妻、嫁人。

舒清淺親暱地挽住舒菡萏。「我才不怕人家笑話呢，姊姊妳別笑話我就成。」

姊妹二人說說笑笑地來到前院佛堂，正好瞧見靜安師父送母親出來。

舒夫人見小女兒過來了，便招招手道：「清淺，快過來向師父問安。」

舒清淺一看見靜安師父，便憶起前世最後那數月，自己有家難回，是靜安師父不畏流言收留了自己。如今重活一世，看著靜安師父慈祥的目光，她心中百感交集，雙手合十，深深地朝靜安師父行了一禮。「靜安師父好。」

靜安師父笑意盈盈地看著舒清淺，緩緩點了點頭道：「舒二小姐是聰慧靈性之人，日後定能身居高位，造福百姓。」

聞言，舒清淺有些錯愕地看向靜安師父，卻未能從靜安師父沈靜善意的眼神中看出任何不妥。最後，她回以微微一笑，合手作揖。「多謝師父指點。」

這一世，她絕對不會再被私慾蒙蔽心智，只願安安穩穩在家孝敬父母、兄長，利用自己現有的能力，多行一些善事。

告別了靜安師父，舒菡萏和舒清淺陪著舒夫人一起下山。

舒清淺看著寺門外來來往往的人群，感受著久違的煙火之氣，心情頗佳。

「前面這位小姐，等等！」身後傳來一個聲音，舒清淺回頭，在看清來人後，立刻沒了剛剛的好心情。

舒菡萏也跟著回頭，見是一位不認識的公子，正欲開口，舒清淺卻搶先一步擋在舒菡萏身前，板著臉冷冷地問：「有什麼事？」

青衣公子朝舒菡萏和舒清淺行了一禮，伸手遞過一方手帕，貌似有禮地詢問道：「剛剛在二位小姐身後撿到一方手帕，不知是否為二位小姐所遺落的？」

鵝黃色的手帕，正是剛剛舒菡萏遞給舒清淺擦臉的那一塊。

舒清淺伸手拿過手帕，面無表情地道：「是我的，多謝。」說完，她便拉著舒菡萏快步離去。

青衣男子盯著二人離去的背影細細打量，此時男子身旁的一個小廝憤憤地道：「公子，那個粉衣姑娘真討厭。」剛剛小廝得了自家公子授意，明明是從黃衫姑娘腰間偷偷拽下的手帕，原本公子定能與那位漂亮的黃衫姑娘搭上話，沒想到一旁的粉衣姑娘竟這般不識趣。

青衣男子直至舒菡萏與舒清淺的身影消失在人群裡，才收回目光，伸手敲了敲小廝的腦袋，嗅了嗅指尖殘留的桂花香氣，嘖嘖嘆道：「京城第一美人果然名不虛傳。」說完，便抬腳向前走去。

「京城第一美人？」小廝急忙跟上。「那黃衫女子便是左相家的舒大小姐？」

另一側，舒清淺嫌棄地拎著手帕道：「回去讓人好好洗洗。」

舒菡萏不解。「小妹，剛剛那人是誰？與妳有過節？」

舒清淺撇了撇嘴，何止是過節！

剛剛那人是靜平伯府的世子王玨，一個不學無術、虛有其表的紈褲子弟。上一世他貪戀舒菡萏的美色，不自量力地上門提親，舒清淺卻是打從心眼底裡看不上他，因而在某次與貴女們的聚會中，舒清淺肆無忌憚地直言王玨無才無德、不學無術，想娶她家姊姊，簡直就是癩蛤蟆想吃天鵝肉。

不料此話被有心人傳出，王玨與靜平伯府不堪受辱，便派人四處散播舒清淺心胸狹隘，嫉妒親姊美貌，從中作梗，破壞姊姊姻緣，實乃心思惡毒。謠言一起，三人成虎，舒清淺一個未出閣的姑娘，名聲也被毀得差不多了，此後這件事更是拉開了舒清淺名聲掃地的序幕。

舒清淺雖然承認自己上一世口無遮攔地當眾貶損王玨，並不是什麼厚道的行為，但這也無法抹去王玨此人人品之差、德行之低的事實。這一世，舒清淺絕不會讓姊姊再被這種好色之徒給糾纏上。

「瞧那人賊眉鼠眼的模樣，一看就不是什麼好人。」舒清淺拉著舒菡萏，語重心長道：「姊姊，妳以後要是再碰到這種好色之徒，千萬不要搭理，知道嗎？」

舒菡萏被舒清淺一本正經的樣子逗笑了，於是一邊拉著舒清淺上馬車，一邊道：「我知道了，謝謝小妹。」

馬車內，舒夫人已經坐下，舒菡萏和舒清淺在舒夫人的另一側坐定後，馬車便緩緩駛離了南安寺。

舒夫人見舒清淺捏著舒菡萏的帕子放在一旁，不解地問：「清淺，這不是妳姊姊的帕子嗎？」

舒清淺皺了皺鼻子道：「娘，剛剛下山時遇到一個登徒子撿了姊姊的帕子，這帕子回去一定要讓人好好洗乾淨才行。」

舒夫人聞言一驚，急忙拉過舒菡萏問：「可有被輕薄？」

「娘，您別緊張。」舒菡萏無奈，拍了拍母親的手。「我方才連一句話都沒說呢。」一旁的舒清淺得意地道：「只要有我在，那些登徒子都別想靠近姊姊。」

舒夫人雖然鬆了一口氣，卻依然發愁道：「菡萏，妳生得標致，今年也已經十九了，還是要早點尋個好婆家才是，免得總被外面那些不三不四的人瞎惦記著。」

見母親把話題轉移到姊姊的終身大事上，舒清淺只能偷偷地朝姊姊吐了吐舌頭。

——姊姊，這事我可幫不了妳啦。

舒夫人拉著舒菡萏繼續嘮叨。「從妳成人禮之後，來咱們家提親的人就沒斷過。可咱們家雖說不是什麼豪門世族，但妳爹好歹是當朝左相，妳又生得漂亮，那些來提親的人家，對妳能夠有幾分真情實意呢？」舒夫人說著，竟越發擔心起來。「也不是一定要尋個多富貴的人家，娘就是捨不得妳以後嫁到別人家受苦。」

舒夫人說著，幾欲落淚，向來寡言的舒菡萏只得一面輕拍著母親的手安撫，一面朝能說會道的小妹投去求助的目光。

「娘，您就不要杞人憂天了。」舒清淺見狀，馬上開口阻止母親沈浸在自己的世界中。

「姊姊這麼漂亮，咱們家風又清正，這京城之中少說也有百八十位公子想求娶姊姊呢！就這樣您還要愁，那些普通人家的女兒不就得尋死覓活了？」

舒清淺一開口，舒夫人的注意力便轉移到小女兒身上。「妳也不小了，還整天和孩子一樣上躥下跳的。多學學妳姊姊，在家看看書、作作畫，別一天到晚想著出去亂晃。」

舒清淺默默遞給姊姊一個眼神，她這下子可是把火引到自己身上來了。

舒菡萏掩嘴輕笑，總覺得小妹今日尤為可愛。

母女三人說說鬧鬧，很快便回到了左相府。

馬車在府門口停好，舒清淺率先下了馬車，看著熟悉的左相府，恍若隔世。

——真好，還能回家。

舒夫人一邊進門，一邊詢問旁邊的管家。「老爺和大少爺回來了嗎？」

管家回道：「老爺剛剛託人帶了口信，說今日要留在宮中議事，晚些才回來。」管家左福是個圓潤的胖子，平日裡說話總是一臉笑意，很是討喜。「大少爺剛從別莊接了大少夫人回來，如今在後院呢。」

「問雪也回來了呀。」舒夫人笑咪咪對兩個女兒道：「正好今兒個給問雪求了個護身符，妳們兩個隨我去後院看看妳們的嫂子吧。」

後院，舒家大少爺舒辰瑾正陪著妻子散步。

舒清淺遠遠地便朝二人打招呼。「大哥、大嫂！」

「問雪，最近身子好一些了嗎？」走近後，舒夫人立即關切地詢問兒媳婦的身體狀況。

梁問雪前兩個月因為剛剛有孕，身子有些不適，大夫建議送去安靜的地方好好休養，於是便去了郊外風景秀麗的別莊調養至今。

梁問雪淺淺一笑。「多謝母親關心，現在胃口已經好很多了。」

舒清淺好奇地看著梁問雪的肚子。「大嫂，妳懷胎幾個月了？肚子怎麼這麼大？」

聞言梁問雪和丈夫相視一笑，隨後舒辰瑾難得好心情地開口道：「我剛好有一個好消息要告訴妳們呢！」舒辰瑾先扶妻子在圓凳上坐下，才接著道：「大夫今日來為問雪診脈，探出問雪腹中懷的是雙生子，所以前兩個月身子才會如此不適。」

舒夫人聞言大喜。「真的？」

「恭喜大哥、大嫂。」舒菡萏一邊道喜，一邊從手中的布兜裡取出一個香囊和護身符。「大嫂，這護身符是娘今日去南安寺上香，特意為妳和腹中胎兒求的。另外這個香囊是我問過大夫之後才縫製的，裡面都是些安胎的草藥。」

梁問雪收好護身符和香囊，感謝道：「多謝娘和妹妹。」

舒清淺則在一旁笑咪咪地吃著大嫂遞過來的糕點。

上一世她把全部的心思都放在自己身上，對這個出生書香門第、和自己沒有太多牽連的柔弱大嫂，舒清淺從未真正上心過。如今她重活一世，心態早已轉變，對待梁問雪這個大嫂自然多了一分真心。

看著一家人有說有笑、和樂融融的模樣，舒清淺已經很久沒有感受到這種來自親人之間真切的關懷了。

她心中暗自搖頭自嘲，真不知道自己上輩子為何會如此執著於那些身外之物，還親手毀掉自己原本所擁有的一切……

第二章　獻策

次日一大早，舒夫人娘家鎮北將軍府的表小姐林柔月，便來左相府尋舒清淺一同去郊外策馬踏青。

林柔月與舒清淺年紀相仿，性格也最為相似，兩人從小就經常玩在一起。

舒清淺換上一身輕便的騎裝，束起高高的髮髻，一身俐落打扮使她褪去少女的青澀，多了一分少年郎的英氣。她牽過自己慣騎的馬，上馬揮鞭，隨著林柔月一同朝郊外馬場騎去。

在城中，兩人不敢讓馬兒跑得太快，只是並排慢慢地騎著，直至人煙稀少的北城門口，才打算揮鞭提速。不料對面竟疾馳而來一人一馬，幸而舒清淺和林柔月閃躲及時，才沒有讓自己身下的馬兒受驚。

舒清淺看著那人漸漸遠去的身影，一時間有些愣怔，雖然剛剛僅一瞥，但她絕對不會認錯，那人正是當朝三皇子章昊霖。

上一世舒清淺癡戀了他整整三年，未及向他表露心意，舒清淺便親耳聽到章昊霖對她的評價——「此女貪圖虛名，好大喜功，絕非良配。」

思及前世，舒清淺承認章昊霖對她的評價句句屬實，但依舊難掩心中單戀多年、求而不得的苦澀。罷了，重活一世，對於三皇子這種天之驕子，她還是早些放下為好。

「那人是誰呀？」林柔月探究地看著章昊霖離去的背影，疑惑道：「是有什麼要緊事，非得在城中策馬狂馳呢？」

舒清淺搖了搖頭，道：「怕是真有什麼急事吧。」

兩人說話間，又有十餘人策馬進城，速度雖比不上之前那人，但也不慢。

一旁的林柔月看著那十餘人，若有所思道：「我就說之前那人的身影看著有些眼熟呢，原來三皇子真的回京了。」

舒清淺不解地問道：「妳怎知是三皇子？」

「後面那十餘人可都是皇家侍衛的打扮。」林柔月邊說邊拉動轠繩，讓馬兒繼續走，舒清淺亦跟上緩行。

林柔月繼續道：「我聽大哥說，三皇子上個月親自請命去安縣賑災，行事果決，雷厲風行，不過短短一個多月間，事半功倍，得到朝堂內外一片讚許。但不知為何陛下卻突然下旨命三皇子回京，三皇子以災情緊要為由，竟抗旨未歸，氣得陛下又連夜下了第二道旨意命他立刻返京。」林柔月朝章昊霖離去的方向努了努嘴。「妳看這還不是回來了？估計三皇子這次得受罰。」

聽完事情的經過，舒清淺心中雖為三皇子感到大大地不平，但嘴上也只道了一句「君心難測」，便再無他言。

那頭章昊霖被明德帝以兩道聖旨急召回京後，第一時間便來到宮中求見明德帝，一來為了請罪，二來欲稟明安縣災情之重，關鍵時期實在不能無人掌管賑災之事。

誰料皇帝既沒有像預料中那般暴怒並重責於三皇子，亦沒有同意三皇子繼續去安縣賑災，只是找了個歸京不及時的由頭，不輕不重地罰三皇子在府中自省，禁足半月。

章昊霖從承陽宮出來後，一直靜候在殿外的貼身侍衛石印隨即跟上，用只有他們二人才能聽到的聲音彙報道：「殿下，此事乃二皇子散播謠言，說您在安縣時過於專權獨斷，以致災民和地方官員都把您的命令排在陛下的旨意之前。陛下恐怕是擔心您功高蓋主，才有了這一齣急召回京。」

章昊霖聞言，不禁冷笑道：「父皇向來多疑，怎會不知安縣災情之重？可無奈這數萬災民在父皇心中，竟抵不過那些莫須有的謠言！」

石印隨著三殿下在安縣待了一個多月，親眼目睹殿下為了災民殫精竭慮，不眠不休。如今賑災一事正在緊要關頭，陛下卻這般糊塗地把殿下召回京中，石印心中難免有些為自家主子抱不平。

章昊霖思索片刻後道：「去給左相大人送一封信，就說我今夜亥時將上門拜訪。」雖然父皇不讓他再插手安縣賑災事宜，但他卻無法放下安縣這麼多的災民不管，至少他得安排一個自己信得過的官員前去主事。

「屬下明白。」石印躬身回道。

左相府的書房內，左相舒遠山和舒辰瑾正在談論安縣的災情。

「爹，之前和三皇子一起被派往安縣的戶部官員，今日也已回京。聽說三皇子一早抵達京城，便直接去了宮中。」舒辰瑾若有所思道：「安縣這一次災情嚴重，僅靠三皇子這短短月餘的雷厲風行，遠不能徹底解決問題。」

「陛下心中怕是也清楚這一點。之所以召回三殿下，多半只是為了將人拴在自己的眼皮子底下，求個心安。」舒遠山無奈地搖搖頭。陛下這兩年許是年紀大了，再加上太子的性子又過於溫和，竟越發忌憚起其餘幾個皇子了。「三殿下雖然之前抗旨未歸，我猜陛下也不會重罰他，只會將他留在京中，再另派人去安縣繼續賑災。」

「爹——」舒辰瑾正欲開口，卻被舒遠山揮手打斷。

「我知道你想說什麼。你在戶部任職，咱們家又向來中立，不依附於任何一個皇子，你若請命要去安縣賑災，陛下定會同意。」舒遠山道：「但安縣此次災情不比往常，災情範圍廣泛，災民人數眾多，再加上安縣的富人不少，貧富懸殊，稍有不慎很容易就會激發矛盾，引火上身。」

舒辰瑾點頭同意父親所言，卻也堅持道：「現在有了三皇子在前，定沒有人會主動請命去安縣賑災。若陛下指派幾個膽小怕事的前去，安縣這麼多災民該怎麼辦？」舒辰瑾繼續說道：「我知道這是個吃力不討好的差事，但當年我入仕時，您便告訴過我，咱們舒家只能有一心為民的好官，兒子不敢忘。」

舒遠山聞言，久久未開口，良久才撫鬚笑道：「好！不愧是我舒遠山的兒子。」

就在父子二人在書房暢談的時候，一道黑影消失在舒家書房的屋頂。

三皇子府中，章昊霖正在書房閉門看書。見石印敲門進來，他放下書看向石印。「如何？」

石印如實將在舒家書房屋頂偷聽到的對話告知三皇子，隨後道：「屬下想了想，便沒有將殿下的信件交給左相大人，決定還是先回來稟報殿下再說。」

聞言，三皇子倒是沒有太多的意外，只道：「左相大人為官正直，家風清正，舒辰瑾會主動請命，也在意料之中。」三皇子重新拿起書。「既如此，那我便可以安心在家閉門思過了。」

次日早朝，當舒辰瑾主動請命接手安縣賑災事宜時，明德帝立刻點頭同意，當時便下旨封舒辰瑾為欽差大臣，並撥下一大筆賑災款項與糧食，令他次日啟程，全力賑災。

左相府內，舒夫人在得知舒辰瑾要去安縣賑災後，倒也沒有反對，只是拉著大兒子的手不停地囑咐。「辰瑾啊，你去了安縣一定要保重自己，萬一有什麼矛盾啊、衝突啊，你一個文人千萬別趕在前頭，得讓那些武將去處理。」舒夫人伸手拉過梁問雪，將兒子和兒媳的手疊在一起。「遇事一定要多想想你媳婦和她肚子裡的兩個孩子，知道嗎？」

舒辰瑾向母親保證道：「娘，您放心，我會注意的。」隨後目光落在亦是一臉擔憂的妻子身上，繼續道：「娘，我不在的這些時日，問雪還得煩勞您多上心。」

舒夫人點頭應承。「我會好好照顧問雪的，你不用擔心。」

一旁的舒清淺看著大哥，心思卻飛到了千里之外。

昨日她從林柔月那裡得知安縣災情有多嚴重後，回來立刻查閱了不少位處吳中地區的安縣之風土人情，結合她從書中所學到的知識，舒清淺腦中已形成一種全新的賑災方式。

與姊姊舒菡萏喜愛經典著作不同，舒清淺更偏愛推演、兵書、農工等「雜書」。舒清淺聰慧機敏，又能將此類書中所言，運用到現實之中，舉一反三地解決問題，這也是上一世舒清淺自視甚高的原因之一。

昨夜念頭一起，舒清淺輾轉難眠，甚至準備將她的想法告知父親，再透過父親傳達給賑災官員知曉，誰料現在大哥竟成了要前去安縣賑災的欽差大臣。

舒清淺深覺天時地利人和，如今只需要設法，偷偷地和大哥一同前往安縣即可。

從京城到安縣，快馬加鞭至少也要兩天的工夫。舒辰瑾擔心耽誤災情，所以第二日天一亮，便帶上十餘個隨從，出發前往安縣。

舒辰瑾出發後兩個時辰，舒清淺也大包小包地上了馬車，用的理由是林柔月邀請她去將軍府小住一段時日，舒夫人知道兩人感情好，自然是同意的。

馬車裡，林柔月一臉糾結與懊惱。「妳說我怎麼就同意了幫妳欺瞞姑母，助妳去安縣呢？」林柔月越想越擔心。「怎麼辦？過幾天若是被姑母發現了，定得天下大亂！」

順利出了家門的舒清淺心情大好，林柔月的唉聲嘆氣完全沒有影響到她。「月月，妳放心，我娘現在一心看顧我大嫂，沒時間管我的。」

「罷了、罷了。」林柔月自知已上了賊船，多抱怨也無用，便伸手去幫舒清淺拆髮髻、束頭髮。「快把男裝換上。妳約的那家鏢局可靠嗎？」

舒清淺快手快腳地換上一身黑色男裝。「管他可不可靠，反正只圖他們順路搭個伴，出門在外還是得靠自己。」她一邊說，一邊從包袱裡拿出一把彎刀，掛在腰間。「妳忘了我從小可是和我二哥一起在妳爹手底下習過武的，妳爹還說我練得比我二哥好呢！」

林柔月幫舒清淺束好男子的髮髻後，心裡還是十分擔憂，叮囑道：「清淺，妳是女子，若遇上什麼事情，肯定比較吃虧，妳一定要保護好自己。」

「放心。」舒清淺重新收拾好包袱。「除了給鏢頭足夠的銀錢，我還另外給鏢隊中其他幾個帶頭的塞過好處，讓他們多多關照。再說也就三、四天的路程，不會有事的。」

說話間，馬車已經快到鏢局了。

舒清淺伸手戳了戳林柔月憂心忡忡的臉。「高興一點！妳要想我這次去，可是為了救助那些可憐的災民們，怎麼也算是功德一件，對不對？」

馬車穩穩地停在鏢局門口，鏢隊已經整裝待發了。林柔月只能看著舒清淺和鏢隊一起揚長而去的背影，默默地為舒清淺祈願一切順利。

由於鏢隊的速度比舒辰瑾那一隊人的速度要慢了不少，所以舒清淺比舒辰瑾晚了整整兩天才到達安縣。

雖然舒清淺在來安縣之前，已經做好足夠的心理準備，可當看到城外乾涸田間的無數餓殍與城內面黃肌瘦、滿臉死氣的災民，她還是受到極大的震撼。原來天災真的如此恐怖！

她瞧見官府設置的賑災棚裡，雖然已經安排不少人手分發米粥，卻怎麼也滿足不了源源不斷的災民。

她沒有急著去官府找她大哥，而是沿著安縣的街道慢慢地行走，一路細細地觀察，偶爾與一、兩個抱著小孩的婦女攀談，直到傍晚時分才去往衙門。

舒清淺在衙門口被守衛攔下，她沒有說明自己的身分，只道：「去和你們知府還有欽差大臣說，我是來獻計的，我有解決安縣災情的法子。」

守衛狐疑地打量了眼前的人一番，卻不敢有所怠慢，回道：「稍等，我進去通報。」說完便飛快地跑進衙門裡。

片刻後，守衛出來傳話。「你跟我進來，欽差大人和知府大人在前廳等你。」

舒清淺跟著守衛來到前廳，只見她大哥和另一位中年男子正坐在裡面。

舒辰瑾沒想到守衛說要獻策的人，竟是他本應在京城的妹妹，向來淡定的他也不禁被眼前人鬧得一時有些回不過神。

知府見舒辰瑾不說話，便先開口道：「小兄弟，你說你有賑災之策？」

舒清淺點頭。「知府大人，學生確有一法。」

知府示意舒清淺繼續說。

舒清淺道：「自古遇到饑荒災禍，賑災時都是由官府撥糧、撥款，災民則是被動地接收米糧。然此次安縣大災，涉及人數和範圍都過大，一來官府沒有這麼多米糧可賑濟，二來更是滿足不了災民的需求，所以此法在目前而言，效率過低，且難解根本。」

舒清淺偷偷地看了眼大哥，發現大哥已從最初的驚訝中回過神來，正在認真地聽自己所言，於是繼續道：「據學生所知，吳中地區的鄉紳、富豪們都喜愛修建園林，且吳中廟宇眾多。學生便想，與其等著官府救濟，不如讓百姓們自救。」

「百姓自救？」舒辰瑾從舒清淺這三言兩語間，已經有些猜到小妹的想法，他指了指一旁的凳子道：「坐下，說得詳細一些。」

舒清淺依言入座。「饑荒時期，勞工廉價，甚至只須一日三餐，便可僱到工人，因此官府可發文鼓勵吳中周邊的鄉紳、富豪與寺廟，於此時大興土木，修建園林廟宇。如此一來，富人們僱到了廉價勞工，寺廟也能尋到眾多工人，大部分災民們更是得以解決饑荒問題，一舉多得，最後便只剩下老弱的災民還需要由官府發糧救濟，如此就容易得多了。」

一旁的知府聞言早已坐不住了，多日勞累的面容綻放出光彩，笑著道：「好法子！」

舒辰瑾則陷入沈思。吳中地區富人眾多，他們家中有足夠的餘糧，但大多都只願囤積在家裡，待官府徵收糧食時好高價出售給官府，卻無人願意主動賑災。若是能鼓勵他們興建園林、僱傭勞工，的確可以立即解決諸多災民的三餐問題，而建造一座園林的工期，至少也需要一年，時間上完全足以過渡到來年豐收之時。思及此，舒辰瑾未多加猶豫，立刻就吩咐知府下去撰寫告示，並派人到吳中各地遊說鄉紳和富戶。

待知府離開，舒清淺看著大哥瞬間暗下來的臉色，不禁默默起身後退，隨時準備開溜。

「站住！」舒辰瑾喝住已經退至門邊的小妹。「過來坐下。老實交代妳為何會來此地？爹娘是否知曉？」

她垂著頭，慢慢挪到離大哥最遠的一張椅子上坐下。「我來安縣是為了獻計救災的。」

舒辰瑾追問：「那為何在家中時，妳不直接將此計告訴我？」

舒清淺揉了揉鼻子，聲音不大卻頗為理直氣壯地道：「我可不想做一個紙上談兵的人，定是要來到安縣實地查看過後，才能隨機應變地出謀劃策啊！」

「那妳何不隨我一道出發？路上還能有個照應。」舒辰瑾知道自家小妹從小便特立獨行，思想行動都不亞於男子。「妳可知妳一個姑娘家獨自來這荒亂之地，會有多危險？」

這一回舒清淺沒了理直氣壯，囁嚅道：「要是和你一道，爹娘肯定會知道，那我怎麼可能出得了門。」

舒辰瑾扶額。「所以妳確實是沒告訴爹娘，偷偷溜出來的？」

舒清淺默默點頭。

舒辰瑾認命地嘆氣。「罷了，我這就修書告訴爹娘，免得二老擔心。妳現在快去客房把衣裳換了。」他嫌棄地看著小妹身上的男裝。「一個姑娘家穿成這樣，成何體統。」

「知道啦，這就去換。」舒清淺拎起包袱，還不忘叮囑大哥。「大哥，你在信中一定記得讓娘千萬別把月月幫我的事情告訴舅舅，不然月月肯定要受罰的。」

舒辰瑾道：「還有空關心別人？回去之後妳得和月月一起受罰。」

舒清淺聞言，自覺地閉上嘴巴，心中默哀道：月月，對不起了……

第三章 賑災

策已經獻過了，至於如何施行下去，還得靠舒辰瑾和官府。自那日之後，舒清淺已經多日未見到知府大人，舒辰瑾也是忙得見首不見尾的。

舒清淺沒去打擾大哥，只是每日去官府設置的賑災棚幫忙發糧，看著來領糧的災民每日都在減少，最後只剩下一些老弱婦孺來領救濟餐，想來她的救災之策已經初有成效了。

此時在京城之中，左相府收到了來自舒辰瑾的家書，三皇子府上也收到了一封來自安縣的信件。

石印將剛收到的信交給章昊霖。「殿下，王良來信了。」

王良是三皇子府中門人，老家正在安縣，之前主動請求和三皇子一道去了安縣賑災。後來三皇子被急召回京，王良並未一道回來，而是留在安縣為家鄉父老盡一分微薄之力。

章昊霖接過信件拆開，看著信中的內容，眉頭先是緊鎖，隨後慢慢地舒展開來，最後竟面露喜色。

「殿下，安縣如今的災情如何？」一旁的石印看著主子變化莫測的表情，擔心地問道。

「你自己看看。」章昊霖將手中的信件遞給石印，心中卻還在想著信中所言。

王良在信中道，安縣自三皇子離去後，賑災局面一度失去掌控，那些被三皇子警告過卻尚未來得及處理的貪官汙吏一個個都蠢蠢欲動，紛紛再次將手伸向了賑災錢款。所幸當地知府是個正直明理之人，才未讓場面在舒辰瑾抵達之前失控。

舒辰瑾到達安縣後，行事果決，先是不畏壓力，尋了由頭在兩天之內將所有貪官汙吏關押，隨後便帶著知府全力發放賑災糧款，以安撫民心。

無奈災民實在太多，就在舒辰瑾焦頭爛額之際，一個少年前來獻了一計，提出「以工代賑」的法子，成效巨大，如今安縣災民的吃飯問題已大致得到解決。

王良在信中還道，自己本欲拜訪那位獻策少年，卻意外得知那少年竟是舒辰瑾的小妹舒清淺，拜訪之事便不了了之。

「以工代賑？」石印看完信後，除了高興著災情得到緩解，卻更驚訝於王良信中所提之良策，感慨道：「竟有人能想出如此一反常規卻行之有效的大膽之策，而且還是一名未出閣的女子，真令人意外！」

章昊霖點頭。「確實很讓人驚訝。」

「左相府上真是家學淵源，不僅兒子教得好，兩個女兒竟也如此出色。」石印由衷讚嘆。京城之中皆知左相府的大小姐才貌兼備，沒想到連小女兒也是這般聰慧過人。

之前章昊霖在離開安縣時，也萌生過類似舒清淺所提賑災之法的念頭，不過此舉真正施行起來，還需要考量安縣、甚至其周邊區域的實際情況，包括民風習俗、人文傳統以至商政農工等各個方面，他還來不及一一考察，便被召回了京中。

沒想到舒清淺一個小姑娘竟能考慮到這麼多方面，並因地制宜地提出了計策，若不是王良白紙黑字的信件在此，章昊霖還真有些難以置信。

如今賑災的第一步已經完成，後面接二連三地還會有不少問題出現，章昊霖突然有些期待，不知這位舒二小姐接下來是否也能一一應對？

這一日舒清淺從外面回到衙門時，竟意外在前廳看到了數日未見的知府大人與自家大哥，兩人似乎正在商量著什麼。她本欲悄悄離開，不打擾二人，不料舒辰瑾卻叫住了她。

「清淺，過來。」

舒清淺應聲走進廳內，舒辰瑾示意她坐下，道：「我和王大人正在商量下一步的計劃，妳也一起聽聽。」

王知府朝舒清淺拱手行了一禮。「舒二小姐。」自從當日得知獻策少年竟是舒家小女兒時，著實吃了一驚，但經過這幾日災情明顯緩解之後，王知府對舒清淺便只剩下佩服了。

舒清淺回禮道：「王大人這幾日辛苦了，城中排隊領糧的災民已經少了大半，真是可喜可賀。」

王知府連連擺手道：「我只是跑跑腿、四處周旋一下，主要還是多虧了舒二小姐的妙策。」

「好了，等災情完全穩定後，咱們再擺一桌酒席論功行賞，現在先說正事。」舒辰瑾打斷二人的客套。「清淺，我剛剛在和王大人商量，打算鼓勵吳中地區的百姓出門遊樂。」

舒清淺略一沈思，便明白了大哥之意，點頭贊同道：「吳中地區的百姓喜賽舟船，喜趕水上集市，大哥只須鼓勵民間多舉辦賽事與集市，到時城中百姓結伴出行，遊山玩水，城中商販定會擺出攤鋪，等商業復甦了，百姓的生活也會隨之改善。」

「正是如此。」舒辰瑾道：「妳當日提出的以工代賑之策，化被動賑災為主動自救，如此一反常規的法子，為我打開了思路。這幾日我深入查探過吳中地區的民風習俗，而後便想到此法。」

廳內三人正說著話，忽有一人求見，舒清淺認識來人，那是安縣主管賑災糧草分配的官吏。

王知府免了來人的行禮，問道：「李漢，你這般急匆匆的，所為何事？」

名為李漢的小吏一臉憂愁，回答道：「欽差大人、王大人，官府的賑濟糧最多只夠再支撐一個月，然而這幾日我派人四處購買米糧，誰知那些手中富足的糧商竟似約定好一般，齊齊抬價，原本五百錢一斗的米，如今花上千錢也不一定能買到。」

王知府大驚。「竟有此事？」

李漢嘆氣，繼續道：「大人您有所不知，一些散戶的糧也被這些人收購囤積了，所以他們才敢如此肆無忌憚地高價售糧。」

舒辰瑾一手敲著桌面，開口道：「自古以來這種發國難財的奸商便屢禁不止，他們並未觸犯律法，官府也不能無緣無故地抓人，最多只能與他們協商，但他們手中囤積了糧食，大多有恃無恐，處理起來特別棘手。」

「這有什麼棘手的？」一旁的舒清淺聞言卻不以為然。

「舒二小姐有何高見？」王知府急忙開口問道。

一旁的舒辰瑾也向小妹投去詢問的目光。

「既然官府無能為力，那便讓他們的同行來壓價。」舒清淺也不賣關子，直言道：「只要散布消息至國內糧食富庶之地，稱吳中地區糧食緊缺，價格已漲至千錢一斗，那些糧商為了高價，自會不遠千里運糧來賣。」

王知府不解。「可就算這樣，吳中地區的糧價不還是千錢一斗嗎？」

舒清淺笑道：「如今商戶敢抬價，那是因為糧食不足，供不應求，可到時候各地的糧商都把糧運來吳中，等糧食供大於求的時候，那便又是另一番光景了。」

王知府這才了然地點頭。

舒辰瑾亦展眉道：「此法甚妙，不但解決了災區糧食緊缺的問題，還能狠狠打擊那些屯糧抬價的奸商，一舉兩得，小妹果真聰慧。」

王知府點頭應和。「舒二小姐學識淵博，真乃世間難得的奇女子。」言語中毫不掩飾對舒清淺的讚美。

舒清淺被誇得臉紅，起身道：「我也只能坐在府中出幾個主意罷了，真正實行起來，還得靠大哥與王大人多多費心。」

舒清淺直至走出前廳，還有些不好意思。

上一世她總愛在人前賣弄才學，結果好名聲沒求到，反倒落了個貪慕虛名的壞名聲。這一世她只想學以致用，為災民們做些力所能及的事，卻被人如此讚美，就連向來嚴厲的大哥也誇她聰慧，果真世事難料。

主動賑災與被動賑災雙管齊下，不出半月，安縣的災情便已穩定，身為欽差大臣的舒辰瑾及時修書向京城中的明德帝彙報喜訊。

舒辰瑾知道明德帝安插在安縣的密探，定早早就將小妹獻策之事回稟於明德帝，所以在摺子中，他也並未隱瞞舒清淺來安縣之事。

此時承陽宮中，明德帝正在看舒辰瑾從安縣送來的摺子，太監忽而來報，說是左相大人求見。

明德帝放下摺子，揮手道：「快宣。」

舒遠山一進殿中，便跪下請罪。「陛下，微臣今日是來告罪的。」

明德帝不解。「左相何罪之有？」

舒遠山一臉嚴肅地道：「小女清淺頑劣，當初瞞著家裡偷偷跑去安縣，微臣本想著只是小孩子家貪玩，此等小事便未曾稟明陛下，誰料她在安縣竟干涉賑災事務，此舉實屬欺君大罪。」舒遠山叩拜道：「小女年紀小不懂事，可微臣卻難辭管教不嚴之過。」

明德帝聞言哈哈大笑，道：「朕還以為出什麼大事了，左相快快請起。福全，賜座。」

待太監為舒遠山搬來凳子後，明德帝繼續道：「舒卿，朕不但不罰你，還得獎賞你教子有方，不但為朕教出了舒辰瑾這樣深明大義的好官，就連女兒小小年紀竟也能心繫災民，且如此聰慧大膽。你何罪之有呀？」

舒遠山連連行禮道：「皇上謬讚。」

明德帝心情愉悅地道：「舒辰瑾在摺子中道，最多再過一個月，待安縣百姓的生活步上正軌，他便能回京述職了。到時朕一定得好好獎賞他一番，還有你家小女兒也得賞。」

「多謝陛下。」舒遠山恭敬地說。

待舒遠山從承陽宮中出來後，才稍微吁了一口氣。

陛下多疑，雖說清淺沒有做錯任何事，但有三殿下的前車之鑑在，舒遠山難免會擔心金鑾殿上的那一位聽信讒言而多想，索性自己主動來宮中請罪，好絕了陛下多疑的念頭。

一個月後，安縣乃至整個吳中地區再次出現安定的局面，舒清淺也隨著舒辰瑾一同出發回京。

原本舒辰瑾欲提前送小妹先回京中，可一則因為舒清淺的強烈要求，二則他也不放心小妹自己上路，索性便讓舒清淺在安縣多留幾日，和自己一道啟程。

安縣民眾不知從何得知欽差要回京的消息，一大早便聚在城內夾道相送。

舒清淺沒有乘坐馬車，而是騎著馬走在舒辰瑾身側。看著路邊百姓們臉上露出由衷的感激與不捨，再思及來時餓殍遍野的景象，她似乎明白了大哥寧願放懷孕的嫂子一人在家，也要主動請命來賑災的緣由。

「清淺，妳在想什麼？」舒辰瑾發現一旁的小妹正在發呆，開口問道。

舒清淺抬眼看了看大哥，發現大哥依舊是那張一本正經、不苟言笑的臉，便笑了笑回答道：「我在想……大哥你面對這麼多百姓的感激與讚美時，心裡是何種想法？」

看著舒清淺認真的表情，舒辰瑾失笑。「不過是在其位，謀其政罷了。」想了想後，他又道：「如果硬要說有什麼想法，大概就是替他們感到高興吧。」

「在其位，謀其政……」舒清淺重複著舒辰瑾的話，若有所思。

原來做這樣一件可謂勞心費力的事，其出發點竟可以如此簡單麼？不為名譽，亦不為錢財，只是因為自己身處的位置。

「那妳當初為何會瞞著爹娘，偷偷跑來安縣獻賑災之策？」舒辰瑾看著舒清淺一臉困惑的模樣，反問道。

舒清淺思及自己當時的想法，直言道：「一開始我聽說安縣的情況後，就想著既然常規之法不能解決，是否有非常規之法可以試一試，後來便想到了以工代賑之策。」舒清淺言及此，頗有幾分不好意思。「想法一出我只想著得來安縣施行，才能知曉是否有成效，並未想過其他。」

舒辰瑾繼續問：「那來了安縣之後呢？」

「之後……」舒清淺略加思索後，答道：「看到這裡的災情之後，我就想著一定要為這些可憐的百姓解決眼前的災禍，這大概便是古時聖人所言的惻隱之心。」

「那便對了。」舒辰瑾點頭道：「其實妳、我最初都只是恪盡本分。我當官是為了解百姓之憂，而妳滿腹才學則想出賑災良策，最後咱們一起讓這些災民解決了眼前的這場天災，不過是殊途同歸。」

聞言，舒清淺微蹙的眉頭終於舒展開來，原來用這種毫無功利的簡單心態處事，竟會令人如此舒暢。

一行人將要出城時，一位牽著小孩的婦女突然衝出人群，攔下了隊伍。

「舒二小姐！」婦女朝舒清淺揮手。

舒清淺顯然也認出了來人，急忙示意一旁的護衛不要傷人。她翻身下馬，伸手摸了摸一旁小男孩的腦袋。「劉嫂子攔下車隊，是有何事嗎？」

這位婦人是舒清淺初來安縣的那幾日，在賑災棚認識的。當時舒清淺看到這婦人領著一個看起來不到五歲的男孩正在排隊領米糧，她注意到那孩子面色發紅得有些異常，便根據以前在醫書中所看到的知識，斷定這個小男孩定是得了某種疾病，於是她主動為這對母子尋了大夫。

大夫看過以後，果真發現孩子背後生了一腫塊，連續施了幾日針、吃了幾服藥之後，腫塊才慢慢地消失不見。大夫道幸虧發現得及時，腫塊並未惡化，否則再拖延些時日，孩子性命堪憂。

之後舒清淺便再未碰到過這對母子，沒想到今日竟又遇見了。

劉嫂子不好意思地道：「舒二小姐，聽說您今日要回京，我怕見不到您，便只能出此下策了。」劉嫂子一邊說著，一邊將手中挎著的籃子塞進舒清淺懷中。「舒二小姐，您當日救我兒的恩情實在無以為報，我連夜做了一些糕點，想給您帶在路上嚐嚐。」

舒清淺捧著籃子，有些手足無措。「劉嫂子，這怎麼好意思？」

「都是些不值錢的小點心，您要是推辭，我可就當您看不起這些東西了。」劉嫂子按住舒清淺的手道。

舒清淺聞言一笑。「也罷，那我就收下了。」她將籃子遞給一旁的護衛，又問道：「如今家中光景如何了？」

劉嫂子一臉喜色地道：「託您和欽差大人的福，如今我家裡男人在為城中的趙員外修園子，工錢雖不高，但餵飽咱們一家人卻是不用愁了。每逢賽舟船或趕集市時，我也會編些竹籃、竹筐，或者做一些糕點拿去擺攤售賣，多少能補貼些家用，生活基本是不用擔心了。」

「那就好。」舒清淺看著劉嫂子開心的模樣，自己也不自覺地露出了笑容。

短短數月，安縣不知有多少人家像劉嫂子家一樣，從食不果腹邁向了衣食無憂，實在讓人想不高興都難。

第四章　賞賜

三日後，舒辰瑾與舒清淺一行人順利抵達京城。

舒辰瑾一回到家，換了一身衣裳便前去宮中述職，而舒清淺則是忐忑不安地坐在家中，等著爹娘對她偷溜出門的秋後算帳。

「還知道回來呀！」舒夫人看著端坐在椅子上的小女兒，罵道：「妳看看妳現在，變得又黑又瘦，不知道的還以為是從哪裡跑來的野人呢！」責罵的語句中卻帶著濃濃的心疼。

舒清淺倒了一杯水給舒夫人，討好道：「娘，女兒天生麗質，就算黑點兒、瘦點兒，也還是個美人。」

舒夫人被氣笑。「這種自誇的話，是一個未出閣的姑娘該說的嗎？」

舒清淺閉嘴認錯。「娘，我知道錯了，以後不敢了。」

舒夫人這才稍微緩和了臉色。「知道錯了就好。妳可知妳不聲不響地跑去安縣，還鬧出那麼大的動靜，我和妳爹在家中有多擔心嗎？妳爹為了妳，還特意跑去向陛下告罪。」

舒清淺連忙給一旁一直未說話的舒遠山也倒了一杯茶水。「辛苦爹了，我以後不會再這樣了。」

舒遠山接過茶杯，倒是沒有責罵舒清淺，只道：「以後有什麼事情，記得先和爹娘或妳大哥商量。爹也不是迂腐之人，只要是合情合理之事，都不會拘著妳的性子的。」

舒遠山雖然知道自己這個小女兒自幼就聰慧過人，但此次安縣賑災之事，著實令他吃了一驚，他沒想到清淺的才學竟是如此淵博，心中卻也不免惋惜，若清淺身為男子，定會是經世之大才。

舒清淺聞言大喜。「謝謝爹！」

舒夫人則在一旁笑怪著。「你就慣著她吧。」

舒清淺笑嘻嘻地去為舒夫人端來一碟糕點。「娘，您嚐嚐，這是安縣災民特意做給我的。」

看著舒夫人吃下了一小塊糕點後，舒清淺這才高高興興地道：「娘，您慢慢吃，我去給姊姊和大嫂也送一些。」

舒夫人揮手道：「去吧、去吧。」

舒清淺送來點心時，舒菡萏正在看書。

舒清淺一進門就招呼道：「姊姊，快來嚐嚐這些點心。」順便招呼一旁舒菡萏的貼身丫頭過來。「碧月，妳也來嚐嚐。」

舒菡萏放下書，走到桌邊坐下，嚐了一小塊後，道：「有一股清新的綠茶味兒，挺好吃的。」又問道：「在安縣情況如何，怎麼瘦了這麼多？」

「我也就天天在衙門裡出出主意，辛苦的還是大哥。」舒清淺笑道：「姊姊妳呢？這段日子是不是又有不少人來咱們家說媒了？」

聞言，舒菡萏尚未開口，一旁的碧月卻忍不住了，抱怨道：「二小姐您有所不知——」

舒菡萏本想攔下碧月，舒清淺卻沒給舒菡萏開口的機會，示意碧月繼續說：「發生什麼事了？」

碧月怒道：「就是那個靜平伯世子王玨。」

一聽到「王玨」二字，舒清淺便拍案而起，驚怒道：「那不學無術的登徒子又來騷擾姊姊？」

「二小姐知道這個人？」碧月知道二小姐向來主意多，便一五一十地把這些天發生的事全說了出來。「就在您剛去安縣那幾天，聽說書坊進了新書，奴婢便陪著大小姐上街去書坊看看。沒想到大小姐竟被一男子堵在了書坊內，那男子讓小廝圍著大小姐，不讓她走，還說了不少輕薄的話。要不是書坊掌櫃偷偷放奴婢從後門出去搬救兵，還不知該如何收尾呢！」

碧月憤憤地道：「奴婢後來才知道那登徒子便是靜平伯府的世子王玨，是京中出了名的紈褲子弟，難怪那日在書坊內都沒有人敢出手相助。」

一旁的舒菡萏怕妹妹激動，一直握著舒清淺的手安撫道：「小妹莫生氣，那靜平伯世子除了嘴上輕浮一些，並未對我做出更過分之事，以後我儘量避著他便是。」

舒清淺卻不以為然地道：「姊姊，對於這種厚顏無恥之人，妳要是退一步，他不但不會悔改，只會得寸進尺。」舒清淺冷笑道：「妳是左相之女，他都敢在光天化日之下對妳出言輕薄，可想而知這王玨是一個完全不知禮義廉恥、沒有底線之人。」

碧月點頭附和道：「可不是嘛！從那次之後，奴婢每回陪同小姐上街，都會帶上四、五個小廝，可就算這樣，還是被那靜平伯世子糾纏過兩次。現在大小姐要買什麼東西，只能讓丫頭或小廝跑跑腿，自己都不敢出門了。」

舒清淺對舒菡萏道：「姊姊，這段時間妳還是儘量少出門，如果要出門，至少得叫上我一起。那王玨就是個小人，絕對別以君子的標準衡量他。」

舒菡萏笑了笑，語氣一如既往地溫柔。「之前在書坊得來幾本孤本古籍，這幾日我正準備閉門在家，把這些書的內容謄抄下來。小妹放心，不會有什麼事的。」

舒清淺這才放心地點點頭，又在姊姊的房裡坐了一會兒，碧月才送舒清淺出門。

走出小院後，舒清淺停住腳步，看向碧月。「除了妳剛剛說的那些，王玨是不是還做了其他事？」

「果然瞞不住二小姐。」碧月小聲道：「那靜平伯世子還大言不慚地放出話來，說大小姐是他看上的人，誰家都別想覬覦。雖說這些話只在那些紈褲子弟中流傳，真正的世家、貴族沒有誰會當真，可奴婢擔心時間一長，多少會影響大小姐的名譽。」

舒清淺蹙眉，鄙視道：「那個王玨果然只會這些上不了檯面的齷齪手段。」

碧月甚為贊同。「奴婢怕影響大小姐的心情，到現在還沒敢把這些傳言告訴大小姐。」

「不告訴姊姊是對的，姊姊是嫻靜淑女，不該為這些事情憂心。」舒清淺囑咐碧月道：「以後那王玨要是還敢做什麼齷齪事，妳就來告訴我，由我來解決。」

碧月點頭，語氣中全是對二小姐的崇拜。「奴婢就知道二小姐您點子多，一定會有法子的！」

這頭舒清淺剛從舒菡萏的院子出來，前院便來人尋她了，是舒夫人身邊的嬤嬤紫娥。

「二小姐，快隨我去前廳。」紫娥見到舒清淺後，急忙拉著她往前廳走去。

舒清淺被紫娥拉著，一路得小跑步才能跟上。「紫姨，出什麼事了？」

「好事、好事！」紫娥拉著舒清淺邊走邊道：「宮裡來人了，說是陛下和娘娘賞賜給您和大少爺好些東西，就等著您去領旨了。」

前廳果然聚滿了人，舒辰瑾也已經從皇宮回來了。

舒夫人見舒清淺來了，便招手讓她過來。「清淺，這是陛下身邊的福全公公。」

舒清淺朝福全淺淺一笑。「公公好。」

福全笑著點頭讚美道：「舒二小姐果真是個秀外慧中的妙人兒，怪不得能得到陛下和皇后娘娘的賞賜。」

待福全宣讀完聖旨後，一群小公公便將賞賜的東西紛紛搬了進來，一一核對過後，福全才笑咪咪地朝舒遠山和舒辰瑾行了一禮。「左相大人、侍郎大人，旨也傳了，禮也送達了，咱家就不再多打擾，先告辭了。」

「公公宮中事務繁忙，本相也不便多留。」舒遠山客套道：「今日有勞公公了。」

舒辰瑾起身，親自送福全出門，並不忘給各位公公一人塞了一封紅包，當然福全的紅包是最大的。

「侍郎大人請留步。」福全笑咪咪地收起紅包，拱手止住了舒辰瑾繼續相送。

待福全一行人離開後，舒清淺迫不及待地掀開托盤上蓋著的紅色緞布，剛剛福全說這是皇后娘娘特意賞賜給她的。托盤裡面放著一塊用上好天蠶絲繡製而成的嫩黃色綢緞和一套精緻的白玉首飾，舒清淺是小姑娘，見到這種漂亮的首飾自然也是喜歡的。

舒夫人伸手摸了摸那綢緞，亦是讚不絕口。「真不愧是宮裡的東西，不僅料子滑，且這花色也不是一般繡娘能繡得出來的。」

舒清淺點頭同意，的確是個好東西。隨後轉身看向她娘，疑惑道：「娘，我長這麼大還是第一次得到宮裡的賞賜，可我怎麼也沒有多興奮的感覺呀？」舒清淺拿起托盤中的一根簪子，隨意擺弄著。「我甚至覺得當日收到那一籃子糕點，都比現在還要激動。」

剛進門的舒辰瑾聽聞此言，笑著搖了搖頭，果然安縣這一趟沒白去，這段時日自家小妹的心智成長了不少。

舒夫人則道：「因為那一籃子糕點中有真心，而這些賞賜只有虛名。」

舒清淺看著手中的簪子發呆。自己上輩子一直在追逐虛名，早已忘記還有真心這一回事，如今才後知後覺地發現，原來真心實意才是最能打動人心的。

舒夫人一邊查看陛下給舒辰瑾的賞賜，一邊對舒清淺道：「清淺，雖說皇后娘娘定是受了陛下的意才會給妳賞賜，但無論如何也是以皇后娘娘的名頭賞下的，明天一早妳得隨我一起去宮中謝恩，知道嗎？」

舒清淺放下手中的簪子，皺了皺鼻子，意興闌珊地道：「知道了。」

次日一早，舒清淺便被舒夫人叫起來梳妝打扮，舒夫人在一旁不放心地叮囑道：「過會兒去到宮裡，妳可千萬別失了儀態。」

舒清淺無奈道：「娘，我又不是剛開蒙的孩童，您別這麼擔心。」

待打理妥當後，舒夫人便帶著舒清淺進宮。兩人來到鳳臨宮外，等待皇后通傳。

過了一會兒，一位長相美豔的妃子帶著幾名宮女，從殿內緩步走了出來。

舒夫人看清來人，忙領著舒清淺起身行禮。「臣婦見過麗妃娘娘，娘娘金安。」

麗妃抬手讓舒夫人免禮。「左相夫人不必多禮。」目光隨即落在舒夫人身後的舒清淺身上。「這位便是令陛下誇讚有加的舒家二小姐了吧？」

舒清淺朝麗妃行了一禮。「小女見過麗妃娘娘。」

舒清淺雖沒有見過麗妃，但聽到剛剛自家母親的問安，再結合上輩子的記憶，舒清淺很容易就對上了號。眼前這人便是宮中地位僅次於皇后的麗妃，也是二皇子的母妃。

麗妃上下打量了舒清淺一番後，問舒夫人道：「可有行過成人禮？」

舒夫人回道：「尚未。」

麗妃點了點頭，未再多言，逕自帶著宮女離開鳳臨宮。

看著麗妃離開的背影，舒夫人暗暗鬆了一口氣。早就聽聞麗妃這兩年正在為二皇子物色合適的皇子妃人選，幸而清淺尚未行成人禮，否則清淺這次在安縣之舉得到陛下的賞識，怕是這位麗妃也會將清淺列在候選名單之上。

舒夫人倒不是不願舒清淺嫁入皇家，而是怕麗妃與二皇子這母子二人野心過大。且左相在家中時早就告誡過舒夫人，絕對不要讓女兒嫁入二皇子黨派的官員家中，還讓兩個兒子不要和二皇子黨派的官員有過密的私交，免得引發後患。

很快地，鳳臨宮內就有宮女出來，帶著舒夫人與舒清淺進入殿內。

殿內皇后正端坐在主位之上，待舒夫人與舒清淺行過禮後，便命宮女給二人賜座。

皇后先令宮女為舒夫人與舒清淺上好茶水、點心，才開口對舒夫人道：「左相夫人，這便是妳家二女兒清淺姑娘了吧？」皇后的目光隨著話音落在了舒清淺身上。「本宮原本以為會是個不遜於男兒郎的颯爽女子，沒想到竟是這般可人的小姑娘。」

舒清淺淺笑低頭，似是害羞一般，謹遵著母親出門前的告誡——少說話，多微笑。

舒夫人則是笑道：「清淺從小就被家裡人寵壞了，所以性子才會這麼野。」

「舒夫人著實好福氣。」皇后道：「兒子和女兒都如此出眾。」

舒夫人依舊是那副笑臉，道：「全賴陛下和娘娘賞識。」

一旁的舒清淺喝著清茶，聽著母親與皇后沒什麼意義的聊著天，突然覺得有些犯睏，好想回去睡覺。

約莫一盞茶的時間後，有宮女進來通傳。「皇后娘娘，安樂公主過來向娘娘請安，如今正在殿外候著，要傳公主進來嗎？」

皇后回道：「靈曦來得正是時候，快讓她進來。」說完，皇后又對舒夫人道：「靈曦與清淺年紀相仿，正好讓兩個姑娘家相互認識、認識。」

皇后並非安樂公主的生母，安樂公主年幼時，其母妃病逝，後來便被送至皇后處撫養。皇后膝下只有太子和四皇子兩個兒子，並無女兒，再加上安樂公主從小便討人喜愛，所以皇后對她也很是寵溺。

言語間，從殿外走進來一個嬌俏的年輕少女，手裡還捧著一大把桃花，來人正是安樂公主章靈曦。

皇后慈愛地看著安樂公主，問道：「怎麼拿著這麼一大把桃花？哪兒來的？」

「剛剛去了後花園，發現桃花開了，知道母后您喜愛桃花，便摘了過來。」安樂公主說著，便把花交給一旁的宮女，讓宮女拿去插好。

皇后笑著嗔罵道：「妳這丫頭，摘這麼多做甚。」言語間盡是寵愛之情。

安樂公主有禮地回道：「母后喜歡，我當然要多摘一些。」

皇后大悅，招了招手，示意她到自己身邊來。「靈曦過來，妳不是整天抱怨宮中沒有同齡的姑娘作伴嗎？母后今日還真給妳找了一個。」皇后娘娘介紹道：「那位是左相大人家的二小姐舒清淺，聰慧機靈，學識淵博，且與妳年紀相仿，妳以後要是有什麼不懂的地方，可以向舒二小姐討教、討教。」

聞言，安樂公主好奇地打量著舒清淺。

「皇后娘娘謬讚。」舒清淺起身朝安樂公主見禮。「清淺見過公主。」

若說上輩子舒清淺最對不起的是家人，那麼其次便是這位安樂公主了。

上一世舒清淺為了接近三皇子，曾刻意與三皇子的同母妹妹安樂公主交好，後來卻因為自己苦戀三皇子不成，又嫉妒姊姊可以與寧國侯世子有情人終成眷屬，在偶然得知安樂公主亦對寧國侯世子心存愛慕之後，便設計讓安樂公主求了陛下的聖旨，招寧國侯世子為駙馬。最後害得姊姊鬱鬱而終，寧國侯世子自殺殉情，留下無辜的安樂公主成為世人的笑柄，從此青燈古佛，絕了紅塵俗世。

思及前世，舒清淺甚至有些不敢直視安樂公主那雙清澈的眼眸。

安樂公主似乎對舒清淺很感興趣，她走至舒清淺身旁，問道：「妳就是那個解決了連我三哥都無能為力的安縣饑荒的舒清淺？」

舒清淺笑了笑，道：「公主說笑了，我只是隨便出了幾個主意，賑災主要還是三皇子與官員們的功勞。」

「別謙虛了，我三哥也誇妳才能出眾呢！」安樂公主笑道。

安樂公主的話讓舒清淺心中微動，沒想到三皇子竟會誇獎自己。章靈曦是個胸無城府、很好相處的人，她繼續拉著舒清淺道：「妳給我說說妳是怎麼想到那些法子的？省得太子哥哥和三哥老說我胸無點墨，讓我多看些書。」

舒清淺失笑，真心道：「公主的單純美好，是常人求也求不來的。」

皇后見二人聊得投緣，便道：「靈曦，清淺第一次入宮，妳帶清淺去宮中四處轉轉，母后再留舒夫人說會兒話。待一個時辰後，妳記得把人送回來就成。」

第五章　喝茶

得了皇后的應允，安樂公主迫不及待地拉著舒清淺出了鳳臨宮。

「清淺。」安樂公主特意放慢步子與舒清淺並行。「我可以這樣叫妳嗎？」

舒清淺輕笑。「自是可以的。」

「清淺，我聽說妳是瞞著左相大人，獨自一人去安縣的，真的嗎？」安樂公主說這話時，眼底是滿滿的崇拜。

舒清淺點頭道：「若不瞞著家裡，他們定不會讓我去的。」

安樂公主頗為羨慕道：「我也好想和妳一樣勇敢，想去哪裡，就去哪裡。」

舒清淺被安樂公主直白的話語逗笑，不自覺地放鬆了下來，道：「我也就偷偷溜出去這麼一次，要是再有下次，我爹娘肯定饒不了我。」

安樂公主在荷花池旁的亭子裡坐下，雙手托腮，問舒清淺道：「清淺，外面的生活是不是很熱鬧？」

舒清淺在安樂公主對面的石凳上坐下。「公主為何這麼問？」

安樂公主嘆氣，豎起兩根手指道：「清淺，妳知道嗎？我長這麼大，一共也就出宮過兩次——一次是太子哥哥出宮建府時，一次便是兩年前我三哥在宮外建府時。」

舒清淺不解地道：「平日裡皇后娘娘不准妳出宮嗎？」

「倒也不是。」安樂公主搖頭。「不過母后素來認為女子只有能安於室，日後方能好好持家，相夫教子。」

舒清淺了然，安樂公主自幼喪母，不管她本性多麼單純，但在皇宮這種地方，且從小就被送至皇后處撫養，雖說皇后疼愛安樂公主，但畢竟不是安樂公主的親生母妃，這麼些年下來，安樂公主想當然會養成敏感的性子，會不自覺地依照身邊人的想法來調整自己的行為。

「公主。」舒清淺微微猶豫了一下，還是開口道：「明年妳就要行成人禮，之後的行動會更加身不由己。其實有的時候無須顧忌太多，難得向皇后娘娘請求出宮一次也無妨的。」

安樂公主的神情看起來似乎有些被說動，但很快便搖了搖頭，道：「我怕母后會不高興。」多年養成的習慣，果然不是三言兩語就可以改得掉的。

舒清淺見安樂公主有些悶悶不樂，沈默了一會兒，便指著荷花池，轉移話題道：「公主，這池子裡怎麼有這麼多魚呀？」

安樂公主被轉移了注意力，拉著舒清淺去荷花池邊。「清淺，妳來這邊瞧瞧，這兒還有一尾特別漂亮的錦鯉呢！」

安樂公主喚宮女拿來魚食盒子，當一把魚食下去，鯉魚紛紛聚攏，安樂公主指著其中一條讓舒清淺看。「妳快看，就是那一條。」

舒清淺順著安樂公主手指的方向看去，果真在魚群裡看到了一條橙白相間的錦鯉，不禁讚美道：「好漂亮的魚！」

安樂公主見舒清淺覺得驚奇，繼續道：「這條魚是去年鄰國使臣進貢的，據說能帶來好運。」

看完錦鯉，安樂公主又帶著舒清淺在四處轉了轉，越發覺得與舒清淺投緣，以至於送舒清淺回鳳臨宮時，還頗為依依不捨。

皇后見狀，笑道：「難得見靈曦這麼高興，清淺日後可得多來宮中走動、走動。」

舒清淺自是應下。

拜別了皇后與公主，出了宮門、上了府中馬車後，舒夫人才開口問道：「和安樂公主聊了什麼？她怎麼對妳如此上心？」

「公主只不過是天天待在宮中，身邊又沒有同齡人相伴，難得碰上我，便立刻引為知交了。」舒清淺放鬆地靠在馬車上，伸手取了一塊馬車暗格裡的點心，咬了一口後，感慨道：「還是宮外舒服，在鳳臨宮太累了。」

舒夫人用帕子為舒清淺擦乾淨嘴角的糕點屑，叮囑道：「雖然安樂公主是個好相與的性子，但畢竟是養在皇后膝下的，妳說話、行事要有分寸，知道嗎？」

「知道了，娘。」舒清淺早就習慣了舒夫人那老母雞護小雞崽的性子，回答得倒是很真誠爽快。

舒清淺吃完一塊糕點後覺得無聊，便掀開一點車簾往外看，只見京城裡素來熱鬧的街道，此刻似乎比往日更熱鬧了一些。

舒清淺疑惑道：「今日城中怎麼如此熱鬧？似乎多了許多穿長袍的讀書人。」

舒夫人亦掀開簾子往外看了一眼，道：「馬上就是一年一度的迎風月了，聽說今年陛下把文會排在了首位，天下才子十有八九都聚到了京中。」舒夫人放下簾子，自言自語地道：「我還指望著藉此機會給妳姊姊相個好人家呢。」

舒清淺了然，「迎風月」可謂是本朝最重大的節日之一。在這一個月之中，陛下會舉辦文會、武會、農耕、商會、祭祀等一系列的活動，其目的雖不在於招募賢才，但卻無法否認在這迎風月中被招募的賢才僅次於科考，所以每年的這一個月內，都會有大批的有志之士湧進京中。

看著舒夫人一副胸有成竹的模樣，舒清淺很想告訴母親，姊姊以後會有良人在等著她的，好讓母親現在別這般瞎操心。

「對了，娘。」舒清淺突然想起一事。「二哥是不是快回來了？」

舒夫人點頭道：「前幾日辰瑜讓回京的兵士帶來口信，說是會趕在迎風月前回京，應該就在這幾日了。」

舒辰瑜在舒家四兄妹中排行老三，僅比舒清淺大了一歲。

舒辰瑜與大哥舒辰瑾不同，從小便喜愛耍槍弄棍，因此打小就跟著鎮北將軍府的舅舅鎮北將軍林准學習武藝，混跡軍營。他今年剛行過成人禮，便嚷著要隨大表兄林沐陽一道去邊關的軍營見見世面。邊關安定，又有林沐陽在，舒相與舒夫人便也安心地由著他去了。

舒清淺嚮往地道：「不知道邊關是否真如書中所言，有著大漠孤煙、長河落日等壯麗景象？」

舒夫人毫不留情地打斷舒清淺的胡思亂想，道：「妳一個姑娘家，邊關再壯麗都和妳沒關係！別想學著妳二哥，一天到晚不著家。」

舒清淺默默閉嘴，繼續挑著簾子，看向街邊熱鬧的過往人群。

次日上午，舒清淺換上一身平日裡穿的簡單紗裙便出了府，一來要去墨文齋幫姊姊買一些筆墨紙硯，二來打算去聚德樓看看。

今日的墨文齋內，竟一反平日的冷清，熱鬧異常，若不是掌櫃的認出了舒清淺，將她引入內室，單靠舒清淺自己怕是連步子都邁不進去了。

舒清淺看著外頭仍然源源不絕的客人，對正在熱情地給自己泡茶的掌櫃道：「陳掌櫃，今日生意倒是挺好呀！」

「舒二小姐見笑了。」陳掌櫃把泡好的茶遞給舒清淺。「馬上要到迎風月了，這幾日京中都是從各地趕來的書生、才子，小店也是沾了這光。」顯然這些天陳掌櫃賺了不少，胖乎乎的臉上滿是笑意。「不知舒二小姐今日前來，是要買些什麼？」

「我是來幫家姊買些筆墨紙硯的，家姊這幾日在家中抄書，這些東西消耗得有些快。」

舒清淺問道：「陳掌櫃應該知曉家姊慣用的品類吧？」

「原來是大小姐有需要。」陳掌櫃邊說，邊轉身從櫃子中取出一沓帶有淡香的紙張，抱歉地道：「這是大小姐慣用的覓雪箋紙，不過這幾日需求實在太大，只剩下這些了，可能還得等上三日，新貨才會到。」

舒清淺點頭。「那這些先幫我包起來，等三日後貨到了，再煩勞陳掌櫃派人送一些去左相府。」

「誒，得了。」陳掌櫃將箋紙放平，又為舒清淺取來墨塊一起包好。「二小姐，小的過會兒便讓人將這些東西送去貴府。」

「好，多謝。」舒清淺付過銀子後，便起身走出墨文齋，往聚德樓而去。

聚德樓是京中文人平日裡最愛聚集的地方，尤其在每年迎風月和科考期間，聚德樓內總是不乏切磋學問、交流文章的文人才子，今年亦是如此。

聚德樓的二樓和三樓皆設有雅間、茶座，客人們若想上樓就座，要麼如常付銀子，要麼現寫一幅字或作一首詩，只須得到樓內學者認可，便可免費上樓。大部分讀書人為了彰顯己身之才，都會選擇以第二種方式上樓。

舒清淺走進聚德樓後，先是在一樓小轉一圈，發現大部分人都拿著同一本書冊在交流談論，隨後她便走向樓梯，準備上樓，此時立刻有小二上前詢問道：「不知小姐是付錢，還是題字作詩？」

「付錢。」舒清淺從荷包裡掏出一錠銀子遞給小二，道：「再給我上一壺清茶。」

「馬上來。」小二接了銀子，笑意滿滿地引領上樓。

二樓某臨窗雅間內，有兩名年輕男子正在品茗，順便觀看樓下文人才子們的高談闊論。

「咦？」藍袍男子突然看到了什麼，示意對面長相俊雅的青衫男子朝樓梯那兒看。「老三，你看，那位是不是左相大人家的二小姐舒清淺？」

青衫男子順著望過去，見是一位清秀俏麗的姑娘，搖了搖頭道：「我沒見過舒清淺，不知道是不是她。」

藍袍男子略感失望，隨即拍著腦袋道：「你不知道，但石印肯定知道，找石印來問問便是了。」說著便喚石印進來。

被喚進來的石印朝二人行禮。「殿下、伯爺，有何吩咐？」雅間內的兩人正是三皇子章昊霖與平陽伯祁安賢。

祁安賢示意石印過來。「石印，你幫我看看那女子是舒清淺嗎？」

石印朝樓下看了一眼，肯定地點頭道：「正是左相大人家的二小姐。」

「既如此，你幫我去請舒二小姐上來坐坐。」祁安賢看了看一旁面無表情喝著茶的三皇子，笑道：「我倒想看看這位比老三還能幹的女子，究竟有什麼通天本事。」

石印看了一眼自家主子，見三皇子並沒有拒絕的意思，便應道：「伯爺稍候。」說完便轉身出了雅間，朝舒清淺走去。

那一頭隨著小二上樓的舒清淺，在路過又一個手拿相同書冊的讀書人身旁時，順口問小二道：「你可知那些讀書人手裡拿的是什麼書嗎？」

「姑娘有所不知。」小二道：「那是數月之前太傅徐元文所編撰的《徐子》。」

小二剛將舒清淺帶上二樓，突然被一名身著玄衣的男子攔下。

男子雖不苟言笑，卻未失禮數，朝舒清淺行了一禮，指向不遠處的雅間道：「舒二小姐，我家主子邀您過去小坐。」

舒清淺自是已認出此玄衣男子乃三皇子的近衛石印，心下不禁有些慌亂，一時竟忘了應答。

一旁的小二見舒清淺沒有回話，便詢問道：「那姑娘您是去那邊坐坐，還是要另尋雅間呢？」

舒清淺淡淡一笑。「既有貴人相邀，定是要去的。」說完她又掏出兩錠銀子遞給小二。「麻煩把那一壺清茶換成你們這兒最好的明前龍井。」

「沒問題，三日之前剛從西湖運來的明前茶，這就給您泡去。」小二收了銀子，麻利地轉身去泡茶。

舒清淺隨石印前去雅間，石印在雅間門口為舒清淺叩開門後，恭敬地道：「舒二小姐，請進。」

舒清淺朝石印點點頭，道了聲「有勞」後，便跨進了雅間。

雅間內有兩人，除了三皇子之外，另一人舒清淺在這一世雖然還未曾見過，但上一世也是有過幾次接觸的。

平陽伯祁安賢乃老平陽侯的遺腹子，當年陛下心憐平陽侯為國捐軀，所以祁安賢一出生便世襲了爵位，按照慣例子承父爵，爵位降低一級，封平陽伯。

而上一世舒清淺關注祁安賢的主要原因，是因為祁安賢打小便與三皇子交好，是三皇子為數不多的至交好友。

「舒二小姐請坐。」祁安賢見舒清淺進來，開口招呼道：「冒昧把舒二小姐請來同坐，甚為唐突，還望見諒。」

舒清淺見二人沒有先自我表明身分的意思，便也沒多說，在兩人對面的凳子上坐下，笑言道：「公子既然自知唐突，還將我邀來一坐，想必是不拘小節之人，我又豈會在意。」

「舒二小姐果真是個好相處的性子，看來今日在下沒邀請錯人。」祁安賢爽快笑道：「在下祁安賢，旁邊那位不說話的，喚他『三公子』便可。」

舒清淺朝三皇子微微頷首。「三公子。」

章昊霖點頭，依舊沒開口，只是安靜地看著祁安賢與舒清淺說話。

小二很快就提著茶壺，送了進來，為三人上好茶後，小二從懷裡取出一本書冊遞給舒清淺，道：「這是剛剛姑娘詢問的書，我見樓內先生那兒正好還有幾本，便取了一本來給姑娘看看。」小二常年混跡在酒樓內，見多了各色客人，像這邊三位雖不顯擺，但一看便知是富戶或貴族，自是盡心招待。

舒清淺接過書冊，朝小二道：「多謝。」

「姑娘不用客氣。」小二殷勤地說：「三位慢用。」說完便退出雅間。

章昊霖端起茶杯，輕嚐一口，茶水柔和清香，他忍不住讚道：「好茶。」

舒清淺也端起茶杯，對三皇子笑道：「上好的明前龍井，全京城只有聚德樓每年會少量供應。」

章昊霖看著舒清淺靈動的眼眸，嘴角帶笑。「想不到舒二小姐竟還是個懂茶之人。」

「三公子謬讚。」舒清淺端起茶杯，啜飲了一小口茶水，眨眨眼道：「我之所以知道這明前龍井是好茶，一則是因為它的價格高，二則是它限量特供，所謂物以稀為貴，所以這明前龍井定是好茶。」

聞言，一旁的祁安賢差點兒沒被茶水嗆到。「剛想誇妳是大雅之人，誰料妳卻說出了如此大俗的理由。」

「祁公子此言差矣。」舒清淺笑道：「既是理由，能說服人即可，何來雅俗之分？」

祁安賢一時竟無言以對。「妳這話聽起來，竟還有幾分道理的樣子。」

「自是有道理的。」舒清淺一邊說，一邊打開了剛剛小二替她帶來的《徐子》一書，稍稍翻看了幾頁，發現書中內容不外乎是徐太傅對讀書、做人、為官、行事以及個人品德的一些思想言論。

祁安賢湊過來，看清舒清淺所翻的書冊後，問道：「舒二小姐也對此書感興趣？」

舒清淺將書合上，放在一旁道：「剛剛在樓下看到那些讀書人人手一本地在討論著，這才有些好奇是什麼書罷了。」

祁安賢瞧了一眼她翻了幾頁便放在一旁的書，追問：「妳覺得此書有不妥之處？」

「書冊本身自然是沒有任何不妥。」舒清淺回道：「徐太傅乃滿腹經綸之人，書中內容大多是其半生所悟，都是一些值得年輕人借鑑的道理。」

「既然書冊本身沒有不妥……」章昊霖突然接話道：「那便是其他地方有不妥了。」

舒清淺看了眼章昊霖，隨即移開目光。果然面對某些人，哪怕過了一世，也依舊會有心動的感覺。她低頭看著茶杯中浮沈的茶葉，莞爾道：「想必三公子心中早已有了自己的看法，又何必追問小女子呢？」

「行了，你們兩個！」祁安賢伸出手指，叩了叩桌面，提醒道：「有話都直說，不要再打啞謎了，別忘了還有我這個第三人在場呢！」

「倒是清淺失禮了。」舒清淺不再遮掩，直言道：「好文章供世人傳閱本沒有錯，但現在所有讀書人都將一本書奉為經典，所有的學問、原則都參照這一本書，那天下間豈不是只剩下這一種思想？」言及此，她忍不住搖了搖頭。「天下學問本是多元，有百家思想方能互補，如今卻被一本書給禁錮了，豈不荒謬？」徐太傅年事已高，與世無爭，定不會刻意傳播其一家之言，只怕是被有心人利用了。當然，這後半句推測舒清淺並沒有說出口。

章昊霖看著舒清淺一字一句緩緩地說出自己心中的想法，他有些意外，卻似乎又都在意料之中，畢竟這種不謀而合已經是第二次了。於是，他嘴角的笑意更濃了，舉起茶杯朝舒清淺示意。「舒二小姐若為男子，在下定當引為知己。」

舒清淺亦舉杯同章昊霖輕碰，淺笑道：「承蒙三公子看得起。」

另一側的祁安賢看著以茶代酒、相談甚歡的二人，摸著下巴嘖嘖稱奇，沒想到還能看到三皇子同初次見面之人侃侃而談的場景，看來自己今日這冒昧之邀還真沒邀錯。不過話說回來，這位舒二小姐確實是個思想、見地皆不凡的有趣之人。

三人喝完了一壺明前茶後，便出了聚德樓。

樓外，舒清淺同二人告別。「爹娘還在家中等清淺回去用膳，清淺便先告辭了。」

祁安賢牽過一旁的馬，道：「舒二小姐孤身一人，還是讓咱們先送妳回府吧。」

「祁公子的好意，清淺心領了。」舒清淺笑著拒絕道：「若今日由二位公子送我回府，只怕日後傳出什麼閒言碎語，麻煩更多，還是罷了。」

祁安賢朗聲一笑，道：「妳不是挺灑脫的嗎？怎還會擔心那些莫須有的閒言碎語了？」

舒清淺撩了撩垂在耳邊的青絲，看向祁安賢，道：「我可是個即將辦成人禮的姑娘家，祁公子到底對我有什麼誤會？」

祁安賢再次無言以對，拱手道：「竟成了在下的不是了！得，那便就此告別。」

章昊霖在一旁笑著道：「下次再邀二小姐出來喝茶。」

「三公子這話，清淺可記下了。」舒清淺朝二人揮了揮手，便轉身朝左相府走去。

待舒清淺轉身離去後，章昊霖和祁安賢方上馬往另一個方向離去。

祁安賢思及聚德樓內之事，開口道：「老三，你是否覺得徐太傅這事兒，背後有人？」

章昊霖點頭。「單靠一本書冊，不至於會有如此大的影響。」

「可徐太傅近三年可是科舉考試的命題官與主考官，那些學子們把他的書奉作為經典拜讀，也不是不能理解。」祁安賢摸著下巴道。

「問題是這本書在文人、學子中的傳播速度，快得有些異常。」章昊霖嚴肅地道：「徐太傅這書在兩個月前才問世，但現在幾乎天下讀書人已經人手一本，實在不尋常。」

「罷了，不管事實如何，回府後我便讓人去查查這事兒。」祁安賢回道。

第六章 共遊

舒清淺尚未走到左相府門口，遠遠地便瞧見府門口有許多僕人和馬車進進出出，一派熱鬧的景象。她略感疑惑，隨即似是想到了什麼，急忙提起裙襬跑進府內。

一進府，看到被大家圍住的那道身影，舒清淺大喜，喊了一聲。「二哥！」她朝那道身影跑了過去，那人正是才剛從邊關回京的舒辰瑜。

「跑慢點，妳一個姑娘家別這般急性子。」一旁的舒夫人見狀，忍不住囉嗦道。

「知道了，娘。」舒清淺一邊回著母親，一邊朝舒辰瑜偷偷地做了個鬼臉。

上一世舒辰瑜因為舒菡萏與寧國侯世子一事，被陛下遷怒，本是風光無限的皇城軍統領卻在一夜間被發配邊關，沒有聖旨，永遠不准回京。舒清淺至死，都覺得沒有顏面去見一眼這個從小便與自己最為親密的二哥。

「清淺。」舒辰瑜見是舒清淺來了，臉上的笑意更濃，一臉神秘地道：「我給妳帶了禮物，妳肯定會喜歡。」

舒清淺眼睛一亮，急切地追問：「什麼禮物？」二哥給她帶的禮物，肯定會合她心意。

「過會兒進屋再拿給妳。」舒辰瑜賣了個關子。

「那趕緊的。」舒清淺拉著舒辰瑜便朝廳堂走去，邊走還邊道：「二哥，這短短數月你怎麼黑了這麼多？不過身板倒是結實不少。」她伸手捏了捏舒辰瑜的背脊。

「清淺，妳不知道邊關的太陽有多曬人，尤其在大漠地帶，吹過來的風裡都夾雜著細沙，待久了自是會曬黑變糙的。」舒辰瑜又道：「再說我每天可是天剛亮就和兵士們一同起床操練，一點兒都沒偷懶，自是強健不少。」

聞言，舒清淺摸著自己的臉，若有所思地道：「我本還想著和你一起去邊塞看看呢！可現在聽你這麼一說，我倒覺得還是待在京中養著比較好。如果皮膚變得和你一樣又黑又糙，別說娘了，連我自己都受不了。」

「咱們邊塞將士都是保家衛國的好男兒。」舒辰瑜則不以為然地道：「黑一點、糙一點，那才是真漢子。」

「行、行，二哥你最厲害了。」舒清淺笑道：「不過我還是在京中安安穩穩地當個漂亮白淨的小女子吧。」

舒辰瑜反問道：「我怎麼聽說妳前些日子還瞞著爹娘偷偷跑去安縣賑災了？那動靜可鬧得不小。」

舒清淺挑了挑眉道：「難不成只准你去邊塞保家衛國，就不准我去災區救災民於水火之中了？」

舒辰瑜搖頭笑道：「從小到大我就沒占過妳一次嘴上的便宜。」待走進廳堂後，他從桌上的一堆錦盒裡挑出一只黑色錦盒，遞給舒清淺。「給妳的禮物，保證妳會愛不釋手。」

舒清淺接過錦盒打開，只見錦盒中放著一條銀白色的細鞭。她取出細看，發現這鞭子只有一指寬，鞭子內似乎鑲嵌著金色的絲線，隱隱有些光澤，很是漂亮。

她輕輕地朝著地面甩了一下細鞭，只見鋪在廳堂內的厚毯上立刻裂了一道口子，舒清淺不禁驚豔讚嘆。「好鞭子！」

「自然是好鞭子。」舒辰瑜接過鞭子，將其首、尾相扣，瞬間變成一條細細的掛飾，他解釋道：「這鞭子首、尾都是有暗扣的，平日裡將它繫在腰帶外圈，就完全看不出來是條細鞭了；等要用的時候，再以手指按住暗扣，鞭子一下子便可甩出。」

舒清淺拿過鞭子，將其扣在腰間，果真看起來就像是腰帶上的裝飾。「這般巧妙的玩意兒，你從哪裡尋來的？」

舒辰瑜得意地道：「之前在大漠裡遇見一快餓死的老漢，我便順手給了他一些吃食，帶他走出大漠。誰知數日之後他尋來軍營，定要將這鞭子贈與我，後來我才知曉這老漢竟是赫赫有名的兵器匠人孫乾。」

「竟是孫乾所製的鞭子，難怪會如此精妙！」舒清淺愛不釋手地撫摸著腰間的鞭子。

「多謝二哥！」

「你明知道清淺是個靜不住的性子，還送她鞭子這種玩意兒。」從大門外走進來的舒夫人看了眼地毯上被鞭子揮裂的口子，一臉埋怨地看著二兒子。「以後只准送一些書籍、字畫給她，知道了嗎？」

「就這一次，下次絕對不再送小妹這些東西了。」舒辰瑜朝舒清淺眨了眨眼，拍著胸脯對舒夫人保證，一邊轉移話題道：「娘，您過來看看，這是我給您準備的禮物。」

瞧見娘被二哥三言兩語就給哄笑了，舒清淺摸著腰間的鞭子，心滿意足地隨舒夫人一起拆看舒辰瑜帶回來的其他禮物。

午膳間，待一家人用完餐，丫鬟收拾好桌子，給眾人上了茶水後，舒辰瑜這才看向上座的舒遠山開口道：「爹，這次的迎風月，兒子準備參加武會。」

舒遠山看了一眼面容已經脫去稚氣的次子，點點頭道：「你若是決定了，爹定會支持你的。」

倒是一旁的舒辰瑾開口道：「今日早朝上，陛下似乎有意在此次武會中選取新任的皇城軍統領。」他看向二弟。「皇城軍統領一職，素來都是由當朝大員家中的子侄輩擔任，辰瑜若是在武會中表現出眾，倒是有極大的可能被相中。」

一旁的舒夫人亦點頭贊同。「相比邊塞大漠，娘還是希望你能留在京中任職的。」

舒辰瑜笑道：「如今邊關安定，既然不能在戰場上為國效力，那麼在京中為陛下、為百姓效力亦是一樣的。」

數日後，迎風月正式到來，開始舉行為期三日的開月慶典。

按照習俗，在這三日內，京中百姓都會結伴出門踏青，年輕的才子佳人亦會聚在一塊兒放紙鳶和孔明燈；除此之外，一家人去廟宇中上香、祈福，那更是必不可少的。

舒清淺原本打算在迎風月首日叫上林柔月一道去放紙鳶的，不料卻在前一日收到一封來自宮中的信箋，竟是安樂公主寫給她的，想邀她次日一道出門遊玩。

面對安樂公主的邀請，舒清淺定然不會拒絕，毫無猶豫便讓前來送信的宮女帶回口信，道明日定準時赴約。她雖然不知安樂公主是如何下定決心同皇后告假出宮的，不過還是打心底為安樂公主鼓掌叫好。

次日，舒清淺準時抵達與安樂公主在信中約定的城南海棠亭。由於海棠亭外有大片的海棠樹，微風吹拂過後，地面上便鋪滿厚厚的海棠落花。她怕馬蹄踏過會驚擾落花，在海棠林外便下馬，牽著馬兒走進林子。

舒清淺尚未走到亭內，遠遠便看到安樂公主一臉興奮地站在亭子外，朝自己揮手。「清淺。」

她將馬兒繫在一旁的海棠樹上，撣了撣肩上的落花，朝安樂公主打招呼道：「公主等很久了嗎？」

「沒有，我也剛到。」安樂公主親暱地拉著舒清淺走進亭子，笑著道：「亭中坐著的是我三哥。」

舒清淺這才注意到亭中還有一人，正是三皇子章昊霖。

舒清淺向三皇子行禮道：「清淺見過三皇子。」

章昊霖見舒清淺似是認出他來了，也不意外，抬了抬手道：「舒二小姐不必多禮，妳和靈曦玩妳們的，我只是陪同，不必顧忌我。」

安樂公主解釋道：「母后不放心我一人出宮，特意叮囑三哥定要陪著我一起。」

「公主難得出宮，皇后娘娘不放心也是正常。」舒清淺看了一眼安樂公主的穿著打扮，問道：「公主也是騎馬出來的嗎？」

「是啊，咱們的馬停在那一頭的林子外面呢。」安樂公主指了個方向示意，隨即看向舒清淺，瞇眼道：「清淺，妳直接喚我名字便可，反正也沒有外人在。」

舒清淺笑了笑，點頭答應。「好。」

「清淺，我今日想先去街市逛一逛，然後再去京中最有名的酒樓吃一頓。」舒清淺牽著馬慢慢走著，聽身邊的安樂公主一一細數著今日的計劃。「吃過飯我還要去城外的馬場跑幾圈，如果有時間的話，我還想放紙鳶。」

舒清淺瞧安樂公主一臉興奮的模樣，終是忍不住開口問道：「靈曦，妳怎麼會決定今日要出宮遊玩呢？」

聞言，安樂公主臉上的表情更生動活潑了。「清淺，妳不知道，我到現在都還有些緊張呢！」安樂公主像是一個鼓足勇氣終於偷吃到糖的孩童一般，迫不及待地和舒清淺分享自己的心情。「我昨日向母后告假前一直在猶豫，擔心母后會覺得我貪玩而不高興。不過等到真的去母后面前說出口，反而覺得什麼事都沒有了，而且母后也沒有生氣。清淺，妳說得對，有時候真的不需要顧忌那麼多。」

「很多事情做了之後，才會發現比想像的要容易很多。」舒清淺笑道：「所以說呀，許多困難都是我們自己想像出來的。」

章昊霖保持著三步左右的距離，跟在舒清淺與章靈曦身後。看著今日靈曦出宮後就像個被放出籠子的鳥兒一般高興，章昊霖這才知道原來靈曦並不是不喜歡出宮，一直以來只是因為害怕皇后娘娘責怪，靈曦才從來不提出宮玩耍一事。

他本以為靈曦寄養在皇后名下，皇后又視靈曦如己出，靈曦應該還會是如母妃未去世時那般天真活潑、單純可愛的性子。可他卻忘了他與靈曦長居宮中，從小又沒有母妃護持，自己為人行事尚且需要小心翼翼，靈曦又怎會永遠不諳世事？

忽略了靈曦的想法，是他這個當哥哥的失職，卻沒想到僅和靈曦見過一次面的舒清淺，不過三言兩語便讓靈曦放下種種顧慮，再次展露出久違的純真本性。

章昊霖的目光落在前方舒清淺牽著馬的背影上。她正是和靈曦一般大的年紀，身形甚至比靈曦還要瘦弱一些，可就是這樣一位長相清麗的大家閨秀，無論是才華學識，還是思想品性，卻總能一而再、再而三地讓他驚豔。

三人很快便走到了林子外邊，三皇子和安樂公主的馬正繫在一旁的拴馬樁上，低頭吃著草。

安樂公主解開馬後，便迫不及待地翻身上馬。

舒清淺看著安樂公主流暢的動作，亦翻身上馬，與公主並行。「妳之前學過騎馬？」

安樂公主挑了挑眉道：「我在宮中曾向侍衛首領學過。怎麼樣，姿勢可還標準？」

「姿勢很好看，頗為颯爽。」舒清淺雙腳輕夾馬肚，與安樂公主一邊說笑，一邊朝城中騎去。

章昊霖依舊與二人保持一個馬身的距離，不緊不慢地跟隨在後。

京城中的街市平日便很熱鬧，如今恰逢迎風月的開月慶典，更是人頭攢動，繁華異常。街市兩邊除了茶樓、酒肆、戲院、書館等商戶，還有不少小商販排起的各色鋪子，小販們吆喝、叫賣的聲音此起彼伏，偶有舉著糖葫蘆經過街道巷口的小販，身後定是跟著一群嘬著手指的垂髫孩童。

三人在進入街市前便已下馬，牽著馬步行，安樂公主還是第一次見到這種熱鬧繁華的街市景象，街邊再小的事物都能激起她的好奇心。章昊霖見狀，便接過了靈曦手中的韁繩，讓她可以安心逛街。

單手牽好兩匹馬後，章昊霖見舒清淺臉上同樣露出興奮的神情，看樣子對街邊的攤販十分感興趣，於是便道：「舒二小姐的馬也給我牽著吧，妳和靈曦四處去逛逛。」

舒清淺看著章昊霖伸到自己面前的手，略有猶豫，但見他並沒有見外的意思，決定不要讓自己顯得太拘謹，便將韁繩交到章昊霖手中，淺淺一笑道：「那便有勞三皇子了。」

「靈曦，那妳便和舒二小姐兩人在街市上逛逛。」章昊霖和安樂公主說完後，又轉頭對舒清淺道：「靈曦想嚐一嚐品珍樓的菜餚，我先去品珍樓等妳們，妳們一個時辰之後再過來尋我，如何？」

「沒問題。」舒清淺答應道：「我會寸步不離地跟著靈曦的，三皇子不必擔心。」

「靈曦和舒二小姐一道，我自是放心的。」三皇子笑了笑，便牽著馬先行離去。

舒清淺看著章昊霖的背影，見他手裡雖然牽著三匹馬，卻依舊掩不住周身那儒雅清貴的氣質。她的嘴角略微揚起，心情很是不錯。

第七章　賽馬

章昊霖一走，安樂公主便迫不及待地拉著舒清淺往人群中擠去。

看著擺滿各色玩意兒的小攤，安樂公主像個好奇的孩童一般，恨不得每樣東西都要看上一看。

舒清淺耐心地陪著公主一家、一家地逛過去，還時不時為她介紹某些東西的用途。

「對了，前面有一家賣糕點的鋪子，他家的桃花糖又好看、又好吃，每年只有在迎風月才供應，妳要不要去嚐嚐看？」舒清淺指著不遠處的某家鋪子，轉頭問安樂公主。

安樂公主順著舒清淺指的方向看去，只見不遠處的一家鋪子門口正排著長長的隊伍，她立刻被吸引了注意力，拉著舒清淺便朝那邊走去。「這麼多人排隊，當然要去看看！」

李福記糕點鋪外，兩人約莫排了一盞茶的時間才輪到她們，看著做成各種形狀、不同口味的糕點和糖果，安樂公主只覺得眼花繚亂，難以抉擇，最後選了十餘種，讓掌櫃的各包兩塊嚐嚐。

舒清淺則開口詢問道：「掌櫃的，可還有桃花糖與桃花酥？」

「自是有的。」掌櫃的邊說，邊拿出一個裝滿竹籤的小竹筒。「今日乃迎風月首日，小店特別推出活動，這些竹籤子中有一支底部是刻了桃花的，您若是能抽到桃花籤子，便可免費得到桃花糖一份。」

舒清淺與安樂公主對視一眼，見安樂公主躍躍欲試的模樣，便道：「靈曦，妳今日運氣好，妳來抽。」

安樂公主也不推辭，伸手抽出一支，翻到底部一看，開心地撫掌道：「哈哈，果真有桃花！」

「恭喜二位姑娘！」掌櫃的笑咪咪地取出一包桃花糖，連著之前包好的糕點一起遞給安樂公主，還不忘說句吉祥話。「姑娘今年定會好運連連。」逗得安樂公主笑彎了眼。

舒清淺又讓老闆包了兩份桃花糖與桃花酥，準備帶回去給姊姊與大嫂一塊兒嚐嚐，這才同安樂公主一道離開了李福記糕點鋪。

安樂公主拆開桃花糖的小包，裡頭淡粉色的糖果做成了桃花形狀，她遞了一顆給舒清淺，自己亦嚐了一顆，入口是淡淡的桃花香，甜而不膩，安樂公主不禁瞇眼道：「難怪這麼多人排隊了，怕是連宮中的御廚都做不出這麼好吃的糖。」

舒清淺笑道：「要是御廚聽到妳這樣說，定要集體抗議了。」

「我才不管他們抗不抗議呢。」安樂公主扮了個鬼臉道，隨即又被街邊捏麵人的小攤給吸引了過去。

看著捏麵人的小販三兩下就能捏出一個活靈活現的動物或人形，安樂公主忍不住問道：「這個可以捏成我的樣子嗎？」

小販看了安樂公主一眼，隨即將手中的麵團捏扁、搓圓，不一會兒，一個安樂公主模樣的小人便成形了。小販見安樂公主移不開眼的模樣，繼續道：「姑娘若想買，小的還可以替麵人上色，到時候會更像。」

安樂公主拉著舒清淺在攤位前的小凳上坐下。「我給你銀子，你可以教我捏幾個嗎？」

「當然可以。」小販笑咪咪地為安樂公主與舒清淺準備好麵團。「不知姑娘想捏人，還是捏物？」

安樂公主拿著麵團，躍躍欲試道：「捏人。」

不出片刻，安樂公主與舒清淺已捏好了幾個麵人，兩人在小販的指點下，用畫筆蘸著彩墨，小心翼翼地給麵人上色。

「清淺，妳畫得比我好看多了。」安樂公主看了看舒清淺手中初具形狀的小人，再看看自己手中四不像的小麵人，頗為羨慕道。

「這東西貴在心意。」舒清淺笑笑地放下一個畫好的小麵人，拿起另一個繼續畫。她為爹、娘、大哥、大嫂、姊姊和二哥都各捏了一個。「只要是妳捏的，就算再難看，收到的人都不會嫌棄的。」

安樂公主想了想，覺得有理。「妳說得對。」說完便繼續拿起面前的小人擺弄著。

兩人從捏麵人的攤子離開後，也差不多臨近中午了，於是兩人直奔品珍樓，在樓下時便看到了坐在二樓窗口位置的章昊霖。

兩人來到樓上雅間，章昊霖看著安樂公主與舒清淺手中提著的諸多小包，笑問：「可玩得高興？」

安樂公主因為上樓時跑得太急，臉蛋有些紅紅的。「特別高興！我見到了好多從來沒見過的東西，都特別好玩，若不是擔心東西太多會帶不回宮裡，我真想把每個都買下來。」

章昊霖給二人各遞了一杯茶水。「妳若是喜歡，買下來後先放在我府中便是。」

安樂公主喝了一大口茶水後，獻寶似地從一個布袋裡取出一個小麵人，遞給章昊霖。「三哥你看，我給你捏的麵人，雖然不大好看，但清淺說是我親手捏的，你定會喜歡。」

章昊霖看了眼手中有些滑稽的小人，神情溫柔，嘴角帶笑。「妳捏的我當然喜歡。」

聞言安樂公主臉上的笑意更濃。「我還給父皇、母后、太子哥哥都各捏了一個，不過三哥你的最大！」

章昊霖將小麵人放進袖口，小心收好，隨即叫來小二點菜。

滿滿一桌特色佳餚，安樂公主吃得極為高興，再次下結論道：「宮中御廚做的菜都沒有這裡的好吃。」

吃完飯後，安樂公主便想要拉著舒清淺去馬場，不過舒清淺卻先帶安樂公主去了對面的戲樓，看了一齣皮影戲，休憩片刻後，兩人方才騎馬去了城郊馬場。

北城郊外景色宜人，地廣人稀，所以不少富戶和貴族都將別院修建於此。一路過來，路上有不少相攜踏青遊玩的才子佳人。

原本章昊霖是打算帶安樂公主去皇家馬場的，無奈安樂公主直呼那兒太冷清，沒意思，定要來這北郊馬場。章昊霖見靈曦難得這麼高興，也不願掃了她的興致，便隨著她了。

馬場內似乎正舉辦著什麼活動，很是熱鬧，舒清淺隨意拉過一個馬場的小廝問道：「今兒個是有什麼活動嗎？」

「那邊正在賽馬呢！」小廝道：「姑娘若想參加，現在過去還來得及，頭彩可是咱們馬場那匹有名的寶馬白玉。」

「白玉是頭彩？」聞言舒清淺的眼睛亮了亮。「白玉」是一匹品相極佳的白馬，周身沒有一根雜色毛髮，且血統純正，速度快，耐力好。舒清淺雖不是馬癡，但架不住這馬實在太漂亮了，斷然沒有不想要的道理。

「清淺，妳想去參賽？」安樂公主見舒清淺很感興趣的模樣，亦好奇道：「那我也可以參加嗎？」

「不可以。」這一次舒清淺倒是和一旁的章昊霖異口同聲地反對。

安樂公主皺著鼻子，看看三哥，又看看舒清淺。「為何？」

「靈曦，妳以前沒參加過這種活動，對馬匹的掌控度不夠。」舒清淺實話解釋道：「會有危險。」

安樂公主似乎還有些不服氣。「那清淺妳呢？」

舒清淺笑著搖了搖頭。「妳過會兒就知道了。」

待交了銀子並登記參賽後，舒清淺便牽著自己的馬兒去了等候區。她今日騎的馬速度雖比不上頂尖寶馬，卻貴在靈活，且與自身的默契極好，這匹馬兒正適合參加馬場今日舉辦的這種障礙賽馬。

在外圍觀看的安樂公主見到賽馬跑道之後，便明白了舒清淺的意思。原來所謂的賽馬並不是單純的賽馬，為了增加趣味性，主辦方在賽道上設置了不少難度不一的大、小障礙物，參賽者必須一一順利通過障礙物，且速度最快者，方能獲勝。

舒清淺一邊替自己的馬兒順著鬃毛，一邊抬頭看了看周圍的參賽者，目光卻在掃到某人時變得尖銳起來，不遠處那個趾高氣揚的人不就是王珏嗎？

王珏此人不學無術，唯一拿得出手的，便是馬術了。舒清淺注意到在王珏附近，有幾個姑娘正目不轉睛地看著他，心中忍不住嘲諷，想必這位王公子今日是打定主意要在幾位美嬌娘面前露一手了。

舒清淺默默為王珏點蠟——不好意思，今日碰上本姑娘，你是注定贏不了了。

號令聲一起，眾多參賽者便如離弦的箭一般衝了出去，幾個中等障礙過後，一大批參賽者便被甩在後頭；再加上幾個連續的彎角障礙，大半賽程過後，竟只剩下舒清淺與王珏兩人領先群馬。

王珏本是調查過各個參賽者的，知道都不如自己，所以才放心大膽地領著幾個姑娘來看自己比賽，想要在姑娘們面前大顯身手，誰料如今竟被一個中途插進來的女子打亂了計劃，他不禁有些惱火。

在某段窄道上，王玨突然擠向舒清淺，試圖讓舒清淺跌落下馬；好在舒清淺早就對王玨有所防範，一個靈活的變道，反害得王玨一個踉蹌。聽著周圍觀眾的笑聲，王玨大為光火，全副精力已從跑馬賽轉移到要讓舒清淺出醜上頭。

場外的安樂公主雖不懂賽馬，卻也看出了王玨對舒清淺滿滿的攻擊性與敵意，不禁有些緊張地拉著章旻霖的袖子道：「三哥，我怎麼覺著那人在故意針對清淺？清淺會不會有危險啊？」

章旻霖亦蹙眉看著場內的情景，他雖然早就聽說過靜平伯世子不學無術，卻沒料到那王玨竟是如此不要臉面之人，居然在賽道上對一個姑娘家屢下黑手，真是有些難看了。

而賽道上的舒清淺一面防範著王玨不斷施加的小動作，一面注意著賽道的情況，在準備越過最後一個大障礙前，她故意減緩了速度。

一旁的王玨原本已逼近舒清淺，打算給她的馬兒來一腳，不料舒清淺卻突然減速，於是這一腳便踹空了。王玨極為狼狽地險些落馬，等好不容易穩住身形後，舒清淺早已衝過最後一個大障礙。

在通過最後一個大障礙物之後，沒了王玨的搗亂，後面剩下的幾個小障礙物，舒清淺簡直如履平地，順利拿下了這場馬賽的第一名。

從馬場主人手中牽過白玉後，舒清淺也不去看王玨怎麼樣了，她牽著白玉離開賽道，高高興興地去找安樂公主與章昊霖。

「清淺，妳真厲害！」場外的安樂公主見舒清淺不僅毫髮無傷，還得了第一名歸來，忍不住豎起大拇指道：「以後我要和妳一起學馬術，妳可比那些侍衛厲害多了。」

一旁的章昊霖亦點頭讚嘆道：「舒二小姐真是練就一身好馬術。」

「多謝誇獎。」舒清淺心情大好，坦然地接受了讚美。

安樂公主忍不住摸著白玉漂亮的鬃毛道：「這馬兒真漂亮。」

「我就是衝著這匹馬才參賽的。」舒清淺伸手揉了揉白玉的下巴。

白玉似乎也知道這是自己的新主人，亦低頭親暱地蹭了蹭舒清淺。

舒清淺看了看天色，有些抱歉地對安樂公主道：「靈曦，今日恐怕來不及陪妳放紙鳶了。」

安樂公主大度地搖了搖頭道：「放紙鳶下次再說。清淺，妳先來教我騎馬可好？」

舒清淺牽著白玉，笑道：「我正好也要和白玉培養、培養感情。走，咱們騎馬去。」

安樂公主跟在舒清淺身旁，邊走邊吐槽道：「清淺，剛剛賽道上那人好討厭。」

舒清淺頗有同感，點頭道：「我也覺得他很討厭。」

兩人身後的章昊霖轉頭看了看一臉憤恨與不甘的王玨，在心中暗自搖了搖頭，亦隨著靈曦與舒清淺去了前面的草場。

迎風月的第三日，舒家女眷每年都固定會去南安寺上香、祈福，今年亦不例外。

一大早，舒夫人便張羅開來，親自查看那些已提前準備好要帶去南安寺供奉的瓜果、糕點和鮮花。

「紫娥，那些米、麵、油、鹽可有準備好？」舒夫人一邊吩咐著丫鬟、婆子要小心地將東西搬上馬車，一邊詢問身旁的嬤嬤紫娥。南安寺常年免費為京中孤寡老人與窮人供應齋飯，舒夫人每隔一段時日便會贈些米糧給南安寺，也算是功德一件。

「米、麵、油、鹽那些的都正在後門裝箱呢。」紫娥道：「要老奴過去看看嗎？」

舒夫人點頭道：「妳去看看吧！送去南安寺的米，定要是今年剛送來的新米，絕不能以次充好。」

此時舒菡萏與舒清淺也從門內走了出來，舒清淺看著滿滿一馬車的東西，順口問道：「娘，今年怎麼準備了這麼多供品？」

「今年可是有願要求菩薩的。」舒夫人的目光落在大女兒身上。「一是要為妳姊姊求一門良緣，二是要為妳嫂子腹中的胎兒祈福。」

舒清淺笑道：「娘，心誠則靈。您帶這麼多供品，還不如為南安寺裡的師父們添些夏衣和夏被，再為寺中收留的那些孤寡老人添些生活器具。」

這一回舒夫人倒是沒有反駁舒清淺，而是恍然道：「我就想說還少帶了些什麼東西！」

舒夫人轉身進門，對身邊的丫鬟道：「快去把昨日剛送到府中的那批衣被與之前整理好的閒置用具都收拾好，等會兒一起放到馬車上。」

舒夫人領著丫鬟們又忙了開來，舒清淺和舒菡萏則在一旁等著。忽而門內又傳出一陣腳步聲，轉頭看去，竟是梁問雪在舒辰瑾與丫鬟的陪同下走了過來。

「大哥、大嫂。」舒菡萏與舒清淺向二人問好。

「大嫂今日也要去南安寺嗎？」舒清淺看了看梁問雪的肚子，由於是雙胎的緣故，梁問雪的肚子比起同月分的孕婦要大很多。

梁問雪點頭道：「前兩日大夫來看過，說我的胎已經穩定了，這兩個月不能再一直歇著，得多走動、走動。我就想著今日和妳們一起去南安寺祈福，希望孩子可以順利出生。」

一旁的舒辰瑾伸手為妻子整理了一下歪掉的頭飾，這才對舒菡萏和舒清淺道：「大哥一會兒在戶部還有事情得處理，今日南安寺的香客定然不少，記得幫大哥照顧好妳們大嫂。」

舒菡萏和舒清淺點頭應下。「大哥放心。」

待東西都裝上馬車之後，舒家女眷一行共三輛馬車，便朝南安寺駛去。

到達南安寺時雖然還很早，但寺外已經被前來上香、祈福的香客們擠得水泄不通了。

舒夫人讓人將馬車駛去寺院後門，由於舒夫人常來院內贈送米糧和衣物，掌管後院庫房的妙禮師父對舒家的馬車很熟悉。

「舒夫人吉祥。」妙禮師父笑咪咪地向舒夫人問好。

舒夫人從馬車上下來，朝妙禮師父合十作揖道：「師父吉祥，今日帶著我家女兒和兒媳一起過來上香，順便給寺中的師父和孤寡老人們帶來一些米糧、衣物，您看看該放在哪邊比較合適？」

「感恩舒夫人大善。」妙禮師父隨著舒夫人一起查看了下車中物資後，便讓人搬進還空著的庫房。「舒夫人，今日中午，善堂會為香客們準備齋菜、齋飯，您和諸位小姐、夫人上過香後定要留下來用膳。」

「這是自然。」舒夫人笑著答應。「那我便先帶她們去前殿上香了。」

第八章　教訓

上完香後，離午膳時間還很早，舒夫人便帶著梁問雪去了裡間禪院，聽靜安師父講經，而舒清淺則拉著舒菡萏一起去了後山賞景。

「姊姊，我聽說這後山上的楊梅結果了，過會兒咱們摘些回去煮酸梅湯喝怎麼樣？」舒清淺看著不遠處的一大片楊梅樹林提議道。

舒菡萏點頭贊同。「大嫂最近剛好喜歡吃酸酸甜甜的東西，摘些回去給大嫂嚐嚐吧。」

「小姐，妳們先在這裡休息一會兒。」碧月道：「奴婢和碧瑤去幫妳們尋幾個籃子過來裝楊梅。」

舒菡萏點頭應允後，碧月便拉著碧瑤去前面的廂房找竹籃了。

「姊姊，這邊有凳子。」舒清淺眼尖，發現了不遠處的石桌和石凳，高高興興地拉著舒菡萏便欲坐過去。

「這不是舒大小姐嗎？」舒菡萏與舒清淺還未走近石桌，身後便傳來一道輕佻的聲音。

話說今日一早，王玨便被他娘靜平伯夫人押著一道來了這南安寺上香，本來還準備半路開溜的王玨，被靜平伯夫人一句「若是敢走，往後月銀減半」給硬生生逼得留在這南安寺。百無聊賴的他帶著一幫小廝在後山亂逛，正煩躁著，卻突然看到一個熟悉的背影，他立刻精神大振。

聽到身後傳來的聲音，舒菡萏有些頭疼，正猶豫著要不要回頭，身旁的舒清淺已經回過身子，目光在王玨身上停留了兩秒，隨即搖頭笑道：「這不是我前天在馬場遇到的王公子嗎？」

王玨本來還沒注意到一旁的舒清淺，此時聽舒清淺這樣一說，王玨立刻瞪向她，隨即露出了陰沈的笑容。「我還沒派人找妳麻煩呢，妳倒敢送上門來！」說完他手一揮，示意身後的小廝將舒菡萏與舒清淺圍起來。

舒清淺挑眉，看了看周圍的幾個小廝，不屑地笑道：「怎麼？王公子還準備以多欺少，欺負我這個弱女子？」

「弱女子？」王玨冷笑。「那日在馬場裡妳可不弱。」

一旁的舒菡萏見舒清淺不但不懼怕，還一臉興奮的模樣，知道小妹定是想動手了，便扯了扯舒清淺的衣袖，示意她不要衝動，又轉過身對王玨道：「靜平伯世子，舍妹年紀小，性子衝動，你最好還是讓你的這些手下放咱們離開。」

王玨一臉色迷迷地看著舒菡萏。「既然舒大小姐開口了，我當然沒有不聽的道理。」王玨做出大度的模樣。「這樣吧，只要妳妹妹向我道歉，並將那匹白玉寶馬還給我，我便不計前嫌，如何？」

聽他這樣說，舒菡萏不再多言，只是同情地看了王玨一眼，那目光似乎在說「自求多福吧」，隨後細聲地對舒清淺道：「小妹，下手時有些分寸。」說完，便退至舒清淺身後。

「放心吧，姊姊。」舒清淺看著王玨，道：「王玨，我再給你一次機會，讓不讓開？」

王玨仗著自己人多，對方又是兩個手無縛雞之力的弱女子，他很是囂張，不但不讓，反而還上前一步，獰笑道：「我就不讓，看妳怎麼辦？」

此時楊梅林另一側的竹屋內，三位正在煮茶、下棋的人也被這邊的動靜吸引，紛紛停下手中的棋子，望了過去。

隔著一片小樹林，並不能看得很清楚，不過祁安賢還是一眼就認出了舒清淺，於是開口向身旁的章昊霖確認道：「老三，那邊被幾人圍住的好像是舒二小姐，要不要過去看看？」

這間竹屋乃隱士李覔的臨時居所，李覔與章昊霖、祁安賢皆為好友。今日章、祁二人知曉李覔近日在京中停留，便特意過來尋他一道喝茶、聊天。

章昊霖不僅認出了舒清淺，亦認出了王玨，他搖頭道：「先別過去，她應該能應付。」

另一邊，舒清淺正等著王玨自己作死呢，而這位王公子果然沒讓她失望。

王玨得意洋洋地道：「本公子可是給過妳機會了，一會兒可別怪我不懂憐香惜玉。」說著便示意手下動手。「既然舒二小姐不知道怎麼道歉，那你們就教教她。」

就在幾名小廝同時靠近舒清淺的時候，舒清淺伸手往腰間一搭，那條銀色細鞭立刻被靈活地甩出，鞭子瞬間將近身的幾名小廝打了個措手不及，紛紛後退。她又乘機揚鞭，朝王玨抽去。

王玨大驚，下意識地伸手去擋飛來的鞭子，不料卻在手背上留下了一道深深的血痕，於是也不敢再伸手去擋，只是抬起手、抱著頭，試圖用寬大的衣袍遮住臉，閃躲間還不忘氣急敗壞地對幾名小廝怒喊。「快給我把這個瘋丫頭拉開！」

小廝們試探著上前，可步子尚未跨出，舒清淺的鞭子就已經揮了過來，最後他們面面相覷，誰都不敢再上前。

舒清淺的鞭子雖然追著王玨打，卻都沒有打到實處，每一鞭的力道，她都控制得恰到好處，剛好可以抽破王玨的衣服露出皮肉，卻又不至於抽傷他。

片刻之後，當舒清淺停下鞭子時，王玨除了一開始自己伸手擋鞭子留下的那一道血痕，其餘地方毫髮無損，只不過已經衣不蔽體，狼狽不堪了。

舒清淺身後的舒菡萏默默移開目光，不去看幾乎已經全裸的王玨，真是太丟人了。

王玨扯著僅存的布料，努力想要遮住身子，他目光怨憤，嘴裡依舊在逞強。「妳、妳知道我爹是誰嗎?!妳怎麼敢——」

不待王玨說完，舒清淺揚了揚手中的鞭子，朝地上狠狠地抽了一下，掀起厚厚的樹葉與塵土，嚇得王玨生生咽下了後半句話。

舒清淺挑眉。「還不走?」

王玨不敢再多話，領著一群小廝踉踉蹌蹌地快步離去，直至確定已經離開了舒清淺的視線範圍，一群人才敢放慢腳步。

「世子，咱要不要找個地方換身衣裳？」一個小廝看著自家公子狼狽的模樣，好心提醒，要是就這樣出了林子，明天京城各大酒樓、戲館定會傳遍公子的糗事。

王玨惱羞成怒地拍了小廝一腦袋。「這不廢話嗎?!趕緊去給我找身衣裳過來！」

那小廝趕忙跑了出去，身後的王玨還在罵罵咧咧。「我怎麼養了你們一群廢物！平時個個能耐得不得了，關鍵時刻卻連一個小丫頭都搞不定。」

正好一陣微風吹過，王玨身上掛著的碎片紛紛隨風揚起，樣子很是滑稽，一個小廝沒忍住，笑出了聲。

王玨氣得肝疼，抬腳踹向那小廝。「把你的衣服脫了，給我換上！」

相比王玨的狼狽不堪，舒清淺此時心情頗佳地將鞭子重新繫回腰間。「我回去定要好好謝謝二哥送給我這鞭子。」

舒菡萏伸手為舒清淺整理了一下髮髻與衣裳，姊妹倆對視，思及方才王玨的狼狽樣，都不約而同地笑出了聲。

「大小姐、二小姐。」碧月和碧瑤正拿著籃子走了過來。「妳們怎麼這麼開心，是遇上什麼好事了？」

舒清淺笑咪咪地接過籃子，對碧月道：「剛剛碰上王玨了。」

「什麼？」碧月大驚。「可有出什麼事？」

舒清淺得意道：「我狠狠地教訓了他一頓，估計下次見到我，他都得繞道走了。」她開心地拉著舒菡萏進了楊梅林。「走啦，摘楊梅去。」

這時來到竹屋外看熱鬧的三人，見舒清淺她們走進了楊梅林，亦紛紛回到竹屋之中。

祁安賢笑道：「想不到這位舒二小姐竟還是個文武全才，剛剛那幾下鞭子耍得倒是不錯啊！」

章昊霖則道：「她舅舅和表兄皆為我朝大將，有此般武藝也不意外。」

坐在對面的李覓則是抬眼看了看章昊霖，笑了笑，也不多言，繼續與其對弈。

一局畢，最終章昊霖以一子落敗。

李覓看著棋盤上的布局，道：「三皇子最近棋藝未見長呀。」

章昊霖放下手中的棋子。「不是我棋藝未長，而是你的棋藝長得太快。」

「我一個山野閒人，成日裡除了烹茶、走棋，也沒其他事情可做了。」李覓將茶杯中冷掉的茶水倒掉，重新換了一杯新茶。「但三皇子可不同，一顆心上繫廟堂、下憂百姓，豈是我等閒人可比的。」

不待章昊霖說話，一旁的祁安賢倒先開口了，頗為嫌棄地道：「李覓你不是到山裡修身養性去了嗎？怎麼說話越發像個窮酸書生了。」

李覓也不惱，反而大笑道：「安賢，你有所不知啊，只有我這種假隱士喜愛去往山野田園，像三皇子這般真隱士則身於朝堂、百姓間。」

「我得收回方才說你像窮酸書生的話。」祁安賢嘆道：「你這是越來越會拍馬屁了。」

李覓面不改色地道：「我說的可都是實話。」

「得了，說不過你。」祁安賢擺手認輸。「你不是說已經弄清楚《徐子》一書的幕後推手了嗎？是我猜的那位嗎？」

李覓笑道：「表面上是徐太傅的得意門生劉啟明，為了宣傳太傅所作之書而積極推廣；實際上，幕後真正的推動者正是二皇子。」李覓看向一旁的三皇子，繼續道：「三皇子前不久在安縣賑災一事，便足以讓二皇子心存忌憚，刻意在陛下面前詆毀三皇子了。更何況這一次的迎風月，陛下首次將祭祀大典交由太子負責，又將文會與武會分別交於三皇子與四皇子從旁協助太子，這擺明了是要立太子之威，沒被分配到任務的二皇子自是坐不住了。」

「所以二皇子便想借徐太傅之名，籠絡並操縱天下文人？」祁安賢冷笑。「陛下尚在，太子性子雖溫和，卻也從未犯過大錯，這二皇子的野心也太大了點。」

「文人既是最聰明的群體，卻也是最愚昧的群體，一旦奉某家之言為經典，便會成為其傀儡。」李覓又道：「但無論在廟堂還是江湖，文人卻又都是主流思想的傳播者，若被有心人操縱，其影響必不容小覷。」

這些道理章昊霖與祁安賢自是明白的，祁安賢看向章昊霖問道：「這件事要讓陛下知曉嗎？」

「暫時不要。」章昊霖謹慎地道：「現在二哥尚未有什麼大動作，而父皇又素來多疑，就算現在知曉也不會過問；就算父皇真問起來，二哥亦會將事情推得一乾二淨。」

「那咱們就眼睜睜看著二皇子布下這樣一個局？」祁安賢猶豫地問。

「放心。」章昊霖笑道：「想要操縱天下文人，可不是一件易事，咱們先靜觀其變。」

一旁的李覓顯然也同意章昊霖的看法，而祁安賢本著對二位好友的信任，也不再多言，安心喝茶。反正二皇子作死並不是一天、兩天了，也沒見他蹦躂出什麼火花來。

自那日從南安寺回府後，舒菡萏本還擔心王玨會伺機詆毀或報復舒清淺，可碧月出去打探了兩日後回來道：「那靜平伯世子不但沒有報復二小姐，而且就像真害怕了一般，現在出門都避著咱們左相府大門前的那條路走。」

舒清淺下結論道：「此事本就是他品行不端才造成的，且無論怎麼看，都是他丟人。他若想要詆毀我，自然也會害怕我將此事宣揚出去，到時候他王世子就要成為京中笑柄了。」

舒菡萏雖明白這道理，但對王玨此人依舊不放心，叮囑道：「清淺，我擔心他日後只要尋到機會，依然會找妳麻煩，妳可得小心。」

「放心吧。」舒清淺不以為然。「該小心的不是我，而是姊姊妳！那王玨被我打過這一次以後，定會對我有所忌憚的，但他對姊姊妳可是賊心不死，妳可要多加注意。」

舒菡萏點頭道：「嗯，我會多加防範的。」

今年的迎風月，陛下有意試煉太子，不但讓太子主管文會、武會，還讓他全權負責迎風月中最重要的祭祀一事。

太子首次被委以重任，不敢稍有懈怠，因此開月慶典剛過，京中各位貴族、大臣家中便都收到了來自太子府的請柬。

太子與太子妃將在杏花苑設宴三日，並邀請各家公子、小姐前去參加，宴席間設有琴、棋、書、畫、詩、酒、花、茶諸多活動，以此為文會之始。

左相府今年的請柬上，除了舒辰瑾、舒辰瑜二位公子和已經行過成人禮的舒菡萏之外，還多出了舒清淺的名字。往年此類宴會邀請的都是已行過成人禮的公子、小姐們，此次舒清淺之所以會出現在名單上，多半是因為前不久安縣一事入了陛下和皇后娘娘的眼。

既然收到了請柬，便沒有不去的說法。宴會首日，舒清淺便隨著二位兄長與姊姊一起出門，前往杏花苑。

杏花苑乃皇家別院，是歷代帝王用來宴請文臣之所，園中杏花繁盛，許多杏樹甚至已有百年歷史，故得名「杏花苑」。

去年太子妃為皇家誕下皇長孫，陛下和皇后甚為欣喜，便將這杏花苑賞賜給了太子，這次還是太子獲賞後，首次在杏花苑中開園設宴。

舒清淺一行人到達杏花苑時，苑內已經集聚了不少人，雖然男賓與女客並沒有分開招待，但場內大多年輕男女還是以杏林中的碎石小路為界，分席而聚，只有私下熟識的男女方會在一起交流、談笑。

舒清淺上一世為了享受眾人的追捧讚美所帶來的優越感，常與世家小姐們聚會玩鬧，但這一世她卻絲毫無意於此種場合，所以女客這邊的人，舒清淺幾乎沒有熟識的。

舒菡萏則是因為性子淡漠又喜清靜，除了自家的幾個堂姊妹外，從不和其他人多言語，更不會刻意與這些貴族小姐們交好了。

雖然舒菡萏與舒清淺已尋了個僻靜的地方坐下，但無奈舒菡萏「京城第一美人」的盛名在外，總是不時會有女眷們朝舒家兩姊妹這邊投來或好奇、或嫉妒的目光。

舒清淺察覺到其他女子對姊姊的目光，輕聲笑道：「姊姊，妳看妳只是往這邊一坐，都不用說話，便這般惹人注意了。」

「真不知當日是誰這麼無聊，評選出此種稱號。」舒菡萏無奈地道：「每個人對美的定義都不相同，這名號當真是白冤了我無辜受牽連。」

舒清淺知道姊姊是真心不喜這類名號，便掩嘴偷笑道：「妳這話若是被其他女子聽到，對妳的怨念定又要加深幾分。」

「二位表妹，好久不見。」一道聲音打破了姊妹二人的說笑。

舒清淺和舒菡萏抬頭看去，來人是鎮北將軍府的二公子林涵海，姊妹倆起身打招呼道：「二表兄。」

林涵海身側還有一文人公子，長相清俊、文質彬彬。舒清淺在看清此人樣貌後，下意識地看向了姊姊，原因無二，此人正是上一世與姊姊情投意合的寧國侯世子蔣尚文。

「這位是寧國侯世子蔣尚文。」林涵海為三人介紹道：「蔣兄，這二位姑娘是我姑父家的二位表妹。」

蔣尚文朝舒菡萏與舒清淺行了個文人間的禮。「二位小姐美名在外，今日真是百聞不如一見。」

舒菡萏回以一禮，道：「不過是些虛名罷了，蔣公子說笑了。」

舒清淺招呼眾人落座。「都坐下聊吧，這邊的杏花茶挺不錯的。」

四人就這樣圍坐在石桌旁，品茶聊天。

「二表哥，柔月今日沒來嗎？」舒清淺一邊為眾人添上茶水，一邊問道。

林涵海接過茶杯。「柔月尚未行成人禮，並不在受邀之列。」

舒清淺輕拍了一下腦袋，自嘲道：「倒是我忘了，今日我才是那個不合規矩的。」

「小妹，妳不是不合規矩……」舒菡萏笑道：「妳這是獨一無二。」

舒清淺捣臉道：「姊姊妳可別這麼誇我。」

舒菡萏不以為然。「妳本就比其他人優秀許多，為何不能誇？」

一旁的蔣尚文亦點頭贊同道：「舒二小姐之才，令在下欽佩。」

「你倆倒是觀點一致了。」舒清淺看著舒菡萏與蔣尚文道：「被你們這麼一誇，我都要找不著北了，趕緊換個話題。」

林涵海笑道：「清淺妳莫要謙虛了，安縣一事連我爹都誇妳來著。」

舒清淺默默吐槽。「可舅舅不還是罰了柔月禁足半月嘛。」當日回京，林柔月可沒少找她秋後算帳。

林涵海失笑。「一碼歸一碼，不可相提並論。」

舒清淺懶得再多說，便低頭喝茶，卻聽到不遠處的一群人似在熱火朝天地討論著什麼，她抬頭望了過去，只見那些人手中拿著的，正是之前她在聚德樓看過的《徐子》一書。

「二表哥。」舒清淺轉向林涵海，問道：「你知道他們傳閱的那本《徐子》嗎？」

「當然知道。」林涵海點頭。「此書乃老師用了數年時間編寫而成，一問世我便拜讀過了。」林涵海乃是太傅徐元文的得意門生之一。

舒清淺托腮，不解地問道：「此書為何在文人之中如此受歡迎？」

「自然是此書的內容對咱們這些讀書人大有裨益。」林涵海摸著下巴道：「另外大概是啟明師兄等人怕老師的著作被埋沒，特意找人宣揚的吧。」

舒清淺點了點頭，不再多問。林涵海雖是徐太傅的學生，但看來對此書如此普及一事，並不知道太多內情。

第九章　救美

四人又隨意聊了幾句，林涵海與蔣尚文便告辭回去了男賓那邊。

看著蔣尚文離去的背影，舒清淺對舒菡萏道：「這個寧國侯世子雖是侯門世家子弟，可看著倒是個儒雅之人，完全沒有那些公子哥兒的痞氣。」

舒菡萏點頭同意。「聽說寧國侯府家教甚嚴，寧國侯更會為家中年滿三歲的孩童聘請名師，教導其品行與學問。」

「難怪了。」舒清淺恍然大悟。

說話間，突然見眾人都朝某個方向望去，舒清淺亦抬頭看去，原來是二皇子、三皇子與四皇子來了。

這三位皇子乃是除了太子之外，已在宮外建府的皇子，也是陛下如今最為看重的幾個兒子。二皇子章昊瑄乃宮中最受寵的麗妃之子；三皇子與安樂公主的母妃淑妃雖已去世多年，但因淑妃本是西南王府的郡主，三皇子背靠著西南王府這座大山，亦沒有人敢慢待於他；而四皇子章昊天與太子則是一母同胞的兄弟，是皇后膝下的兩位嫡子。

二皇子的目光在杏花苑中掃視了一圈，不陰不陽地道：「京城中的權貴子弟都在呢，太子的果然面子夠大。」

三皇子權當沒聽見，一旁的四皇子卻忍不住反駁道：「二哥何出此言？太子如今可是代父皇主持文會，京中權貴豈有不來之理？」

「哼。」四皇子一言正好戳中二皇子心頭的疙瘩，二皇子面露不善地冷哼一聲，心中暗自不屑。

——待我將天下讀書人都掌控在手心裡，太子又算個什麼東西？到那時怕是連父皇都得按我的意願來行事！

三位皇子在這邊，不少人都前來打招呼，幾番寒暄過後，有內侍通傳道：「太子、太子妃駕到！」

眾人噤聲行禮，太子則示意眾人不必拘禮，繼續玩樂即可。

太子章昊澤素來謙和，這次迎風月陛下讓太子主事，頗有讓權於太子之意，所以太子一露面便被諸位賓客圍住，無論是不是太子一派的官員子弟，都紛紛熱衷地與這位未來天子套近乎。

四皇子與太子親近，太子出現後，四皇子便一直跟隨於太子身側；三皇子在同太子打過招呼後，便被幾位熟識的世家子弟拉去一旁切磋棋藝；只有二皇子看著太子如眾星拱月的模樣越發鬱悶，揮退了幾名過來寒暄的官員後，便轉身離開杏花苑。

相比男賓那邊的高談闊論，女眷這邊的氛圍要和諧許多，不少佳人小姐們聚在一起或吟詩，或作畫，時不時傳來陣陣歡笑聲。

舒菡茗本不想參與，卻被幾位堂姊妹硬拉過去撐場子，由於舒菡茗善書畫，很快便被幾位有才學的貴女們圍在了中間。

舒清淺在姊姊旁邊看了一會兒，心中感慨著姊姊的畫作越發傳神了，眼見圍觀的人越來越多，她便鑽出了人群，卻被人從身後拍了拍肩。

舒清淺回頭，另一側的耳邊傳來銀鈴般的笑聲。「我在這邊呢。」

舒清淺驚喜道：「靈曦！妳怎麼也來了？」

安樂公主眨了眨眼，笑道：「母后這幾日心情好，主動讓我來太子哥哥這邊跟著太子妃見見世面呢。」

陛下有意讓太子掌權，皇后娘娘心情定然不會差。

舒清淺看了看安樂公主身邊並沒有侍女陪同，便問道：「那妳怎麼不跟著太子妃，還一個人到處亂跑？」

安樂公主指了指不遠處的涼亭道：「太子妃特意讓我過來尋妳的。」

「尋我？」舒清淺有些意外。「尋我作甚？」今日之前，她甚至都沒有見過太子妃。

「許是之前母后對妳稱讚有加，太子妃好奇妳長什麼樣吧？」安樂公主笑道：「清淺妳別擔心，太子妃人可好了。」

舒清淺點了點頭，便跟著安樂公主去了前面的涼亭。

涼亭內只有太子妃與幾名侍女在，舒清淺朝太子妃行禮，太子妃馬上抬手道：「舒二小姐不必多禮，過來坐。」

見太子妃眉眼帶笑，果然如安樂公主所言，太子妃沒有什麼架子，很平易近人。

安樂公主拉著舒清淺在空位上坐下後，太子妃便讓侍女給兩人端上果盤與糕點，道：「這芙蓉糕鮮甜可口，定會合妳們小姑娘家的口味。」

安樂公主捏起一小塊芙蓉糕放進口中，點頭讚道：「好吃。」

舒清淺亦嚐了一口，的確不錯。

太子妃看著舒清淺笑道：「今日找舒二小姐過來，只是想認識一下，並無他意，舒二小姐不必拘謹。」

舒清淺點頭道：「清淺知道，只是第一次參加這種宴會，多少有些緊張。」

太子妃又隨意地和舒清淺聊了幾句後，便道：「靈曦甚少出宮，又與妳交好，本宮就不一直拘著妳們了，妳們自己玩兒去吧。」

舒清淺與安樂公主朝太子妃行了個禮，便離開了涼亭。

太子妃看著舒清淺的背影，有些不解。只是一個長相清秀的普通小姑娘罷了，為何母后會特意讓自己將她列在邀請名單中？

由於安樂公主也是第一次參加這種才子佳人的宴會，所以與舒清淺從太子妃處離開後，便欲去各處看看，瞭解、瞭解現在京中這個年紀的公子、小姐們，平日都喜歡玩些什麼。

許是上輩子實在太常參加這種聚會了，舒清淺倒是沒什麼興趣，只不過見安樂公主興致勃勃的樣子，便陪著她四處走走看看。

在走過某座小拱橋後，橋下一群男男女女正在飲酒賦詩，舒清淺卻在看到其中一人後，雙眉微蹙，自言自語道：「他怎麼也在這？」

「嗯？」安樂公主也注意到了那人，道：「這不是那日在馬場上和妳有過節的人嗎？」

舒清淺點頭，思及女眷那邊的舒菡萏，便對安樂公主道：「靈曦，此人多次對我姊姊心懷不軌，我得去女眷那邊找我姊姊，讓她小心一些。」

安樂公主沒有異議，還主動道：「我和妳一起去。」

舒清淺尋至舒菡萏剛剛與幾位堂姊妹作畫之處，卻未見舒菡萏的身影，於是向其中一位堂姊問道：「如玉堂姊，可有見到我姊姊？」

被喚作如玉的女子道：「菡萏去那邊的流觴閣了，她讓我見到妳的話，便同妳說一聲，她在流觴閣等妳。」

舒清淺點頭道謝。「多謝如玉堂姊。」

陪舒清淺一道來尋姊姊的安樂公主一出現在女賓這邊，就被幾位貴女認出身分，紛紛過來行禮問好。

被眾人圍住的安樂公主見舒清淺那頭已經問清了情況，便對眾人道：「本公主還有些事情要辦，下次再同大家好好聚聚。」說罷便拉著舒清淺走出了人群。

舒清淺見安樂公主如釋重負的模樣，笑問：「妳不是最喜歡熱鬧的嗎？」

安樂公主吐了吐舌，小聲道：「我都不認識她們，卻還得裝作十分熟稔的樣子，太折磨人了。」

「靈曦，妳還記得流觴閣在哪邊嗎？」舒清淺猶豫地看了看前面的小岔路。「我記得咱們剛剛好像有經過流觴閣。」

「就在剛剛那座石橋後面呀。」安樂公主帶著舒清淺，直接往其中某一條岔路走去，邊走邊取笑道：「我終於發現妳的一個不足之處了，那就是不識路。」

舒清淺無奈。「說到認路，我是學也學不來。」

兩人邊走邊笑，很快便看到了那座石橋，安樂公主正欲過橋，卻突然被舒清淺拉住。

舒清淺拉著安樂公主去了一旁的小樹林中，隔著一條窄窄的小溪，正好可以看清流觴閣中的情形。

「等一下，咱們先別過去。」

安樂公主瞧見流觴閣中的人，不解地道：「清淺，那是妳姊姊吧？旁邊那人好像就是那個登徒子！不過另一個又是誰？咱們不用過去看看嗎？」

流觴閣中除了舒菡萏之外，還有兩人，一是那王玨，另一個則是寧國侯世子蔣尚文。

此時的情形是蔣尚文正擋在舒菡萏身前，避開舒菡萏與王玨的接觸。

舒清淺方才看到這幾人時，下意識地停住了步子，一則是想給寧國侯世子一個英雄救美的機會，二則是為了避免安樂公主與寧國侯世子有所接觸。

話說之前舒菡萏在作完一幅畫後，見舒清淺還未回來，不由得有些擔心，也沒有心思再與貴女小姐們繼續玩鬧，於是與幾位堂姊打過招呼後，便來到這流觴閣等舒清淺。

而那王玨在與眾人行了一會兒酒令之後，便覺得無聊，他向來都不喜歡這種咬文嚼字的活動，於是便也離開人群，隨意瞎逛了起來。正當有些乏味的時候，卻瞥見舒菡萏孤身一人在流觴閣內，他雙眼一亮，想也沒想便走了進去。

「舒大小姐，好久不見，別來無恙啊。」王玨手裡轉著扇子，一臉自以為是的風流模樣，笑咪咪地向舒菡萏問好。

舒菡萏見來人是王玨，心中暗道不妙，她沒說話，也不看他，起身便欲離開流觴閣。

誰料王玨竟全然不顧場合，伸手攔住舒菡萏的去路，道：「舒大小姐不要每次見到我都如此冷淡，好歹咱們也算是熟人了。」

舒菡萏的去路被攔，一時無法脫身，便道：「我是在這裡等我妹妹的，她怕是馬上就要來了，王公子還是早些放我離去，免得到時候場面太過難看。」

聞言王玨先是下意識地抬頭看了一下四周，隨即便回過神來，一副無賴樣道：「本公子正好還想找舒二小姐一起敘敘舊呢。」王玨剛剛過來時便特意觀察過，並沒有其他人在，心知舒菡萏只是在嚇唬他。

舒菡萏見王珏完全不擔心的樣子，心下也有些忐忑起來，但面上依舊淡定，開口道：「不知王公子三番兩次地騷擾我，到底是為何？」

「舒大小姐此言差矣，這怎麼能叫騷擾呢？」王珏見四下無人，舒菡萏許是因為不安而臉色微微有些泛紅，落在王珏眼中只覺特別漂亮，他一時把控不住，伸手緊緊地握住了舒菡萏的手，自以為深情地道：「窈窕淑女，君子好逑。當日南安寺一見，舒大小姐便令我茶飯不思，輾轉難眠，只要菡萏妳點頭，明日我便讓我娘派人上門提親！」

舒菡萏被王珏的動作弄得一驚，努力想要掙開王珏的手，卻又不似舒清淺那般從小習過武，她的力氣完全比不過一個男子，只得揚聲道：「王公子請自重，這裡是太子殿下的杏花苑，你可別太過分了！」

舒菡萏試圖提醒王珏眼下的場合，無奈那王珏卻絲毫不在意，繼續拉著舒菡萏的手往自己身上靠。「舒大小姐，我是真喜歡妳，我天天作夢都在想妳，妳就——」

一道聲音打斷了王珏的動作。「你在幹什麼？」

舒菡萏抬頭看去，也顧不得其他，連忙喚道：「蔣公子！」

被打斷好事的王珏憤憤回頭，在看清來人後，心不甘、情不願地鬆開了舒菡萏的手，不屑地冷笑道：「我還以為是誰呢，原來是寧國侯世子。」

來人正是蔣尚文。他遠遠看到流觴閣內有人在拉扯，本不欲多管，卻剛好聽到舒菡萏揚聲呵斥王珏的聲音，再定睛一看，發現亭中女子竟是舒菡萏，便立刻趕了過來。

蔣尚文三步併做兩步走進流觴閣，抬手將舒菡萏擋在自己身後，看向王玨道：「靜平伯世子何故在此為難一弱女子？」

王玨素來目中無人，又仗著他爹靜平伯平日在朝中甚得明德帝的歡心，所以經常不把與自己同等家世、甚至家世高於自己的貴族世子們放在眼裡。寧國侯府雖爵位高於靜平伯府，但顯然王玨並不會因此對蔣尚文有所顧忌。

「蔣尚文，你管得怎麼這麼寬呀？」眼看著就能與舒菡萏一番親近，卻被這不識趣的人打斷，王玨越想越惱火，不禁口不擇言地道：「我看你就和你爹一樣，不識趣又不知變通，不該管的事情就喜歡瞎管，早晚有一天惹得陛下不悅，抄了你們寧國侯府。」

「王公子，東西可以亂吃，話可不能亂說。」被蔣尚文擋在身後的舒菡萏聞言，臉色都變了，沒想到這王玨竟是如此草包。「我一個閨中女子都知道妄議勛貴世族可是掉腦袋的大罪。」

話一出口，王玨自己就有些後悔，又被舒菡萏這麼一說，心中多少有些害怕了起來，也不敢再去看蔣尚文一眼，冷哼一聲便甩袖離去。

流觴閣外，舒清淺與安樂公主亦將王玨的話聽了個一清二楚，安樂公主搖頭道：「父皇經常誇讚寧國侯爺一代忠良，沒想到這王玨竟如此大膽，妄議良臣，真想去父皇面前告上一狀。」

舒清淺搖頭道：「怕是和陛下告狀也沒用，陛下最多只是斥責靜平伯教子無方，那王玨也就被關個幾天禁閉罷了。」

安樂公主憤然道：「此等人渣，難道就這樣放過他了？」

「我自有辦法。」舒清淺在心中暗笑。原本還想著該怎麼樣才能一勞永逸，讓王玨不能繼續在京中作威作福，如今倒好，他竟然自己給自己挖了個坑。

此時流觴閣中，蔣尚文見王玨離開後，便轉身問舒菡萏道：「舒大小姐可有受傷？」

舒菡萏活動了一下被抓紅的手腕，笑著搖了搖頭。「多謝蔣公子出手相救，否則今日還不知該如何收場了。」

「舉手之勞罷了。」蔣尚文面對著舒菡萏的致謝，似乎有些局促，他低頭見到舒菡萏的手腕有些紅腫，便道：「怕是要尋個大夫來，為舒大小姐上一些消腫的膏藥才行。」

舒菡萏搖搖頭道：「我還得在這兒等我家小妹呢。」

「我之前見到舒二小姐同安樂公主在一起遊園，怕是一時半會兒也走不開。」蔣尚文略作思索道：「這樣吧，我讓小廝給舒二小姐留個口信，我先送妳去尋大夫，如何？」

舒菡萏並不想將今日之事宣揚出去，但手腕腫著，回府後母親定會詢問，於是想了想便點頭道：「那便麻煩蔣公子了。」

第十章　告狀

那日等舒清淺回府後，舒菡萏並未將在流觴閣內發生之事隱瞞於她，只叮囑她莫要告訴母親，免得母親憂心。

舒清淺細細查看了舒菡萏手腕的傷勢，想來是蔣尚文及時送姊姊去醫館，之前紅腫的手腕已經消了腫，舒清淺笑道：「今日真是多虧了寧國侯世子。」

舒菡萏亦點頭同意。

舒清淺看著舒菡萏眉眼間難掩的神采，心下明瞭，姊姊怕是已經對寧國侯世子頗有好感了。舒清淺未再多言，她相信緣分天定，這一世姊姊和寧國侯世子定會有情人終成眷屬的。

文會開始的第二日一早，京城中大街小巷內的酒樓、文苑皆已人頭攢動，來自各地的讀書人都紛紛走上街頭，等待今年文會的第一個論題發布。

歷年文會期間，太學院都會公布三到五個論題，天下文人皆可就此論題抒發己見，撰寫文章。京城各大酒樓、文苑在此期間，皆成為讀書人的聚集地，讀書人可聚在一起暢談自己的觀點，亦可撰寫文章張貼於城中設立的文榜之上，會有專人在榜前誦讀。

文會期間表現出眾者，有些入了京中官員的眼，便能得到官員、大臣的資助與引薦，為日後科舉考試增加籌碼；亦有些文人會被太學院中的官員相中，獲得僅有的數十個進入太學院就讀的名額，從此便擁有了天下讀書人都嚮往的太學生身分；更有極少數運氣好的，能直接被陛下看中，那便是一步登天了。

「來了！」辰時剛過，在讀書人的期盼聲中，終於有侍衛手執告示，張貼於文榜之上。前排的讀書人迫不及待地為眾人唸出告示上的論題。「國以民為本，百年來皆是得民心者得天下，請諸生以民心為題，展開議論。」

第一道論題一出，京城之中立刻熱鬧了起來，大街小巷間無論走到哪裡，都有文人才子聚在一起，就此題目互相討論。

雖然在文榜上張貼的文章若是沒有出彩之處，很快便會被其他文章覆蓋掉，最後只會留下人氣最高的幾篇佳作在榜上，但這依舊擋不住書生們的熱情，一個時辰過後，文榜上便陸陸續續地貼上了不少剛作好的文章。

舒清淺在今日用過早膳後便出了門，她今日出門倒不是為了湊這文會的熱鬧，而是另有要事。她出門後直奔城南善堂，這善堂乃京中富戶合力所建，善堂中設有醫館、粥鋪及以物易物之所，生活困窘的京城中人皆可在此獲得幫助，京中富戶、貴族家的女眷也都會不定時地捐贈一些錢物來此。

許是大家都去酒樓、文苑看熱鬧了，今日善堂內人並不多，只有幾個每日都會來幫忙的老婦人在擦桌、拖地。

舒清淺先去善堂帳房那兒，以左相府的名義捐贈了百兩銀票，之後便在善堂左側的小廳內坐下，安心地喝茶、等人。

約莫小半個時辰後，有一長相端莊、穿著考究的貴夫人，攜著幾個丫鬟、婆子走進了善堂。那夫人顯然經常來善堂，善堂內幾個打掃的老婦都很熟識地向貴夫人行禮問好，貴夫人也沒什麼架子，還讓身後丫鬟將手中竹籃裡的吃食拿出來，分給幾位老婦。

舒清淺放下手中的茶杯，起身走出側廳，在那貴夫人身側站定，有禮地道：「清淺見過靜平伯夫人。」那貴夫人正是靜平伯之妻、王玨之母。

靜平伯夫人轉頭看見舒清淺，似乎有些沒反應過來是誰，愣了片刻後方笑道：「原來是左相大人家的二小姐。幾年未見，真是出落得越發標致了。」

「夫人謬讚。」舒清淺輕笑道：「難為夫人還能記得清淺。」

靜平伯夫人問道：「舒二小姐今日怎會有空來這善堂？」

舒清淺回道：「不瞞夫人，今日清淺是特意過來這邊等您的。」

「等我？」靜平伯夫人不解地道：「舒二小姐找我有何事？」

「是關於您家世子。」舒清淺指向側廳道：「夫人若不介意，不如坐下聊聊可好？」

靜平伯夫人點頭，隨舒清淺走進側廳。

舒清淺為靜平伯夫人倒上茶水，開口道：「清淺今日冒昧前來，有些話本不應說，但清淺卻不敢不說。」

靜平伯夫人道：「舒二小姐有話但說無妨。」

舒清淺在靜平伯夫人對面的椅子上坐下，開口道：「昨日在杏花苑，家姊與您家公子發生了一些衝突，這本不是大事，傳出去最多也就是家姊的名聲會受到一些影響。」

舒清淺說得輕描淡寫，但對面的靜平伯夫人並非不明事理之人，心中又怎會不知名聲對於一個未出閣的女子有多重要，尤其還是當朝重臣家中的千金小姐。

「可後來又發生了一些事，讓清淺頗為惶恐。」舒清淺看了看靜平伯夫人後，繼續道：「王公子與家姊發生衝突時，剛好被路過的寧國侯世子撞見，許是寧國侯世子惹了王公子不悅，使得王公子當場口不擇言，說了一些不該說的話。」

聽到此處，靜平伯夫人臉色微變，手中的茶水也濺出幾滴。她怎會不知道自家兒子是什麼德行，怕是昨天可不止說了一些不該說的話那麼簡單。

舒清淺暗中觀察著靜平伯夫人的臉色，見她的神情已有些難看，便裝作一副擔心憂慮的模樣道：「夫人，此事發生在太子的杏花苑，清淺甚憂此事若被傳開，會對貴府、寧國侯府以及左相府產生無法挽回的後果。清淺昨日回府後，更是擔心得一夜未睡，思來想去，也只能來這善堂尋您了。」

舒清淺一番話說得模稜兩可，卻讓對面的靜平伯夫人驚出了一身冷汗。若此事被有心人傳出去，靜平伯府到時候必然會擔上不敬太子的罪名，那可就吃不完兜著走了。

靜平伯夫人見舒清淺一副擔憂的樣子，柔聲安撫道：「多謝舒二小姐告知，我回府後定會好好處理此事，絕不會讓左相府與舒大小姐受牽連。」

聞言，舒清淺似乎鬆了一口氣，笑道：「有夫人這話，清淺便安心了。」

舒清淺又和靜平伯夫人寒暄了幾句後，便告辭離開。

出了善堂後，舒清淺心情很是暢快，誰生的兒子便讓誰去管教吧！怕是今日靜平伯夫人一回府，那王玨的好日子便到頭了。

舒清淺之前便打探過，靜平伯夫人乃明理和善之人，但靜平伯府的老夫人卻甚是溺愛王玨這個長孫，王玨在靜平伯府仗著有老夫人撐腰，從小便養成這惡霸性子；而靜平伯雖是個嚴厲的爹，但朝中事務繁忙，亦無法時刻看顧著兒子。想來，這夫妻二人怕是早就放棄這個養廢了的長子。

不過這次靜平伯與其夫人定會好好收拾這個兒子，畢竟長子雖重要，也不能讓他毀了整個家業。再說沒了王玨，靜平伯府可是還有個聰慧圓滑的二公子可以繼承爵位呢。

誠如舒清淺所料，靜平伯夫人在舒清淺離開善堂後，便匆匆地趕回府。

靜平伯夫人一回到府中，便命人尋來靜平伯。

靜平伯鮮少見到夫人一臉嚴肅的模樣，不禁有些疑惑。「夫人，出什麼事了？」

靜平伯夫人道：「老爺，您且坐著。」她又吩咐一旁的丫鬟道：「去將世子尋來，若世子不在，便將昨日隨他一道去杏花苑的小廝帶過來。」

丫鬟領命出去後，靜平伯夫人這才對靜平伯道：「妾身本以為玨兒雖霸道任性，但還能分得出輕重，沒想到他竟敢無法無天地在太子的杏花苑辱罵寧國侯世子。」靜平伯夫人心中本就一直埋怨著老夫人從小對長子的溺愛與放縱，如今更是氣得手都在抖。「今日不管娘怎麼求情，都不能再繼續縱容玨兒了，否則咱們整個靜平伯府，遲早會毀在他手裡。」

靜平伯聞言也是大驚。「夫人從何處得知此事？」

靜平伯夫人冷冷地回道：「他既敢做，便會有人知曉。」

靜平伯見夫人氣得不輕，忙安撫道：「夫人消消氣，待問清楚事情的前因後果後，若真是玨兒的錯，無須夫人多言，為夫定會好好懲罰這個不孝逆子。」

丫鬟很快便領著一小廝過來，並道：「世子今日一早就出門了。」

靜平伯夫人揮手示意丫鬟退下，隨即那小廝連忙向靜平伯與夫人行禮。

靜平伯夫人見那小廝賊眉鼠眼的模樣，更是氣不打一處來。靜平伯一邊伸手拍著夫人的背，讓她冷靜，一邊問道：「昨日可是你陪世子去杏花苑的？」

小廝恭敬地回道：「正是小人。」

靜平伯繼續問：「昨日世子在杏花苑中到底發生了何事？你如實說來。」

小廝面色微變，隨即又諂媚地笑道：「回老爺，世子昨日在杏花苑中，除了與諸位公子飲酒、賦詩之外，並未發生其他事。」

聞言，一旁的靜平伯夫人忍無可忍地將手中的茶杯狠狠地摔在那小廝面前，道：「你還想替世子隱瞞？既然你看不好世子，那留你也沒用了。」她一臉怒意地道：「來人，將這奴才拖出去杖責一百，然後扔到西市去。」西市乃京中奴隸交易盛行的處所。

那小廝被靜平伯夫人嚇得差點兒沒尿了褲子，連連磕頭道：「夫人息怒、夫人息怒，小的再也不敢了！」那小廝見家丁進來準備拉自己出去，再也顧不得替王珏隱瞞，急得邊磕頭邊道：「世子昨日在杏花苑遇到了舒家大小姐，還出言調戲了舒大小姐……」

靜平伯夫人抬手，示意進來拖人的家丁先停手。

那小廝早已被嚇破了膽，一五一十地將昨日發生的事全說了出來，說完後還道：「世子一直讓小的守在外面，絕不會有旁人看到或聽到此事。」

靜平伯夫人怒極反笑。「那杏花苑中來來往往的都是人，你拿什麼保證？」

一旁的靜平伯聽完小廝的話，臉色越發陰沈，本以為珏兒只是與寧國侯世子發生口角，沒想到這胡作非為的逆子竟然還敢對寧國侯爺說三道四。

靜平伯揮退了下人，才開口對夫人道：「幸而夫人發現得及時，否則咱們整個靜平伯府說不定真會被這逆子拖下水。」

靜平伯夫人聽出了靜平伯的話外之音，問道：「可是朝中有何變故？」

靜平伯壓低聲音道：「陛下雖讓權交於太子，但實際上並未見得有多放心太子，所以現在正嚴打權臣結黨營私之事。夫人知道為夫素來與太子黨的官員交好……」靜平伯繼續道：

「陛下目前雖未對為夫表現出不滿，但明裡、暗裡卻都在推崇左相與寧國侯這等不知變通的耿直之臣，為夫現在在朝堂上，可是每一步都得小心翼翼的。」

靜平伯夫人乃聰明人，點頭道：「這段日子，妾身也會讓府中女眷少與其他世族的女眷們親近，咱們靜平伯府高調太久，也該收斂、收斂了。」她繼續道：「只要沒有落人口實之事發生，陛下也不會對咱們怎麼樣的。」

靜平伯一臉欣慰地看著自家夫人。「夫人乃明大理之人，辛苦夫人了。」

王玨在外面浪蕩了半日，一回到府中，便被幾名家丁請到了靜平伯的書房。

王玨以為爹又要抽查他的學問，正想著該怎麼開溜，卻聽靜平伯說道：「今日下午你便啟程去江南蘇府，在那兒跟隨蘇先生好好讀書，等到學成的那一日再回京。」

王玨呆在原地，以為自己出現了幻聽。「爹，您在逗兒子嗎？」

靜平伯抬頭看自己這個不成器的兒子。「你覺得老夫在說笑嗎？」

「爹！」王玨大驚。

靜平伯卻揮手道：「你的東西都已經收拾好了，一會兒去飯廳用過午膳，便出發去江南吧！老夫會讓阿義護送你去，蘇先生也已經安排好了十餘個身手不錯的家丁專門看管你，你別想再動什麼歪腦筋。」阿義乃靜平伯的貼身侍衛，不但身手好，且絕對不會因為王玨是世子，便對他有所顧忌。

「爹，看犯人也不是這樣看的！」王玨見靜平伯動真格的了，忙求饒道：「爹，兒子以後在家中一定會好好讀書，絕不再給您惹麻煩了，求您別送兒子去江南。」

靜平伯看著明明已經成年，卻還像個小孩一樣的王玨，心中一陣煩悶。「我意已決。」

正午時分，一輛馬車從靜平伯府朝江南駛去，馬車內正是被五花大綁、不停掙扎的靜平伯世子王玨。

第十一章　文鬥

靜平伯前腳才將王玨送出京，後腳便讓人在城中把自家世子去江南求學的消息傳了開來，果然不出半日，幾乎整個京城都知曉了靜平伯府的紈褲世子已被送去江南讀書一事。

三皇子府內，祁安賢正興致勃勃地和章昊霖說起此事。「老三，你可知靜平伯為何會突然將那王玨送出京？」

章昊霖冷靜地分析道：「王玨為人過於囂張且頭腦簡單，若繼續留在京中，怕是靜平伯這些年好不容易積累起來的人脈與名聲，都要被這個兒子盡數毀掉了。靜平伯會藉口求學送世子離京，並不讓人意外。」

「這只是其一。」祁安賢搖頭笑道：「其二是因為舒清淺的幾句話。」

聽到熟悉的名字，章昊霖似乎有點感興趣，抬頭看了眼祁安賢，示意他繼續說。

祁安賢細細道來。「昨日你不是讓我派人私下跟著安樂公主，以保護公主的安全嗎？公主去了杏花苑後，便尋舒清淺一道遊玩，卻正巧被她倆撞見王玨在調戲舒家大小姐，並對前去解圍的寧國侯世子出言不遜。我本以為舒清淺會如同之前在南安寺後山那般，直接教訓王玨，誰料這次她竟忍著不露面，也沒出聲，我覺著這舒清淺定是留了後招，所以今日特意讓暗衛注意一下舒清淺的舉動。你猜怎麼著？」祁安賢說得興致盎然，絲毫沒有覺得自己派暗衛跟蹤一個姑娘家有何不妥。

章昊霖無奈地看了祁安賢一眼。「我把這些暗衛交給你，你卻整天讓他們去打探這些家長裡短之事。」

「憑我閱人無數的直覺，這舒清淺日後絕非池中之物，所以多關注一下也無妨。」祁安賢說得理直氣壯。「順道還可以滿足一下我的好奇心嘛。」

章昊霖深知祁安賢表面上看起來雖隨意，但做事絕對可靠，便不再多說。

祁安賢將上午善堂之事說與章昊霖知曉，最後還不忘總結道：「沒想到那舒清淺扮起無辜不經世事的小姑娘還挺有一套的，模稜兩可的幾句話，竟引導靜平伯夫人腦補出了一齣大戲，最後還迫不及待地把大兒子送出京。」

「她之前定是已然打聽清楚靜平伯府中的情況，才會選擇以這種方式去解決。」章昊霖不禁嘆道：「靜平伯府沒教好自家兒子，便讓他們自己去管教，的確高招。」

八卦完舒清淺與靜平伯府，祁安賢換了個話題道：「對了，陛下命你協助太子處理文會事宜，今日第一道論題已出，你不去看看？」

章昊霖搖頭道：「《徐子》一書在讀書人中的影響越來越廣泛，若無意外，今年文會很難再出現思想獨立、見地獨特之人。」

祁安賢贊同道：「我方才路過聚德樓，便進去轉了一圈，發現那一群讀書人果然都是照著《徐子》一書中的思想在討論。偶有一、兩個學生提出不同的觀點，立刻會被眾人群起而攻之，隨即便也訥訥不作聲了。」

章昊霖神色凝重地說：「李覓說得沒錯，讀書人果然是最容易被煽動的群體。」

「你還是打算假裝不知情？」祁安賢挑眉道：「你就不擔心到時候真被那二皇子惹出什麼亂子？」

「一時半會兒還亂不了。」章昊霖一副置身事外的淡定模樣。「二哥現在明擺著覬覦那太子之位，我又何必蹚這渾水。」隨後語氣中略帶無奈地道：「父皇雖然有放權給太子之意，可你看父皇對太子是真的放心嗎？父皇對太子尚且如此，更何況是對咱們這些兒子？」他若真插手這事，只怕明德帝會懷疑他別有用心。

祁安賢點點頭，又道：「二皇子這次行事倒是頗為小心，就算被有心人察覺不對勁，前去調查，最後怕也只能查出是徐太傅的學生在替其宣傳著作。」現在只能看太子一黨中能否有人發現其中的不妥之處，及時做出應對了。

「放心吧。」章昊霖笑道：「只要父皇尚在，便絕不會容許有人挑戰他的權威，覬覦不該覬覦的位置，哪怕這個人是父皇的親生兒子。」太子雖溫良得有些懦弱，可畢竟是父皇一手培養起來的儲君，父皇自會護太子周全。

左相府內，舒菡萏和舒清淺正在蓮花池旁焚香、下棋。

不遠處碧月一臉高興地快步走了過來，正好舒清淺眼看這盤棋又快要輸了，於是順勢丟下棋子，問碧月道：「何事這麼高興？」

碧月瞧見舒清淺的小動作，毫不留情地道：「二小姐您又乘機耍賴了是不是？」

舒菡萏邊收拾棋盤，邊笑道：「反正我也習慣了。」

舒清淺眨了眨眼，一臉無辜地道：「我這不是見碧月來了，有事要說嘛！碧月妳快說，什麼事這麼高興？」

「二小姐您不是讓奴婢去打聽、打聽靜平伯世子的事嗎？沒想到奴婢出門後，根本不用打聽，城中早已傳遍了。」碧月滿臉喜色地道：「那靜平伯世子已經被靜平伯送出京了，好像還聽說若是考不上功名，便不准回京什麼的。」

聞言，舒菡萏顯得很高興，隨即看向舒清淺，問道：「清淺，妳刻意讓碧月去打聽王珏的消息，難道是妳做了些什麼？」

舒清淺笑道：「看來我在姊姊心中還是很能幹的。」

舒菡萏毫不猶豫地點頭道：「旁人或許不知道妳的能耐，可我知道。」

「多謝姊姊誇讚。」舒清淺大方地接受讚美後，道：「如今王珏那個禍害已經離開京城了，姊姊妳再也不用擔心他來找妳麻煩了。」

一旁的碧月為二人收拾好棋盤，又倒上茶水，才像是想起什麼，道：「奴婢剛剛在門口碰到表小姐的丫鬟小玉了。」

「柔月的丫鬟？」舒清淺問道：「是有什麼事情嗎？」

碧月道：「小玉說表小姐明日想邀您和大小姐一起去城南竹林，明日那兒有個文人的聚會，小玉還說林二公子和寧國侯世子也會一起去。」

舒清淺偷偷看了一眼自家大姊，果然在聽到寧國侯世子的時候，舒菡萏的神情有了些微妙的變化。

舒清淺慫恿道：「姊姊，明日咱們一起去吧，正好可以去看看今年文會都出了什麼樣的論題。」

舒菡萏點頭同意。「好。」

次日當舒清淺和舒菡萏乘坐馬車抵達城南竹林時，遠遠便瞧見林柔月站在鎮北將軍府的馬車旁在等著她倆。

舒清淺和舒菡萏下了馬車，與林柔月打招呼道：「柔月，來很久了嗎？」

「沒多久。」林柔月笑道：「二哥和蔣大哥一到這兒，便被幾個熟識的同好先拉進去了，我便自己留在這兒等妳們。」

舒清淺點點頭，道：「既如此，那咱們也別磨蹭了，趕緊進去看看吧。」

林柔月邊走邊問道：「好久沒見到二表哥了，他今日怎麼沒有一同過來？」

「我二哥忙著準備武會呢。」舒清淺滿臉笑容地道：「他這次可是勢在必得。」

三人說話間，已經走進竹林。竹林深處的某塊空地上擺放著許多矮矮的几案與蒲團，才子佳人們都圍坐在几案旁的蒲團上，其中參與討論的人大都坐在前排，討論得熱火朝天，看熱鬧的大多坐在後排。

林涵海與蔣尚文坐在最前面那排，正和幾名讀書人在聊天，而舒清淺三人便在後排的墊子上坐下。

蔣尚文回頭與人說話時，正好看見舒菡萏她們，於是便起身先過來問好。「舒大小姐、舒二小姐，妳們也來了。」還不忘問舒菡萏道：「舒大小姐手腕上的傷勢可有好轉？」

舒菡萏笑著回道：「多謝蔣公子關心，那日上了藥，回府之後很快便消腫了。」

一旁的林柔月看了看四周零散坐著的三五人群，問蔣尚文道：「蔣大哥，二哥不是說今日這竹林會裡有江南才子和京城才子一起進行文鬥，開始了嗎？」

蔣尚文道：「尚未開始，不過都已經在準備文章了。」

「蔣大哥，你準備好文章了嗎？」林柔月又問：「二哥昨晚好像在書房寫文、改文，弄了大半宿呢。」

「涵海乃徐太傅的得意門生，文章與思想見地都是一流。」蔣尚文笑道：「其餘幾位也都師出名門，我還是別在他們面前瞎賣弄了，免得給咱們京中文人丟臉。」

蔣尚文雖在京中文人圈內也算是個排得上名號的人物，但他性子寡淡，行事低調且不喜張揚，所以像今日這種場合，他總是以一個看客居多，而非參與者。

蔣尚文話音剛落，向來寡言的舒菡萏倒是開口了。「蔣公子過於自謙了。前段時日有幸拜讀蔣公子所作之《京都賦》，文章行雲流水，字字珠璣，令菡萏佩服不已。」

聞言，蔣尚文似是有些不好意思，說話都有些磕巴了。「舒大小姐謬讚，那文章本是我隨手寫的，不料卻被傳了出去，還鬧出這麼大的動靜。」

忽然，前排有人朝蔣尚文招手。「蔣兄，快過來看看這篇文章。」

蔣尚文看了眼舒菡萏，又看了看舒清淺和林柔月，指著前面道：「那我就先過去了。」

林柔月看著蔣尚文的背影，又轉過頭饒有興致地瞧著舒菡萏，似乎發現了什麼有趣的事情一般地嘿嘿直笑。

舒菡萏被林柔月看得渾身不自在，忍不住伸手在她眼前揮了揮。「想什麼呢？」

林柔月朝舒菡萏露出一個意味不明的笑容，隨後小聲地問舒清淺。「清淺，剛剛大表姊誇蔣大哥的時候，蔣大哥是不是臉紅了？」

舒清淺擺手道：「不要問我，我什麼都沒看到。」

「妳肯定看到了。」林柔月瞇眼看著舒清淺，逼問道：「妳這麼淡定，是不是早就知道些什麼？」

舒清淺示意林柔月小聲點。「這裡人多呢，妳小點兒聲。」

「行了，妳們倆別鬧了。」舒菡萏被兩人的對話弄得有些不好意思，出聲制止道。

林柔月又看了看前面被眾人圍在中間看文章的蔣尚文，自言自語道：「蔣大哥學問好、人品好、家世好，長得也不錯，和大表姊確實挺般配的。」

林柔月所說的話讓舒菡萏又羞又惱，忙看向舒清淺求救，沒想到舒清淺反而跟著點頭贊同道：「姊姊，我覺得柔月說得對。」

幸而前排空地上開始有人站出來誦讀文章，適時為舒菡萏解決了這尷尬的場面。

被誦讀的文章共有六篇，三篇是江南才子所作，三篇是京城才子所作。若不論用詞、文筆的話，這六篇文章中除了一篇之外，其餘五篇的行文思路竟都大同小異，全都是以《徐子》一書中徐太傅所倡導的德治、仁政思想為中心，並在此基礎上對於如何聚民心、得民意進行闡述。唯有林涵海的一篇，除了對以德服人進行了肯定，亦提出在德治的基礎上需要加上法治，方能震懾民心，以獲得國家的長治久安。

六篇文章讀畢，舒菡萏問舒清淺。「小妹，妳覺得哪一篇文章寫得最好？」

「除了二表哥的那一篇想法略有不同之外，其餘五篇幾乎是從同一個模子裡刻出來的，太無聊了。」舒清淺搖了搖頭，繼續吐槽道：「如果都按照徐太傅的思想來行文，又哪裡需要他們這成千上百的文人來討論，直接把論題給徐太傅，讓徐太傅作一篇文章不就成了。」

文會出論題給讀書人，並不是想看他們的文筆有多好、辭藻有多華麗，而是為了讓他們各抒己見，獨立思考，這樣方能從短短的一篇文章中，看出他們的才學與思想。然而現在一個論題有千百人在討論，最終卻還是一家之言，豈不怪哉？

不過此刻前排的眾才子們，卻幾乎全部人都對那五篇文章表示讚賞，甚至有才子笑道：「往年論題一出，咱們各大才子間幾乎都會因為見地不同，而產生或大或小的分歧，甚至衝突，但看看今年這一派祥和的景象，真是多虧了徐太傅的《徐子》一書啊！」

此言一出，立刻有人附和道：「呂兄所言甚是。徐太傅這一本書不但讓吾輩平日讀書時有了可參照的範本，還讓天下文人都成了一家人，徐太傅真不愧為當世之師！」

在眾人的一片叫好聲中，突然有一人開口道：「林兄，你不是師從徐太傅門下嗎？這文章中怎麼還反駁起徐太傅之言呢？」

「何兄此言差矣。」林涵海解釋道：「我只是在老師的思想上，再將我的觀點加以闡述罷了。」

人群中有人譏諷道：「你在太傅的思想上加上你自己的不同觀點，還敢說沒有反駁太傅？」那人繼續質問道：「還是你覺得你的才學早已高於太傅了？」

那人的三言兩語惹得眾人一片議論紛紛，而林涵海本就是個老實的讀書人，現在被眾人這般指責，竟有了百口莫辯之感。

一旁的蔣尚文見狀，起身安撫眾人道：「林兄的文章中雖有與諸位不盡相同之處，但陛下設立文會，本就是為了讓天下讀書人各抒己見，天下文人才子眾多，大家的想法又豈會全都相同呢？蔣某倒覺得各位無須糾結於此，還是趕緊選出今日文章的魁首要緊。」

蔣尚文將林涵海的文章有駁徐太傅之言，轉換為與他人之文見地不同，又搬出陛下，將眾人的關注點從徐太傅身上轉到文會本身，最後更是順利地轉移了話題，為林涵海脫身。

將前面情況看得一清二楚的舒清淺，忍不住對舒菡萏道：「我本以為這蔣公子和二表哥一樣是個老實的讀書人，但現在看來，他不僅有眼力見，還是個聰明人。」柔月沒說錯，這位蔣公子確是良配。

蔣尚文言罷，眾人果然轉移了目標，不再圍攻林涵海，轉而在另外五篇文章中評選今日的魁首。

眾人幾番商討，最後選定了一篇由京中才子所作、行文華麗的賦為今日第一。

蔣尚文在為林涵海解圍後，便帶著他去了後排，在舒清淺她們身旁坐下。

舒菡萏為二人倒上茶，林柔月則開口安慰自家二哥道：「二哥，在我眼裡，你的文章才是最好的，那群人就是嫉妒你師從徐太傅。」

「多謝小妹。」林涵海似乎有些沮喪。「其實我也不知為何眾人會以這種理由攻擊我。若是說我的文章做得不好，那我還能理解，可就因為我與老師的觀點不同……這實在讓人難以接受。」

「林兄，你大可不必將此事放在心上。」蔣尚文安慰道：「不是因為你文章做得不好，而是因為你比他們更有自己的想法，沒有被一本書所禁錮罷了。」

聞言，林涵海的心情並未好轉，反倒是舒清淺頗為意外地看了蔣尚文一眼，她沒料到蔣尚文竟也早已看穿《徐子》一書在讀書人之中所帶來的影響。

林柔月和蔣尚文還在安慰著林涵海，舒清淺則看了看情緒低落的二表哥，又看了看前面那一群正在互相恭維，卻言之無物的文人、學子們，一個念頭漸漸在腦海中形成。

由於林涵海的情緒一直十分低落，幾人在竹林中又待了一會兒，便離開了。

林涵海和林柔月一路，蔣尚文則是先送舒菡萏與舒清淺回了左相府後，才往寧國侯府而去。

第十二章　想法

舒清淺回到府中，詢問了一下左福此刻爹爹和大哥在哪，在得知二人都在書房時，便立刻去到書房尋他二人。

舒清淺敲門進書房時，舒遠山正與舒辰瑾商量梁問雪腹中雙生子取名之事，她好奇地湊過去看了看書桌上寫了許多字的紙張，問道：「這對龍鳳胎的名字可已取好？」

舒辰瑾笑道：「太醫都只道是雙生子，妳怎能篤定是龍鳳胎？」

舒清淺眨了眨眼，用無辜掩飾自己的一時嘴快，道：「我前些日子夢到的，大嫂腹中定是龍鳳胎。」

「那就借小妹吉言了。」梁問雪的產期越來越近，舒辰瑾的心情也一日比一日好。「這幾日有空，我和爹爹打算先擬定幾個名字，不過具體叫什麼名，還是得等胎兒出生後，再根據生辰八字來定。」

第一次當爺爺的舒遠山一想到即將出生的孫兒，面上也是掩不住的笑意，他放下手中的筆，小心翼翼地將面前寫滿字的紙疊起來夾進書中，才問舒清淺道：「妳特意過來書房，可是有事要說？」

舒清淺點頭。「是有一事想要問問爹爹與大哥的意見。」

「妳遇事還知道來問問我與爹的意見，這可是頭一遭。」舒辰瑾揶揄道：「快說說是何事？」

「吃一塹，長一智，經過上次安縣一事的教訓，我現在怎敢不先來聽聽大哥和爹爹的想法呢？」舒清淺笑了笑，隨即問道：「爹爹與大哥可知道《徐子》一書？」

舒辰瑾聞言，看了眼舒遠山，見舒遠山沒有說話，便點頭道：「此書最近傳播甚廣，自是知道的。」

舒清淺繼續道：「那大哥定也是知道此書現在已被絕大部分的讀書人奉為經典，甚至可以說一切學問都以《徐子》一書為準了吧？」

舒辰瑾點頭。

舒清淺見爹爹與大哥都沒有多大的反應，便直接說出自己的想法。「今日在城南竹林，京中才子與江南才子切磋論文，數篇文章竟都如出一轍，全都是以徐太傅之言為中心。然而涵海二表哥只是稍微在徐太傅之言上，加諸一點自己的想法，便被眾人群起攻之，在我看來實在是荒謬至極。」她頓了頓，又道：「天下思想本應多元，現在不但成了一家之言，且只要提出不同想法，便會被眾人群嘲。最後那些有獨立思想的讀書人要麼懷疑自我，要麼被同化，看著這種情形發生，我實在是難以忍受。」

舒辰瑾問道：「小妹有何想法？」

舒清淺認真地道：「我一個姑娘家，也沒有想要改變全天下讀書人思想的打算，我只是想為我自己、還有二表哥這樣有不一樣想法的讀書人，創辦一個能暢所欲言的地方，哪怕只是一座小小的書苑也成。」

舒清淺說完便看向爹爹與大哥，等著他們二人的意見。

舒辰瑾亦看了看父親，等著父親開口。

良久，舒遠山道：「這個想法不錯，可需要爹爹為妳做些什麼？」

聞言，舒清淺面上立刻浮現出笑容，搖頭道：「我的本意只是建一個玩樂交流的園子，若爹爹插手，怕是會惹來非議，因此只要爹爹同意了，其他事情我自己來便可。」

舒清淺並不傻，她堅信《徐子》一書的傳播，背後定有推手；她雖不知道是誰，但也知曉那人花這麼大的精力在這件事上，定有其他目的。她一個姑娘家貪玩，置辦個小園子還說得過去，但若讓爹爹與大哥牽涉其中，一切就顯得不單純了。

舒遠山聽了舒清淺所言，點點頭道：「我家清淺是個聰慧的，爹爹支持妳。」

待舒清淺離開書房後，舒辰瑾方有些憂心地問舒遠山道：「父親，您真要讓清淺去弄這園子？萬一背後之人真是二皇子的話，會不會弄巧成拙，惹出麻煩？」

舒遠山搖頭道：「你沒聽清淺剛剛拒絕讓為父插手嗎？怕是她心裡比咱倆還清楚呢！」他的語氣中不無驕傲。「清淺從小便是個聰明的，如今做事也越發成熟穩重了。」

舒辰瑾贊同道：「小妹確實成熟了不少，當日在安縣，連兒子都要對她另眼相看了。」

舒遠山不忘叮囑舒辰瑾道：「可她畢竟還是個小姑娘，你私下多注意她一點，若真有任何不妥之處，該插手的還是得插手。」

舒辰瑾回道：「好的，父親。」

舒清淺從書房出來後，便迫不及待地進了房間，拿出筆墨紙硯，正欲將自己零散的想法全部整合一下，沒想到房間門突然被推開，她抬頭道：「娘？」

來人正是舒夫人和紫娥。舒夫人在桌前坐下，試探性地問舒清淺道：「清淺，娘聽左福說今日有一位公子送妳和菡萏回來，那人是誰？」

舒清淺見母親一臉探究和掩不住的好奇模樣，笑道：「是寧國侯府的世子蔣尚文，之前在杏花苑認識的。」

舒夫人聞言，和一旁的紫娥互看一眼，喃喃道：「原來是寧國侯世子，不錯、不錯。」

舒夫人似想起了什麼，又問：「對了，說起杏花苑，那日菡萏比妳先回府，娘聽下人說也是寧國侯世子送她回來的。娘問過菡萏當日發生了何事，她卻總敷衍娘說沒事……」

舒清淺無奈地看著母親，道：「那日姊姊不小心扭到了手腕，我又正陪著安樂公主遊園，無法脫身，幸而蔣公子先送姊姊去醫館醫治。」舒清淺簡單地解釋道。

舒夫人得到了滿意的回答，笑道：「娘以前就說過這京中適婚兒郎中，只有寧國侯府的世子最讓人滿意，現在可好了。」

舒清淺擔心母親對姊姊與蔣尚文的事太上心，忍不住叮囑道：「娘，蔣公子和姊姊的事，您就當作不知道，別瞎摻和，別事兒還沒成，人就已經被您嚇跑了。」

「這還用妳說，娘當然知道。」舒夫人又道：「如今恰逢迎風月，京中文人聚會頗多，妳最近一定要多拉妳姊姊出門，為他倆多創造一些見面的機會，知道嗎？」

舒清淺笑道：「娘，我知道的，您就別操心了。」

待舒夫人出門後，舒清淺這才得空，繼續提筆在紙上寫寫畫畫。

次日一早用完早膳後，舒菡茗便被舒清淺拉到她的房間說話。

舒菡茗莫名其妙地問：「出了何事？」

舒清淺輕聲道：「我有一事想要麻煩姊姊，還有蔣公子。」

舒菡茗更加疑惑了。「麻煩我和蔣公子？何事？」

「什麼事情先不急著說。」舒清淺又道：「姊姊妳若不介意，我這便讓二哥幫忙把蔣公子約出來，咱們見面之後再一起說怎麼樣？」

舒菡茗點頭道：「好。妳做事，我向來是放心的。」

得到姊姊的首肯，舒清淺立刻去了舒辰瑜的院子，找二哥幫忙下帖子約人。

此時寧國侯府內，小廝給蔣尚文送來一封帖子，道：「公子，剛剛左相府派人送來請帖，說是舒家二公子邀您一聚。」

「舒二公子？」蔣尚文與舒辰瑜並無私交，他略有疑惑地接過請帖打開，果然是舒辰瑜寫的，帖子上道欲請他喝茶敘舊。蔣尚文盯著帖子看了一會兒，隨即似想到了什麼，略帶笑意地收起帖子。

午後，蔣尚文按帖子上的時間，準時抵達聚德樓。

小二領著他直接上了三樓雅間，雅間的門並沒有完全關上。「公子直接進去便可。」

蔣尚文點頭，推門進了雅間，果然雅間內除了舒辰瑜外，還有兩位熟人。蔣尚文朝三人行拱手禮道：「舒二公子、舒大小姐、舒二小姐。」

舒辰瑜起身回禮道：「蔣公子，許久不見，今日因小妹有事找你，我便只能冒昧給你下了請帖，還請見諒。」說著便邀請蔣尚文入座。

蔣尚文坐下後，舒清淺為他倒了茶，笑道：「蔣公子，是我拜託二哥約你出來的。」

蔣尚文以雙手接過茶杯，問道：「不知舒二小姐找在下有何事？」

舒清淺看了看舒菡萏，又看了看蔣尚文，道：「有一事想要麻煩蔣公子和我姊姊。」

聞言，蔣尚文下意識地看了舒菡萏一眼，只見舒菡萏笑了笑。「小妹尚未和我說是何事呢，我也和蔣公子一樣疑惑。」

舒清淺直截了當地道：「我想找個園子辦書苑。」她邊說邊將手邊的兩份手稿，遞給舒菡萏和蔣尚文一人一份。「我已經將構想全部寫了下來，你們看看如何？」

舒菡萏和蔣尚文接過舒清淺的手稿讀著，舒清淺則在一旁介紹道：「我不想把這園子的規模建得太大，平日來園子裡遊玩的人可以不多，但入園的讀書人一定要帶著自己的文章過來，且文章中必須要有自己獨立的思想見地；而想要入園的小姐、貴女們，只須有一技之長或帶一幅自己的作品即可。」

舒清淺慢慢地說著自己的想法。「到時候在我這個園子裡，大家要是有什麼想法都可以說出來交流，甚至可以自組流派，互相切磋。不求百家爭鳴的景象，只要能做到鼓勵各種學術自由發展，我便滿足了。」

舒菡萏首先放下了舒清淺的手稿，問道：「看著倒是覺得可行，不過小妹妳怎麼會突然有這種想法？」

舒清淺單手支著下巴道：「還不是因為昨日在城南竹林看到那群讀書人如此迂腐，我實在是接受不了，就想著至少可以盡我所能，置辦一個園子，讓像涵海表哥這樣的文人也有能暢所欲言的地方。」

一旁的蔣尚文看著舒清淺的手稿，似乎在思索些什麼，舒清淺見狀，開口問道：「蔣公子覺得如何？」

蔣尚文放下手稿，點頭道：「在下覺得舒二小姐這想法甚好。」

舒清淺笑道：「昨日在竹園，聽見蔣公子安慰涵海表哥的那番話，我便知道蔣公子定是能理解我這個想法的。」

蔣尚文問道：「不知舒二小姐需要在下做什麼？」

舒菡萏亦道：「對呀，清淺妳需要我和蔣公子做些什麼？」

舒清淺看著他二人，道：「你們兩位，一個是在文人中聲望頗高的侯府公子，一個是名動京城的第一美人，我就是想到時候借你們兩位之名，替我這園子造造勢，好好宣傳一番。」

舒菡萏笑道：「我還以為是何事呢！妳這園子若是開張，我定是頭一個入園的。」

蔣尚文也點頭道：「在下定當盡力支持。」

舒清淺笑咪咪道：「有姊姊和蔣公子的幫忙，清淺心裡也踏實多了。」

旁邊一直坐著喝茶，從頭到尾都沒有出言打擾他們三人的舒辰瑜，突然開口道：「小妹，妳怎麼不弄個園子，給咱們這些武人可以自由切磋一下武藝呀？」

舒清淺無語地看向她二哥。「我要是真弄出這樣一個園子，給你們在裡頭打架，怕是京兆府尹得治我個擾亂京城治安的罪責了。」

舒菡萏被逗笑，又問道：「小妹，妳弄這園子，可有什麼地方需要咱們幫忙的？」

「我才起了這個念頭，什麼都還沒有著手準備呢。」舒清淺想了想，道：「我得先去尋個合適的地方，之後只需要制定一些園內規則，再靠你倆的名聲為我帶些人入園就行。」

蔣尚文認真地道：「其間若有蔣某能幫上忙的地方，還請舒二小姐不要客氣。」

舒清淺已經在心裡把蔣尚文認定為未來姊夫了，言辭間也少了幾分疏遠。「放心，若有需要的地方，我一定不會客氣的。」

三人又接著聊了一些關於園子的其他細節問題，良久之後，方才準備起身回府。

離開前，蔣尚文叫住舒菡茗。「舒大小姐，請稍等。」

舒菡茗停住腳步，一旁的舒清淺識相地先拉著二哥出了雅間。

蔣尚文從懷裡取出一本書，遞給舒菡茗，道：「上次聽妳提及這本《拈花詞》，碰巧在下前些日子得到了這本手抄本，今日特意帶過來給妳。」

舒菡茗接過那本書冊，目光不小心和蔣尚文對上，她隨即移開視線，面色微微泛紅，道謝道：「多謝蔣公子，這本書等我看完後再還給你。」

蔣尚文看著舒菡茗姣好的面容，亦有些不好意思，只道：「舒大小姐慢慢看，不用著急。」

舒清淺那日從聚德樓回來後，便一心投入為書苑選地方的漫漫長路上。左相府並不像京中其他奢靡富戶那般，在城內各處都置有雅苑、別莊，除了郊外一所別莊外，左相府在京城中就沒有其他莊子了，所以她必須得親自在城中另尋一處合適的園子，買下來加以修葺。

她已經在京中打探、查看了好幾日，但結果卻不盡如人意。京中諸多的茶樓、文苑早已遍布各條主要街道，占據了較好的位置；舒清淺退而求其次看中的幾處園子，卻又都是達官顯貴們的別院，多是這些富戶人家平日用來消遣遊樂，或是為了顯擺家世而建的，自是不會有人願意出售於她。

一時間難以尋到合適的處所，舒清淺又不想將書苑建在城郊，她便只能天天多花一些時間，在京中四處逛著，只盼哪一天運氣好，能正巧碰到一個好處所。

這一日舒清淺照舊牽著馬，在太學院周圍的街巷中閒逛，她緩步走在圍牆下，開始思考若真將書苑建在城郊的可行性。

當她正沈浸在自己的思緒中時，忽然被一騎著馬的人攔住了去路。「舒二小姐。」

舒清淺抬頭，認出馬背上的人正是祁安賢，於是福身行禮道：「平陽伯，好巧。」

祁安賢聞言笑道：「我就知道妳頭次見面便已知曉我與老三的身分。」

舒清淺愣了愣，隨即反應過來祁安賢是說之前他們在聚德樓初遇的那一次，便回道：「平陽伯與三皇子乃人中龍鳳，清淺哪有不認識的道理。」

「妳今日倒是挺會說話。」祁安賢問道：「妳在這做什麼？見妳一邊走路，一邊發呆，我這麼個大活人從妳對面過來，妳居然都沒反應。」

舒清淺看了看祁安賢，本不想多言，可轉念一想，平陽伯在京中人脈頗廣，也許會知道誰家有合適的園子要賣也不一定，便道：「清淺這幾日正在為一件事情煩惱。」

祁安賢前幾次見舒清淺，她都是一副意氣風發的模樣，今日難得見她這般垂頭喪氣，不禁頗為好奇地道：「竟還有可以難倒妳的事？說出來聽聽。」

舒清淺也不隱瞞，將準備置辦園子一事說給祁安賢知道。「如今有了想法，誰知這第一步卻邁不開來了，沒想到要在這京城中尋一處合適的園子，竟這般困難。」

祁安賢在聽到舒清淺的構想後，面色雖如常，心中卻瞬間浮現出無數想法。見她如此憂心的模樣，祁安賢爽快地道：「舒二小姐此舉甚好。既然今日我已曉此事，若妳信得過我，那這園子之事便交給我來解決，過些時候定給妳尋個滿意的地方，如何？」

雖說舒清淺告訴祁安賢此事，本就是希望能透過他的人脈得到幫助，卻怎麼也沒料到祁安賢竟會如此痛快地攬下此事，她有些難以置信地確認道：「平陽伯此話當真？」

祁安賢挑眉反問：「舒二小姐信不過我？」

舒清淺連忙擺手道：「豈會，清淺只是被突如其來的驚喜砸暈頭了。既如此，那便煩勞平陽伯多費心了。」

祁安賢爽朗一笑。「好說，好說。等地方選好，我再派人帶妳去瞧瞧。」

舒清淺福身道謝。「那清淺就先謝過平陽伯了。」

祁安賢揮了揮手後，便騎馬離去。

舒清淺看著祁安賢的背影，心頭略有不安。她與平陽伯並無過深的交情，但現在平陽伯卻如此痛快地應下此事，她並未無腦到相信平陽伯只是欣賞自己的構想，只怕平陽伯此舉與《徐子》一書的背後推手有關。

舒清淺在原地站了一會兒，隨即轉過頭，牽著馬繼續往前走。她只需要堅定自己的位置與初衷，不被旁人利用便可，其他的無須多慮。想通後，舒清淺這才又高興了起來，平陽伯是個可靠的人，想必他選的園子定不會太差。

另一邊，祁安賢騎著馬朝著三皇子府行去。

三皇子府內，章昊霖正在書房看書，見祁安賢來了，便放下書問道：「怎麼又來了？」

「聽你這語氣，怎麼像在嫌棄我一般？」祁安賢伸手拉過椅子，在章昊霖對面坐下，笑道：「剛剛在回府路上遇到一人，得知一事，猜想你定會感興趣，便直接上你這兒來了。」

章昊霖隨口問道：「遇到了何人？知曉了何事？」

祁安賢繼續道：「我遇到了舒清淺。」他將剛剛發生的事全部告訴章昊霖知曉，並搖頭嗤笑道：「真是人算不如天算，太子一派的官員竟還不如一個小姑娘有頭腦。」

章昊霖又問道：「你又是如何知道舒清淺已看出二哥的陰謀了？」

祁安賢靠在椅背上，用一副無語的表情看向章昊霖。「那舒清淺是什麼樣的人，怕是你心中比我還清楚。她可能不知道這件事是二哥所為，但她肯定早就看出了這是個陰謀。」

章昊霖笑了笑。「罷了、罷了，她確實是個聰慧的。」

祁安賢感慨道：「這舒清淺若真建成了這個書苑，不論影響是大是小，想必都會被章昊瑄那個心眼小得似針尖的傢伙給記恨上，真不知於她而言是福是禍？」

章昊霖修長的手指在案几上輕扣著。「那便替她找個二哥不敢動、也動不了的靠山。」

祁安賢聞言，瞬間坐直了身子，意外道：「你不是不打算插手此事嗎？」

「誰說我要插手了。」章昊霖淡淡地道：「負責文會的是太子，我又怎能越俎代庖？」

祁安賢似乎明白了章昊霖的意思，又重新靠回椅子裡。「那舒清淺一心只想建個小小書苑，可你現在這是要將她推到天下讀書人的首位呀！」

章昊霖未再多言，只道：「她有這個能力。」

祁安賢笑著搖了搖頭，再有能力也還只是個尚未行過成人禮的小姑娘。不過，看著三皇子篤定的模樣，祁安賢不禁也有些好奇起來，那舒清淺真的如此神通廣大嗎？

第十三章　騎獵

舒清淺在家中等了兩日，都沒有收到平陽伯府傳來的消息，一時間不禁有些著急。她本想去平陽伯府問問情況，但思及祁安賢本就是主動幫忙，自己如此冒然前去，實在失禮。

就在舒清淺猶豫著該不該去找祁安賢的時候，宮中傳來消息，明德帝明日將在西郊皇家獵場設騎獵會，為今年的迎風月武會助陣。

左相府內，舒辰瑜給舒菡萏與舒清淺拿來兩張寫有她二人姓名的帖子，並道：「這是我特意為妳倆尋來的名帖，明日女眷們得拿著它才能入場。」

舒清淺接過帖子，問二哥道：「聽說明日陛下也會去，二哥是否打算下場？」

舒辰瑜笑道：「我既已決定要留在京中，自然得想法子入陛下的眼。明日騎射會我不但要參加，且定要大展身手！」舒辰瑜一邊說，一邊指了指舒菡萏與舒清淺手中的帖子。「不然妳當我為何要為妳和姊姊找來這名帖？」

舒清淺收起名帖，笑道：「我就說你怎麼會主動為咱們弄來帖子，原來是想讓我和姊姊去為你助威的。」

舒辰瑜搖頭糾正。「妳倆明日只須在一旁看我表現便可，定不會讓妳們失望。」

舒菡萏亦收起帖子道：「既如此，明日我與清淺便拭目以待了。」

次日上午，舒清淺與舒菡萏到達西郊獵場的時候，場內已經聚集了諸多女眷。

由於梁問雪這幾日身子有些不適，舒夫人不放心兒媳一人留在府中，因此今日並未前來，舒菡萏與舒清淺便同舅母鎮北將軍夫人和林柔月站在了一起。

林夫人出身書香門第，雖早早便嫁給鎮北將軍林准，但林將軍對林夫人多年如一日的寵愛，卻令京中的貴族夫人們為之羨慕。許是受到夫妻和睦、子女懂事的安逸內宅生活影響，林夫人如今已年過四旬，卻依舊是個婀娜多姿、氣質文雅的出眾美人。

沒有人不喜歡美好的事物，舒清淺從小便對這個說起話來十分溫柔的舅母心存好感。

「舅母不是素來不喜歡這種熱鬧的場合嗎？今日怎麼也來了？」

林夫人笑了笑，道：「妳沐陽表哥前幾日回京了，陛下命他同武會的主審官員一道對今年的武生進行考察選拔，舅母今日是想過來看看沐陽，正好也看看辰瑜的表現如何。」

林夫人口中的沐陽正是鎮北將軍長子，林涵海與林柔月的大哥林沐陽，年紀輕輕便已立下赫赫戰功，官封少將軍。林夫人當年生林沐陽時，出了點意外，九死一生方撿回林沐陽一命，所以從小便對這個兒子最為上心；後來林沐陽很早便去了邊關駐守，難得回京一次，從此林夫人便更加疼愛這個兒子了。

「大表哥也回京了？」舒清淺喜道：「上次還聽二哥在說，不知大表哥何時才能回京呢。」

林夫人露出一臉的無奈與不捨。「是陛下臨時讓他回來的，不然再等上三、五個月也不一定能回京一趟。」

舒清淺見狀，安慰道：「大表哥和舅舅都是頂天立地的大將軍，自是要去做大事的，清淺最佩服的便是舅舅與大表哥了。」

林夫人笑道：「還是妳這丫頭會說話。」

幾人說話間，原本嘈雜的獵場漸漸安靜下來，眾人也都按身分、地位一一站好。

不遠處，明德帝偕同皇后，率著諸位皇子與大臣們，正浩浩蕩蕩地朝這邊走來。

明德帝在上位坐下，眾人跪拜行禮，明德帝先是與幾位親近的臣子寒暄說笑了幾句，讓幾人猜猜哪位皇子和武生會獵到那兩頭被繫了彩色絲帶的野鹿。

幾位大臣大多猜測太子與騎射功夫最好的四皇子會獵得那兩頭鹿，至於其他參賽的武生中，幾位較為出眾的青年才俊也都有人點名猜測。

一番閒聊過後，明德帝很快便宣佈上午的狩獵會開始，諸位參加狩獵的人紛紛拿起弓弩，騎馬下場。

由於只是騎獵宴會，並沒有什麼嚴苛的規則，只要想要狩獵的，都可以參與其中。

舒清淺遠遠地瞧見祁安賢與三皇子騎馬進了林子，於是同舅母和姊姊說了一聲後，也跨上馬進了林子，尋祁安賢去了。

皇家狩獵的林子自然很大，時不時便有受驚的飛鳥從頭頂飛過。舒清淺找了一圈沒有見到人，正鬱悶著，突然見一隻兔子後腿似有受傷，一瘸一拐地從她面前蹦躂過去。她下馬提起兔子，查看了一下牠的後腿，發現有一道不深不淺的傷口，怕是剛剛才從利箭下撿回了一條命。

舒清淺站起身，環顧了一下四周，見不遠處有一棵大樹，於是她一手拎著兔子，一手牽著馬，便朝那棵樹走去。

走近後，舒清淺在樹下發現了一個小樹洞，於是便小心翼翼地將兔子放進小樹洞內，她安撫地摸了摸兔子，又取了些枯葉、樹枝將洞口掩好。

一個聲音突然從她的頭頂處傳來。「妳在做什麼？」

正蹲在地上準備起身的舒清淺，被嚇得一個踉蹌直接跌坐在地上。她抬頭看那人，刺眼的陽光讓她不得不瞇起眼，良久才看清來人竟然是三皇子。

章昊霖沒想到自己突然出聲會嚇到舒清淺，他彎腰遞過手，欲讓舒清淺扶著，好借力起身。「抱歉嚇到妳了，沒事吧？」

舒清淺看著面前章昊霖那修長乾淨的手，又看了看自己因重心不穩撐在地上，沾滿了泥土和灰塵的手，頗為猶豫。

章昊霖似是看出了她所想，主動拉過她的手，將她帶起身，又隨意地拍掉自己手上的塵土，問舒清淺道：「可有受傷？」

「應該沒有。」舒清淺取出帕子，遞給章昊霖。「三殿下快擦擦手。」

章昊霖笑道：「妳自己先擦一擦吧！這邊地上的碎石多，趕緊看看手掌可有劃破？」

舒清淺依言用帕子擦手，卻在碰到某處時，忍不住「嘶」了一聲。

章昊霖聽到她痛呼出聲，忙看過去。「可是手破了？」

舒清淺無奈地道：「嗯，果然被小碎石給扎破了。」

「妳等一下。」章昊霖轉身從自己的馬上取下水囊，又拉過舒清淺的手，小心地為她沖洗掉掌心上的塵土。「有一粒小石子戳進肉裡了，妳忍一下。」

舒清淺看著章昊霖認真的表情，任由他拉著自己的手擺弄，感受到手掌間傳來的溫度，她突然覺得雙頰有些發燙。

章昊霖為她挑出碎石後，又用水替她沖乾淨雙手，才道：「我身邊沒有膏藥，回去後妳記得擦藥。」

舒清淺笑道：「沒事，已經不疼了。」

章昊霖收起水囊，注意到舒清淺並沒有帶弓弩進來，便問道：「妳沒要狩獵？」

「清淺不是很喜歡此類活動。」舒清淺搖了搖頭道，忽而想起自己進林子的目的。「平陽伯沒有和三殿下在一起嗎？」

「他方才追著獵物，跑去西邊了。」章昊霖笑道：「我也不喜狩獵，便在這棵樹下休息，剛好見妳提著兔子過來。」

舒清淺笑了笑。「遇到這兔子也算是有緣，方才便幫牠一把。」

章昊霖看了看腳邊被掩蓋好的樹洞，反問道：「既如此，妳何不將牠帶回去養著？」

「清淺已幫牠尋了個樹洞，之後會如何，還得看牠的造化，不可強求。」舒清淺又道：「就像清淺不喜狩獵，卻也不能強迫其他人同清淺一般不狩獵。」

「看不出來妳還是個有慧根的。」章昊霖重新在樹後的大石上坐下，並拍了拍一旁的空位，示意舒清淺一起坐。

左右沒有旁人，舒清淺也不矯情，隨意地坐在了石頭上。「只是隨遇而安罷了。」

章昊霖問道：「前兩日我聽安賢說，妳打算建一個書苑？」

舒清淺笑道：「不瞞三殿下，清淺今日來就是想問問平陽伯答應幫清淺尋的處所，究竟尋到沒有？」

章昊霖看著她道：「妳建這書苑，目的為何？」

舒清淺也不隱瞞，直言道：「不想天下學問變成一家之言。」

「既如此，妳卻只打算建這樣一座小小的書苑，真正能影響的，至多不過百八十人。」

舒清淺沈默了一會兒，隨即笑道：「很多事情做起來，本就有所局限的。」

章昊霖認真地問：「這真是妳心中所願？」

章昊霖嘴角微挑。「若沒了這局限，妳還敢去做嗎？」

聞言，舒清淺下意識地偏頭望向章昊霖，卻並沒有從章昊霖的臉上看到多餘的表情，於是她收回目光，笑道：「清淺曾想過這個問題，不過後來自覺破不了這局限，便沒有再繼續深想下去。」舒清淺又道：「我是個隨遇而安之人，如今能擁有這一方書苑，就已經很滿足了。」

「妳這性子倒是挺讓人羨慕的。」章昊霖隨意地晃著一根枝條逗著馬玩，狀似無意地一語道破舒清淺沒有說出口的話。「妳只是擔心自己做不成，而非不想做。」

舒清淺也沒有被戳破的尷尬，畢竟她從未曾想對章昊霖隱瞞什麼。「其實兩者並沒有什麼不同，反正結果都是一樣的。」她伸手撿起枯葉，一片片捏碎，抱怨般道：「殿下看我現在連這一個小書苑的地點都搞不定，又怎敢妄想其他？」

章昊霖手中的枝條終於被那匹馬咬到了嘴裡，他的視線也重新落在舒清淺身上。「找園子這種事情，本就不需要妳親自出馬。」

舒清淺隨口回道：「不需要我親自出馬，難不成這園子還會主動蹦到我面前來？」

章昊霖笑了笑。「倘若這園子真的自己找上門，妳敢不敢收？」

「有何不敢？」舒清淺笑道：「我不去找麻煩，麻煩還來主動找我呢！更何況這也不一定是個麻煩。」

章昊霖繼續問道：「那妳可曾想過，妳這書苑一旦建了起來，日後產生的影響，也許就不是妳所能控制的了？」

「清淺只需要記得自己做此事的初衷便可。」舒清淺神色未變，眼眸清澈。「只要問心無愧，不管日後有何影響，我都能坦然接受。」

「既如此，妳也別等安賢的消息了。三日之內，我定會讓園子主動去找妳。」章昊霖淡淡地道：「妳只須仔細想想書苑開放之後的各項活動與計劃就行。」

「好。」舒清淺雖在章昊霖一開始問她的時候，便已隱隱猜到了章昊霖的想法，可真正應承下來之後，她方才後知後覺地有些心跳加速——許是因為不安，許是因為期待。

不遠處似乎有馬蹄聲朝這邊過來，章昊霖見舒清淺沒再說話，便又加了一句道：「雖然此事我不便親自出面，但既是我挑起的頭，妳之後若遇到任何問題，都可以私下來找我，我定會不遺餘力地幫妳。」

章昊霖的話讓舒清淺有些意外，畢竟他完全沒有必要涉身其中，如今他這一舉動讓舒清淺有些猜不透，只是點頭道：「多謝三皇子。」

馬蹄聲漸近，遠遠地瞧見那人的馬上似乎掛滿了獵物，舒清淺辨認一番後，道：「來人似是平陽伯。」

祁安賢勒住馬韁繩，將馬停在二人面前，翻身下馬。「喲，舒二小姐也在。」

舒清淺看著掛在馬背上的各種獵物，感嘆道：「平陽伯收穫頗豐啊！」

「裡面一半是要給老三拿回去交差的。」祁安賢邊說，邊把一部分獵物掛在了章昊霖的馬背上。「他不喜歡狩獵，我只好多獵一點了。」

舒清淺看著章昊霖坦然接受祁安賢獵物的樣子，顯然他二人已經不是第一次這麼幹了，不禁笑道：「我就說三皇子怎麼兩手空空，還這般淡定自在地坐在這裡曬太陽了，原來早已有人代勞啊。」

章昊霖伸手摸了摸自己的馬，抬頭看了看太陽的位置，道：「時間差不多了，走吧。」

由於女眷與皇子、大臣們的營帳在不同方向，所以出了林子後，舒清淺便與章昊霖、祁安賢分道而行。

第十四章　賞識

待舒清淺往另一個方向騎去後，祁安賢問章昊霖道：「你和她聊過了？如何？」

章昊霖看著舒清淺的背影，心情顯然不錯。「今日回府後，你便讓暗衛放出一些關於二哥與《徐子》一書的消息，不過也別做得太明顯，畢竟父皇養的那兩支人馬可不是吃閒飯的。」

祁安賢點頭。「明白。」

「再讓人散播關於舒清淺欲辦書苑的消息。」章昊霖笑道：「待這兩個消息一同傳到父皇那邊，想必之後的事情，都能夠水到渠成了。」

當祁安賢和章昊霖抵達陛下營帳前時，二皇子已經等在那裡了。

章昊霖與祁安賢上前給二皇子行禮。

祁安賢注意到章昊瑄身後太監扛著的野鹿，笑道：「看來二殿下今日的收穫不錯嘛。」

獵得野鹿的二皇子毫不掩飾面上的得意之色，看了眼章昊霖與祁安賢身後的獵物，擺出一副兄長的口吻道：「三弟，你平日就該多去練習、練習騎射，這樣狩獵時，手腳才能放得開啊。」

章昊霖點頭表示同意。「皇弟不比二哥，是該勤於練習。」

其餘下場狩獵的眾人，此時也都陸陸續續地回到了營帳處。

陛下親自查看了眾人的獵物，王孫貴族這邊是二皇子獵得了野鹿，而武生這邊則是舒辰瑜獵得野鹿。

陛下在經過二皇子時，誇了一句。「老二的騎射功夫是越來越好了。」便揮手讓人將早已準備好的彩頭賞賜給了他。

四皇子雖沒有獵得那頭繫了彩帶的野鹿，卻獵到一隻個頭非常大的野豬，明德帝點頭稱讚。「老四也不錯。」

四皇子章昊天是個性子直爽的，坦言道：「多謝父皇稱讚，不過兒臣可不敢獨自居功，這頭野豬是太子殿下幫兒臣一同獵得的。」

聞言，明德帝露出了一個滿意的笑容，對身旁的皇后道：「兄弟同心，不錯、不錯！」

太子與四皇子皆是皇后所出的兒子，皇后自然也是高興的，對四皇子笑道：「天兒，你平日裡除了騎射功夫之外，也要學學太子，在學問上多下點兒工夫，知道嗎？」

四皇子恭敬地應承。「母后，兒臣知道了。」

一旁得了賞賜的二皇子本還笑意滿滿，卻在看到明德帝明顯對太子與四皇子更為偏寵的時候，神色不自覺地變得難看起來。

在父皇心中，永遠都只有太子、太子！如今他獵得野鹿，父皇沒多大反應，那老四剛一提到太子，父皇便立刻露出笑容，實在太過偏心！

明德帝並未注意到二皇子的異樣，查看完幾位皇子和世子的獵物後，便去了武生那邊。眾武生中有像舒辰瑜這樣的世家子弟，亦有不少平民出身、卻有著過人之處的年輕兵士，他們不像讀書人那般可以透過科舉步入仕途，普通武生想要出人頭地，除了立下戰功之外，概率最大的便是透過武會來入陛下和貴人們的眼了。

由於明德帝今年準備在這批武生裡，挑選出一位合適的人才來擔任皇城軍統領，所以對這一批武生尤為關注。

武生這邊的獵物，顯然要比皇子們那邊要多得多，不過最為出眾的還是舒辰瑜，除了獵得那頭野鹿和諸多獵物外，還獵到了一隻蒼鷹。

明德帝在看到舒辰瑜的獵物時，特意問身後隨行的武官道：「這是誰的獵物？」

武官翻看了一下名冊後，道：「此乃左相大人家二公子舒辰瑜的獵物。」

「哦？」明德帝又看了看這些獵物。「竟是舒相的兒子，甚好。」

一圈看下來，明德帝點了舒辰瑜與其他兩位武生的名字，讓他們上前來面聖。

明德帝一一詢問三人的基本情況後，將另一份彩頭賜給了舒辰瑜，並道：「下午的比試，還希望你不要讓朕失望。」

舒辰瑜跪下謝恩。「多謝陛下賞賜，卑職定當全力以赴。」

按照慣例，狩獵結束後，會舉行烤肉宴。待明德帝打賞完所有人之後，隨行的御廚也已經為所有人備好了烤肉用的架子。

舒辰瑜給舒菡茖與舒清淺這邊送來不少獵物，許久沒有烤肉的舒清淺正躍躍欲試。

眾人邊吃邊聊，吃完烤肉與飯菜後，營帳外便傳來陣陣嘈雜聲，原來是下午的比試已經開始了。

射術比試第一輪，眾武生對靶射箭，射程最遠且命中靶心的十人將進入第二輪。第二輪提高難度，侍衛將活鳥放出，由武生自己決定要放幾隻鳥，射中最多者獲勝。

第一輪的固定靶射箭並沒有太多技術要求，完全是檢測射箭人的力度與準度。在第一輪由舒辰瑜與另一名出身軍營的兵士並列第一，順利進入了第二輪。

進入第二輪的十人，隨機抽取號牌，決定自己的出場順序，舒辰瑜是第六個出場。

由於活鳥放飛的速度過快，一般人只能在可視範圍內搭上兩到三支弓箭，再加上還要在瞬間瞄準並射中，命中率微乎其微。前面出場的五人，除了有兩人各射中兩隻外，其餘三人都只射中了一隻鳥。

舒辰瑜上場前，負責放鳥的侍衛上前問他要放飛幾隻鳥，舒辰瑜目測了一下具體距離之後道：「煩勞給我放四隻。」

圍觀的眾人一片譁然，舒辰瑜卻完全沒有注意到旁人的竊竊私語，只是專心地調整好位置，等待放鳥的信號。

場外的安樂公主好奇地問舒清淺道：「清淺，妳二哥真能射中四隻鳥嗎？」

舒清淺猶豫道：「我雖然不敢確定二哥能不能射中，但我知道我二哥他從來都不是信口開河之人。」舒清淺說得篤定，實則已經緊張得雙手掌心裡全是汗了。畢竟前面幾人都沒有人可以射中第三隻鳥，若二哥射不中四隻，勢必會在陛下心中落下一個好高騖遠的印象。

此時放鳥的兵士發出一聲號令，幾乎是在鳥兒飛出籠子的同時，舒辰瑜的第一支箭迅速地射出。

「哇！」舒辰瑜一箭雙雕，兩隻飛鳥同時落地，使得剛剛還在議論紛紛的人們都不禁驚呼出聲。

隨後舒辰瑜又以極快的速度搭上箭，並射出第二支與第三支箭，三支箭皆無虛發，四隻飛鳥全部射中。

舒清淺早已被安樂公主拉過去與三皇子他們站在一起，若不是顧忌身旁之人，舒清淺都想跳起來為她二哥叫好了，二哥果然是好樣的！

一旁的章旲霖看到舒清淺的臉龐被日頭曬得紅撲撲的，神情更是前所未有的生動，雖努力克制，卻也難掩她眼底的興奮與驕傲。章旲霖心中微動，自他七歲時，母妃去世後，似乎已經很久沒有感受到過這種親人之間的牽絆了。

在舒辰瑜後面出場的四人，雖有一人射中了三隻鳥，卻完全被掩蓋在舒辰瑜的鋒芒之下。

明德帝不住地點頭，對位於下首的舒遠山道：「自古英雄出少年，左相，你家這兩個兒子都教得不錯啊！」

舒遠山作揖道：「多謝陛下誇讚。辰瑜從小便喜愛武學，經常同他表兄出入軍營，微臣只是沒有扼制他的天性罷了。」

聞言，明德帝看向另一側的林沐陽道：「我聽說舒辰瑜今年還隨你前往邊關，在你底下的軍營裡歷練了一番？」

林沐陽出列，行禮道：「舒辰瑜乃是以普通兵士的身分入營的，所以末將之前並未向陛下稟明，還望陛下恕罪。」

「無罪、無罪。」明德帝大聲笑道：「看來這舒辰瑜不但武藝過人，且年紀輕輕便能吃得了苦，著實不錯。」

正說著，舒辰瑜已經在太監的引路下，前來拜見明德帝。

明德帝命人將自己的飛來弓賜給舒辰瑜，並對眾人道：「七日後，朕將繼續在此設下考題，以測試眾武生對兵法的理解和對實戰的統領能力，還望諸生今日回去後好好準備。」

許多今日表現得不夠出彩的武生，似是又看到了希望，紛紛跪下應「是」。

由於舒辰瑜無論是個人能力還是家世背景，都令明德帝相當滿意，因此明德帝從皇家獵場回來之後，心情十分不錯。

在承陽宮中用過晚膳後，太監福全為明德帝端上熱茶，並詢問道：「剛剛蘭芷宮來人，說麗妃娘娘知曉陛下今日勞累，特意為陛下準備了安神香，陛下今晚可要過去？」

明德帝點頭道：「朕今日確實有些乏累，過會兒就去讓麗妃給朕按一按。」

福全得了明德帝的意思，便彎腰退出承陽宮，讓一直等在外面的宮女回蘭芷宮覆命。

明德帝喝了幾口熱茶，似是想到什麼，喚來自己的隱衛統領，道：「你去幫我好好查查舒辰瑜的情況，包括他平日行事、交友的狀況，寧可查全面一點，也不容許有一絲遺漏。」

「屬下領命。」隱衛統領又道：「陛下，卑職剛剛收到一個消息，雖還在深入探查，但如今已能確保消息的真實性。卑職擔心拖延此事會造成重大影響，所以想要提前向陛下稟明。」

明德帝點點頭，問道：「何事？但說無妨。」

隱衛謹慎地道：「前些日子太傅徐元文將他的思想編撰為《徐子》一書，此書面世後，便廣受天下讀書人追捧。卑職本以為這是一件正常不過的事，畢竟太傅乃歷年科考的主考官，他的著作經由門人學生宣傳後，被天下讀書人奉為經典也不為過；但自迎風月的文會開始以後，卑職卻發現了不尋常之處。」

明德帝翻看著隱衛遞過來的《徐子》一書，並未發現書中言論有何不妥，便示意隱衛繼續說。

隱衛繼續道：「文會開始至今，眾讀書人皆將此書奉為正統，所有的文章或言論也都以此書的思想為準；偶有幾人提出不同的想法，便會被其餘人群起而攻之。此事令卑職心有疑慮，卑職曾一度懷疑關於《徐子》一書的傳播，乃背後有人在操縱，但幾番探查下來，只發現是以徐太傅的得意門生劉啟明為首的一群讀書人，在替太傅做宣傳，因此卑職只能讓人繼續盯著此事的發展，直到今日方才有所發現。」

聽著隱衛的稟報，明德帝的臉色越來越難看，透過讀書人來操縱言論，這說大了便是謀權篡位之舉！

隱衛將自己所調查到的消息，如實說出。「卑職發現劉啟明那群讀書人只是擋箭牌，真正在背後推動的其實是二皇子。」

「逆子！」明德帝聞言，狠狠地將手邊的茶杯砸在了地上。

「陛下息怒。」隱衛連忙道：「就目前的調查來看，二皇子除了利用《徐子》一書禁錮讀書人的思想之外，尚未有其他舉動。」

「他還想有什麼舉動？」明德帝冷哼道：「朕還沒死，他還敢有什麼舉動！」片刻之後，明德帝方冷靜了下來，揮手對隱衛道：「你先退下吧。日後務必密切關注此事以及二皇子的舉動，一旦有什麼異動，立刻前來稟報。」

「卑職明白。」隱衛領命後，便離開了承陽宮。

那頭蘭芷宮內，麗妃左右等不到明德帝的到來，問身邊的宮女道：「蘭兒，妳剛剛去承陽宮，福全確實是說陛下今夜會過來？」

「是的，福全公公還說陛下今日乏累，想讓娘娘給按按身子呢。」被喚作蘭兒的宮女寬慰麗妃道：「不然奴婢再去承陽宮問問？」
麗妃點頭道：「去看看什麼情況。」隨即又叫住了蘭兒。「妳順道端一碗剛煮好的安神湯過去。」
蘭兒領命後，便又去了承陽宮外，見裡頭燈還亮著，便找到福全詢問情況。「公公，陛下可是還在忙？」
福全搖了搖頭，道：「陛下的事情，咱們做奴才的哪裡敢過問。」
蘭兒伸手從衣袖裡拿出一塊上好的玉珮塞給福全，笑道：「這是麗妃娘娘特意給陛下熬的安神湯，煩請公公進去通稟一下。」
福全低頭看了看手中的玉珮，通體雪白，毫無雜色，一看便是上等貨，這才笑咪咪地收了玉珮，接過蘭兒手裡的托盤，道：「那咱家進去問問。」
「有勞公公。」蘭兒微微一福身。
福全輕輕推開了承陽宮的門，見明德帝靠坐在椅子上，似是在想著什麼，於是輕聲道：「陛下，天色已晚，麗妃娘娘擔心陛下過於勞神，特意派人送來一碗安神湯。」
明德帝靠在椅背上，看都沒看一眼那碗安神湯，冷聲道：「朕勞神還不是因為麗妃給朕生了個好兒子！」
福全忙道：「陛下今日也勞累了一天，要不奴才先伺候您歇息？」
明德帝擺了擺手道：「你先下去吧，朕要再看會兒書。」

福全端著麗妃的那碗安神湯，應聲退下。

門外，蘭兒見福全端著湯出來了，心下著急。「公公，怎麼回事？」

福全示意蘭兒小聲一些，拉著她走到老遠以後，才將手中的托盤塞回給她，揮手道：「妳趕緊回去吧，陛下今晚不會去蘭芷宮了。」

蘭兒十分意外，忙追問道：「這是為何？陛下怎麼連這安神湯都沒喝？」

福全搖了搖頭，不欲多言，轉身便要離開。

蘭兒急忙拉住福全，將自己腰間的荷包塞給福全。「還請公公告知一二。」

福全掂了掂荷包的重量，道：「蘭兒姑娘，不是咱家不說，而是咱家也不知道陛下的心思啊。」

蘭兒見狀，又將自己髮髻上的金釵拔下來，塞進福全手中，懇求道：「公公，您就幫個忙吧。」

福全收下金釵後，道：「咱家只知曉似乎是二皇子惹怒了陛下，至於其他的……咱家是真不知道了。」

蘭兒得到消息後，匆匆忙忙地跑回蘭芷宮。

此時焦急等待的麗妃見蘭兒竟端著湯回來了，忙問：「怎麼回事？承陽宮那邊怎麼說？」

蘭兒如實回稟。

麗妃聞言，頓時坐在榻上，神情滿是擔憂。「瑄兒惹怒陛下了？」

蘭兒安慰道：「娘娘不用太過擔心。今日在獵場，二殿下可是還得了彩頭的呢。」

麗妃卻只是嘆道：「本宮早就勸過他要適時收斂鋒芒，免得惹陛下不悅，可他就是不聽，如今可好……」

次日早朝過後，明德帝在承陽宮召見太子。他手邊還有一份隱衛一早送來的密報，上面將二皇子利用《徐子》一書操縱讀書人的始末寫得一清二楚，還在最後提到舒家二小姐由於不滿其表兄林涵海提出不同的言論而被眾文人圍攻，正著手創辦一書苑，欲鼓勵不同學問的自由發展。

「兒臣見過父皇。」太子向明德帝行禮。

明德帝問太子道：「可知朕今日找你來，所為何事？」

太子恭敬地回道：「不知。」

明德帝神色如常地道：「今年文會情況如何？」

太子想了想後，道：「總體情況尚可，只不過——」太子略有猶豫，似在考慮著該怎麼說才好。

明德帝追問：「只不過什麼？」

「只不過今年的情況，較之往年有些不同。」太子如實道：「往年文會經常會有不同學派的讀書人，因為想法、觀點不同而起衝突，但這種情況在今年卻連一次都未出現過，眾生的文章和想法如出一轍，並沒有過於出彩的文章問世。」

明德帝道：「太子，你可有想過這是何種緣由造成的？」

太子點頭道：「幾個月前，徐太傅的《徐子》一書問世後，便在讀書人中激起相當大的波瀾，今年文會眾人的文章，大多是按照太傅這本書中的思想來創作的。」

明德帝繼續問道：「你既猜到了這一緣由，那為何不加以行動？」

「兒臣也曾師從徐太傅，且讀閱過《徐子》一書，並未發現書中的內容有何不妥之處。」太子下結論道：「因此兒臣覺得此書除了影響甚廣之外，並無其他不當。」

由於太子是嫡長子，明德帝從小便親自教太子做人、為君之道，所以相對於其他兒子，一直以來明德帝對太子都顯得格外寬容與仁愛。

明德帝讓太子在他對面坐下，教導道：「你一定要記住一件事——你是未來的儲君，所以你看待問題的角度，萬萬不能和旁人一樣。徐元文是曾教過你，但徐元文首先是臣子，其次才是你的老師，你絕不能因為《徐子》是徐元文所著，便有失公正地看待此事。」

太子溫順地應道：「父皇教導得極是。」

明德帝素來最喜太子對自己孝順謙恭的樣子，於是提點道：「你可曾想過，若此事是有心人故意在背後操縱，那會造成多大的影響？這可是足以影響江山社稷的大事！」

太子被驚得一身冷汗，起身告罪。「此事乃兒臣處理不當。父皇放心，此等事情絕對不會再發生第二次。」

明德帝緩了緩語氣，道：「你也不必太過緊張，這種事情處理過一次以後，下回便有經驗了。」明德帝見太子緊張的神情稍稍放鬆了一些，繼續道：「但你必須儘快解決這件事，絕不能再放縱下去。」

太子點了點頭，道：「兒臣知道。」

明德帝又道：「你可知左相家的次女將創辦書苑一事？」

太子自是不知曉此事，只能搖了搖頭。

「回去多關注一下吧！有的事情不需要你親自出馬，得學會知人善用。」明德帝說完，便拿起手邊的摺子看了起來。「退下吧，你回府後好好想想該怎麼處理此事。」

第十五章　園子

蘭芷宮中，二皇子照常每日入宮向麗妃請安。

麗妃讓蘭兒屏退了下人，這才拉過二皇子詢問道：「瑄兒，你老實說，最近是不是又做了什麼不該做的事情？」

章旲瑄若無其事地道：「母妃何出此言？」

「休要瞞母妃，若是你真做了什麼事，母妃還能想辦法替你補救。」麗妃正色，將昨晚的事情告知章旲瑄，並道：「母妃今日特意派人關注著承陽宮的動靜，今日一早陛下就召見了太子，你做的事情是不是與太子有關？」

聞言，章旲瑄瞬間沈下了臉色，良久不言。

麗妃見章旲瑄的模樣，心知他定是做了什麼見不得人的事，出言安撫道：「你也不用太過擔心，現在的情況應該還不是太糟糕，你老實告訴我你做了何事，母妃幫你想辦法。」

章旲瑄猶豫了一下，思及母妃平日裡的手段，還是開口道：「前段時日，那位在讀書人中聲望頗高的徐太傅不是編寫了一本書嗎？兒臣便小小地利用了一下此書，讓那群讀書人以徐太傅之言馬首是瞻，日後若是有需要，有了天下讀書人作後盾，事情便會簡單許多。」

聽完章旲瑄的話，麗妃驚得差點將手中的瓷杯掉落在地。「你也太大膽了！」

章昊瑄憤憤地道：「太子懦弱無能，卻什麼都不需要爭，便都能得到。兒臣可比太子有能耐多了，既然父皇不給兒臣這些權利，兒臣便自己去爭、去奪，這有錯嗎？」

「母妃知道你不甘心。」麗妃好聲相勸。「但瑄兒你要記住，謀大事者一定要能忍，先不論太子如何，如今你父皇可還健在，且你父皇隨時都在盯著你們幾位皇子呢！」

章昊瑄亦明白這個道理，他一言不發，只是伸手拿起茶杯，灌下一口涼水。

麗妃擔心兒子鑽死胡同，繼續開導道：「你放心，待時機成熟，就算你不動手，母妃也絕不會看著太子壓在你頭上的。但在此之前，你定要答應母妃，千萬別再輕舉妄動了。」麗妃作為明德帝的枕邊人，太過瞭解這位皇帝陛下狠下心來時可是六親不認，若她的瑄兒真做了什麼無法挽回的事情，陛下絕不會容忍。

有了麗妃的這一番保證，章昊瑄稍微看開了一些，點頭道：「多謝母妃提點，兒臣不會再輕舉妄動了。」

麗妃這才安心地點了點頭，又叮囑道：「幸好今日陛下只召見了太子一人，那便是不想將此事捅破。不管接下來陛下會讓太子如何處理此事，你這幾個月儘量少出門，什麼文會、武會的都別再參與，只管在府中待著，讓陛下知道你已經在反省自己的錯誤了，明白嗎？」

章昊瑄點頭應承。「兒臣明白。」

另一邊太子離開承陽宮後，便直接回了太子府，且一到府中便馬不停蹄地召來自己的親信議事。

眾太子黨的官員聽聞太子的敘述，皆受到不小的驚嚇，紛紛與太子告罪。

太子道：「不怨諸位大人，本太子雖注意到了此事的不妥之處，卻也未深入探查，是本太子失察在先，所幸父皇沒有怪罪，只令本太子妥善處理此事。今日急召諸位前來，便是想商量一下解決之策。」

有官員問道：「不知殿下可有意查探這背後指使之人究竟是誰？」

不待太子回答，便已有其他官員接話道：「陛下既未向太子表明是何人，那定是有意隱瞞，微臣以為太子殿下無須深究，免得弄巧成拙，惹怒陛下。」

此言一出，眾人紛紛應和，連太子也同意道：「李大人所言極是。父皇最後還特意讓本太子在解決此事時，無須親自出馬，想必也是有其深意在。」

太子隨後又向眾人詢問了舒清淺建書苑一事，有好幾位官員表示對此事略有耳聞，太子聽完眾人的敘述後不禁感慨，難怪父皇會讓他知人善用。

不少官員亦有同樣的感慨。「陛下果真慧眼如炬，若能好好利用舒清淺此舉，不但能破此僵局，太子殿下甚至只需要出面支持一下，便可事半功倍，且定能在讀書人中造成深遠的影響，想必這便是陛下希望見到的。」

悟出了陛下之意與解決之法，太子不禁長吁一口氣。他不敢有所怠慢，當日下午便讓太子妃以他之名，邀請舒清淺來太子府小聚。

舒清淺昨日得了三皇子的保證後，雖仍有些不安，但回府後心裡更多的卻是躍躍欲試。

午膳後，當太子府來人傳消息，道太子妃欲邀舒二小姐去太子府喝茶、賞花時，舒清淺反倒淡定了。舒清淺換過一身衣裳後，便隨著那人去到太子府。

來到太子府內，舒清淺被侍女直接引到了後花園，只見太子妃早已準備好一桌的瓜果、茶點在等著自己。

這是太子妃第二次見舒清淺，這一次她終於明白之前母后的用意。今日太子讓她邀請舒二小姐來府中時，她本是頗感意外，然而當太子向她說明緣由後，太子妃已經不能用意外來形容她對舒清淺的感受了。如此年紀輕輕的一個小姑娘，竟能被陛下親自授意要太子「知人善用」，想必舒二小姐定有旁人所不能及之處。

舒清淺屈膝給太子妃行禮。「清淺見過太子妃。」

「舒二小姐不必多禮。」太子妃笑意盈盈地道：「快過來坐。」

舒清淺依言在太子妃身側的石凳上坐下。「不知太子妃今日尋清淺過來，是有何事？」

「上次見過妳之後，挺喜歡妳的性子，一直想讓妳來府中坐坐，陪本宮聊聊天，可惜近來府中雜務繁多，好在今日終於得了空閒，便讓人去左相府請妳過來了。」太子妃又讓侍女端來一盤切好的水果，道：「這是西南進貢的鳳梨，京中可沒有這種水果，妳快嚐嚐鮮。」

「多謝太子妃。」舒清淺取了一小塊水果放進口中，讚道：「酸甜可口，很好吃。」

「喜歡就多吃一些。」太子妃笑了笑，隨即狀似無意地問道：「本宮聽說妳最近正在籌辦一個書苑？」

舒清淺心中暗道：果然水果不是白吃的，這不重點來了！既然太子妃以閒聊的口吻提起此事，舒清淺便也假裝聊天般地抱怨道：「沒錯。不過清淺一個姑娘家的能力有限，找了好些時日，卻連個合適的園子都尋不到，也不知道這書苑到底弄不弄得起來了。」

「園子？」太子妃似乎很感興趣。「妳需要一個什麼樣的園子？」

舒清淺想了想，道：「只要園子是在城內，最好能靠近太學院旁邊的，大、小不重要，反正到時候可以再依照園子的大小，來控制書苑的規模。」

「嗯……」太子妃似是想到了什麼。「妳這麼一說，本宮倒是想起來了。太子府在太學院附近，正好有一座閒置的園子，不知道是否適合給妳建書苑？」

舒清淺驚喜道：「真的嗎?!」隨即又有些不好意思地道：「既是太子府的園子，清淺怎麼能拿來建書苑呢？」

太子妃不以為意地笑道：「妳建這書苑不但能鼓勵讀書人對學問的探討，亦能給咱們這些女眷提供一個娛樂的去處，本宮是打心眼裡支持妳這舉動的。這樣吧，明日本宮便讓人帶妳去看看那園子，妳要覺得合適便拿去用，若是擔心閒言碎語，那就每年付些租金給太子府即可，妳覺得如何？」

舒清淺一臉難以置信地道：「太子妃不是在說笑吧？」

太子妃笑道：「妳若是不信，本宮可要收回剛剛的話了哦。」
舒清淺忙點頭道：「清淺相信，多謝太子妃！」
太子妃見舒清淺點頭應下，臉上的笑意更深，她將面前的水果推到舒清淺面前，道：「別光顧著說話，再吃些水果吧，都是上好的新鮮貢品。」
舒清淺又吃了一顆葡萄後，似是平靜了一些，對太子妃道：「既然太子妃這麼信任清淺，一會兒清淺便將這個書苑的規劃圖送一份給您過目，您也好給我提提意見，如何？」
太子妃點了點頭道：「意見本宮倒是提不上的，不過本宮也想看看妳的規劃。」
舒清淺笑道：「那等我一回府，便讓人給太子妃送一份過來。」
舒清淺又陪著太子妃說了會兒話，賞了會兒花，這才告辭離開。

三皇子府上，祁安賢正為他帶來了第一手消息。「陛下上午才召見了太子，如今舒清淺就已被召進太子府喝茶，看來太子這一次行事倒是挺索利的。」
三皇子合上正在看的書，問道：「父皇有告訴太子是二哥所為了嗎？」
「你心裡不早就有數了？」祁安賢笑道：「不但沒告訴太子，還示意太子解決此事時不必親自出面，許是擔心二皇子與太子反目。不過以二皇子那小心眼兒，未必會領情。」
三皇子讓人換上一壺新茶，道：「父皇能做到這樣，已是最大限度，既能增加太子在讀書人中的影響力，又能限制太子利用這種影響力。」言及此，章昊霖便不再多言。

倒是祁安賢肆無忌憚地接口道：「所以說薑還是老的辣！我要是二皇子，就絕對不敢繼續在陛下的眼皮子底下興風作浪。」隨即又笑道：「不過，這次舒清淺肯定會感激你替她尋了這麼個大園子了。」

三皇子淡定地糾正道：「不是我尋的，是太子殿下尋的。」

舒清淺一回到左相府，便被左福告知爹爹和大哥正在書房等她，她想也知道爹爹和大哥是為了何事。

果然，舒清淺一進書房，舒辰瑾便開口問她。「清淺，太子妃尋妳過去，所為何事？」

舒清淺不欲隱瞞爹爹和大哥，於是將事情一五一十地告訴左相與舒辰瑾。

聽完以後，舒辰瑾問道：「妳真的打算接受太子府的那座園子？」

舒清淺反問道：「為何不接受？反正我也尋不到更合適的，如今有現成的送上門來，豈有拒絕的道理？」

舒辰瑾嚴肅地道：「清淺，妳可知接受那座園子，意味著什麼？」

舒清淺笑得輕鬆。「意味著我的這個書苑，注定不會只是一個小書苑了。」

舒辰瑾無奈地道：「妳知道的話，那還敢接受？」

「大哥，別這麼緊張嘛。」舒清淺安撫道：「其實這也不是什麼壞事呀！」

舒辰瑾無法不往壞處想。「可對妳而言也不見得會是什麼好事。」

一旁一直未開口的舒遠山，突然說道：「清淺，妳是不是早就計劃著要將書苑建大？」

舒清淺忙聲明道：「爹爹，絕對沒有！直到今日太子妃找上女兒之前，女兒的想法都如同上回告訴您和大哥的那樣。」舒清淺刻意避開了與三皇子協議一事。

「罷了。」舒遠山嘆道：「妳既然已經答應了太子妃，也回不了頭了，爹只希望妳今後一定要擺對自己的位置與心態。」

舒清淺點頭道：「女兒定會謹記。」

舒遠山揮了揮手道：「行了，妳先回房休息吧。」

待舒清淺離去後，舒辰瑾方開口道：「爹，太子妃此舉定是太子授意，而太子也不會毫無預兆地突然想到此事，想必是陛下的意思了。」

「多半是如此。」舒遠山凝重地道：「所以清淺注定避不開、也無法避開這件事。」

舒辰瑾壓低聲音道：「兒子現在只擔心若那幕後推手真是二皇子，如今這書苑一建，二皇子會不會記恨上咱們家清淺？」

聞言，舒遠山倒是搖了搖頭。「應該不會。其一，陛下雖有意隱瞞，但卻實實在在地插手了此事，想必那二皇子定不敢再有所牽扯；其二，這書苑雖說是清淺籌辦的，但為了順利解決二皇子捅下的婁子，太子甚至是陛下日後定會出面為清淺撐腰，所以怎麼也輪不到清淺這個小姑娘家來承擔責任。」

舒辰瑾又道：「兒子覺得奇怪，陛下怎麼偏偏在這個時候發現了《徐子》一書的推廣另有陰謀？還知道了清淺準備籌辦書苑這種小事？這背後不會是有人……」

舒遠山搖搖頭，道：「不管如何，事已至此，就算是有人在操控，至少他對清淺是沒有惡意的。這整件事情中，清淺幾乎不會受到任何負面影響，為父只擔心日後太多的讚譽會讓清淺迷失了心智。」

舒辰瑾謹慎地道：「爹，您放心，兒子會看好清淺，並時刻提點她的。」

第十六章　協助

次日，太子妃果然一早便派了人過來帶舒清淺去看園子。

舒清淺上了太子府的馬車後，竟意外地發現太子妃也在車內，連忙行禮。

太子妃讓她無須拘禮，道：「本宮昨晚看了妳送來的規劃圖，覺得甚好，左右今日沒事，便想同妳一道過去看看這園子是否適合。」

舒清淺心存感激，笑道：「多謝太子妃如此上心。太子妃看了清淺的規劃圖之後，可覺得有何不妥？」

「都挺好的。」太子妃笑道：「不過本宮思量著，妳這麼好的一個想法，可不能只是影響那百八十個人，這書苑的規模與布局還可以再擴大一些，盡可能地多容納一些讀書人。」

太子妃此言，乃昨夜太子看過舒清淺的規劃圖後之意。

「太子妃所言極是。」舒清淺贊同道：「這份規劃圖本是清淺以一座私人小院的基礎所寫下的，如今承蒙太子妃厚愛，得了如此好的地方，這規劃定是要改一改的。」

馬車很快便在一座別院前停下，舒清淺扶著太子妃下了馬車後，生生被眼前的這座大園子給驚呆了。她一直以為位於太學院附近的這座大園子，是京中某富商的宅邸，沒想到居然是太子府閒置的宅院。

太子妃一邊在下人的帶領下進門，一邊對舒清淺道：「這園子乃父皇還是太子時所住的府邸。」

太子妃這一開口，又嚇了舒清淺一大跳，竟然還是陛下住過的舊太子府！

太子妃繼續道：「後來父皇登基，這座宅子便一直空置在這裡，原本太子出宮建府時，打算直接入住這座宅子的，後來考慮到離太學院過近，便選了現在的太子府，因而這座宅子也就一直空置在這裡。」太子妃看了看舒清淺，笑道：「現在可好，給妳在這兒建個書苑，也算是物盡其用了。」

這座園子雖常年空置，卻看得出來有人在定期精心打理，院子的桌椅都很乾淨。

太子妃在院中的石桌前坐下，道：「妳覺得這園子如何？」

舒清淺頗為惶恐地道：「此乃陛下居住過的皇家宅院，清淺受寵若驚。」

太子妃笑了笑。「既如此，妳這書苑的規模，定要襯得上這座園子。」

舒清淺認真地道：「太子妃請放心，清淺定會再細細重新規劃書苑，定會建一座與此處相稱的書苑。」

太子妃從身後的丫鬟手中取過一只小木盒，打開後，裡面是兩張文書，太子妃道：「免得妳有所顧慮，本宮特意擬了一份文書，上面寫明妳只須每年付給太子府一些租金，這座園子的使用權便歸於妳，妳可以任意修葺、改建。」太子妃讓丫鬟遞了一份文書給舒清淺。

「妳看看若是沒問題，簽個名字便可。」

舒清淺接過文書，上頭果然已將所有事項都寫得一清二楚，她毫不猶豫地簽下自己的名字，並道：「這座園子乃皇家之地，如今清淺有幸占用，待日後建成書苑，清淺定當好好經營，讓天下讀書人皆能為陛下所用。」

太子妃點頭道：「妳有此覺悟，甚好，也不枉本宮將這園子賜予妳。」

幾乎只過了半盞茶的時間，明德帝便知曉了宮外發生的這一切。

當隱衛如實將舒清淺所言稟告明德帝時，他鬱結的心情終於好了起來，笑道：「左相大人家的這幾個兒女，當真都是能為朕解憂的。」又對隱衛道：「繼續關注舒清淺這座書苑的進展，所有動向都要及時向朕彙報。」

而太子妃此時已將簽好的文書留了一份給舒清淺，並陪她在園子裡稍微參觀了一下後，便先行離去。

目送太子妃的馬車離開後，舒清淺捏著手中薄薄的一紙文書，又回頭看了看那闊氣的皇家別院。她抬腳走了進去，感覺腳底輕飄飄的，好像在作夢一般……

那日和三皇子交流過後，她雖已做好心理準備，可當這座陛下早年間曾經住過的太子府出現在她面前時，舒清淺覺得自己真的需要再好好地緩一緩。她心中暗道：三殿下，您這手筆也太誇張了。

舒清淺在這座園子中仔細地逛了一圈，園子很大，一圈走下來幾乎要花上一個多時辰。她邊走邊用心地記下宅院的每一處格局，並將此宅院的主要結構畫在紙上，以備之後可以具體安排。雖然太子妃的文書中寫著她有權任意對此院進行整修，但畢竟是皇家的園子，舒清淺決定還是不要大改大修，儘量只在原來的基礎上稍加調整即可。

待她從宅院出來時，已接近午膳時分。舒清淺又繞著這座宅子的外圈觀察了一番，發現這座宅子坐北朝南，往西隔了一條窄巷便是太學院；往東是一條街道，街道上多為書齋、茶樓或出售文房四寶的鋪子，是京中文人最常來的一條街道；穿過街道再往前，便是平陽伯府了，這也是之前舒清淺在太學院這邊閒逛會遇到祁安賢的緣由。

舒清淺轉了一圈後，便緩步朝左相府走去，邊走邊構想該如何重新設計書苑，方能讓此處成為學術爭鳴之地。

此時，平陽伯府對面的茶樓上，臨窗的座位處，章昊霖、祁安賢和李覔三人正在喝茶。

「那不是舒二小姐嗎？」正對著窗口的祁安賢一眼便看到了從樓下經過的舒清淺，隨後看了看不遠處的那座宅子道：「看來太子果然將那座空置的舊太子府賜給舒清淺建書苑了。老三你說的沒錯，那舒清淺果然是個膽大的，竟還真接下那座園子。」

章昊霖看了看樓下那個慢慢走遠的身影，挑了挑嘴角，並未說話。

李覔亦看向樓下，嘆道：「看來等我下次再來京城時，那座園子定將成為這京中的一大好去處了。」今日章昊霖與祁安賢在這茶樓上，正是為準備離京的李覔餞行。

「誰說不是呢！」祁安賢收回目光道：「太子此舉也算是為天下讀書人做了一件好事呢。」

李覓搖了搖頭，揶揄道：「這該算是二皇子的功勞吧？」

「哈哈。」祁安賢聞言忍不住大笑。「此話有理。」

太子妃贈舒清淺宅院一事，雖並未聲張，卻仍牽動了不少有心人的思緒。

蘭芷宮內，右相夫人正在與麗妃娘娘喝茶聊天，麗妃乃當朝右相魏大人家的長女。

麗妃屏退了左右伺候的宮女、太監後，便難掩焦急地開口詢問道：「母親，可是宮外有了什麼消息？」

右相夫人從懷中取出一封書信，遞給麗妃道：「娘娘莫急，這封信是老爺讓臣婦帶給娘娘的，具體情況都寫在了裡面。」

麗妃忙接過書信，展開查看，信中將這兩日宮外發生的事情，一一詳細記錄了下來。麗妃看完書信後，眉頭稍微舒展一些，但依舊是滿面愁容。

一方面陛下刻意隱瞞實情，並沒有要處置瑄兒的意思，令她稍稍安心一些；然而另一方面在陛下的授意下，太子的這些作為顯然表明了陛下對瑄兒此次行事極為忌憚與不滿，怕是瑄兒若想要重新獲得陛下的親近與信任，短期內是不可能的了。

「娘娘。」右相夫人適時開口道：「老爺讓臣婦告訴娘娘，這件事情並沒有娘娘想得那麼糟糕，娘娘平日裡怎麼對陛下的，一如往常即可，但切記絕對不要在陛下面前提及二皇子，娘娘只需要裝作什麼事情都不知道，至於朝堂上的事情，老爺自會處理。」

聞言，麗妃的臉色緩和了不少，畢竟還有父親在，她完全相信父親能為瑄兒將此事處理妥當，於是便對右相夫人點頭道：「女兒明白了，女兒會假裝什麼事情都不知道的。父親可還有說些什麼？」

右相夫人又道：「老爺還讓娘娘千萬要叮囑二皇子，最近幾個月無論外面發生什麼事，讓二皇子都不要去管，只管待在府中修身養性。」

「這些話女兒昨日便已經告訴過瑄兒了。」麗妃謹慎地道：「明日瑄兒來給女兒請安時，女兒會再叮囑一番的。」

右相夫人見女兒已恢復平日淡定的模樣，繼續道：「娘娘定要記住，無論朝堂上發生了何事，娘娘在陛下面前都不可多言，畢竟咱們這位陛下最厭惡的便是後宮干政了。」

「母親放心。」麗妃笑了笑。「若連這點事情都不明白，女兒又怎能在這深宮中這麼多年，卻依舊聖寵不衰呢。」

右相夫人看著麗妃明豔又自信的笑容，滿意地點了點頭。

舒清淺這兩日在府中，一心撲在了文苑的設計上，她將這文苑命名為「暢文苑」，意如其名，希望讀書人在此文苑中，可以暢所欲言，盡情闡發不同的思想。

她對暢文苑的新布局已有了初步的設定，今日一早又去了那座舊太子府中實地探查，察看是否有不妥之處需要調整。若一切妥當，待她將全新的設計圖稿給太子妃過目，都沒有差錯後，便能著手開工了。

這一頭舒清淺在暢文苑內忙得熱火朝天，另一邊在朝堂上，官員們也正為此事討論不休。

今日早朝禮部尚書就舒清淺創辦文苑一事啟奏明德帝，道此事乃利國利民之大事，日後定將是載入史冊之舉，提議陛下應派遣專門的官員協管此事，順道還讚美了太子妃贈園於舒清淺的行為。

禮部尚書此言一出，立刻有官員出來附議，包括年事已高的徐太傅也道此舉甚有遠見，朝堂理應重視；最後甚至連右相大人都出列附議禮部尚書之言，還主動提議應由太子殿下負責文苑一事。

明德帝沈默地聽著下面一眾官員的提議，最後將視線落在了舒遠山身上，開口道：「左相，你有何看法？」

舒遠山出列作揖道：「小女清淺年紀尚輕，起初也只是起了玩心，方想建這座文苑，如今這文苑對讀書人的影響日益增大，微臣恐小女實在難擔此大任。」

明德帝又看向太子，道：「太子，你怎麼看？」

太子恭敬地道：「雖說此文苑如左相大人所言，起初只是舒二小姐玩心之下的產物，但不可否認若好好經營、打理，日後定會是天下讀書人之福。兒臣受父皇之命負責此次文會，此事自是算在文會之中，兒臣定會盡力協理此事。」

明德帝點了點頭，道：「既是文會之事，太子自是要好好負責的。還有老三，你從旁協助太子主持此次文會，也要多盡些心力在這件事情上。」

被點名的章昊霖出列領命道：「兒臣遵旨。」

散朝後，太子特意叫住了章昊霖。「三弟。」

章昊霖停住腳步，問道：「太子殿下有何事？」

太子笑道：「你也知道父皇過幾日便要在獵場設武會比試，且祭祀大典也迫在眉睫，我最近忙於這些事情，實在難以脫身，文苑一事還煩勞三弟多多上心。」

章昊霖點頭道：「太子殿下言重了，皇弟本就該協助殿下處理好文會事宜，這也是皇弟的分內之事。」

聞言，太子鬆了一口氣，笑道：「有三弟這話，本太子就安心了。那舒清淺也是個聰慧的，相信這文苑定不會出什麼大亂子的。」

一旁正好有兵部的官員前來要向太子問事，於是章昊霖便先行告辭離開。

沒走幾步，身後便傳來輕笑聲，章昊霖不用回頭就知道是祁安賢。「笑什麼？」

祁安賢揶揄道：「兜兜轉轉一圈，結果這事兒還是落在了你身上。」

章昊霖無所謂地笑了笑。「既如此，那我便順路和你一起去那座舊太子府看看吧。」

兩人到達舊太子府時，見大門未關上，祁安賢疑惑道：「這光天化日下，難不成遭賊了？」

章昊霖翻身下馬，道：「進去看看不就知道了。」說完他將韁繩繫在門口的拴馬樁上，便推門走了進去。

章昊霖與祁安賢走進正院時，舒清淺正在院中的石桌前修改著自己的手稿，頗為投入，並未發現闖入的二人。

祁安賢走至舒清淺身側，開口問道：「妳在寫什麼呢？」

突如其來的聲音驚得舒清淺落筆時染出一大塊墨跡，她抬頭見是他們二人，不禁疑惑地道：「你們怎麼來了？」

祁安賢毫不見外地伸手取過舒清淺正在寫寫畫畫的文稿，又指了指三皇子道：「老三來幫妳了。」

前幾次的接觸讓三人間形成了某種無法言喻的默契，如今章昊霖和祁安賢在與舒清淺私下裡說話時，都多了幾分隨意。

舒清淺聞言，一臉莫名其妙地看向章昊霖。之前在獵場時，三皇子不是說他不方便出面的麼？怎麼今日竟主動來了此地？

章昊霖看著舒清淺不解的神情，開口將今日在朝堂上發生的事告訴她，並道：「太子繁忙，所以這文苑只能靠妳、我二人了。」

經過太子妃贈她舊太子府一事，舒清淺已經能淡定地面對任何她之前連想都不敢想的事情了。畢竟事到如今，她已經很清楚地明白自己所建的這座文苑，早就不是最初構想中的那個小小書苑了，而是成了陛下與太子的某種工具。雖認清了這個現狀，舒清淺卻沒有多少不悅，換個角度看，不過是各取所需罷了——她為陛下與太子解決了麻煩，陛下與太子亦給了她這個機會來施展自己的才能，何嘗不是妙事一樁？

聽罷章昊霖所言後，舒清淺的心情倒是不錯，笑道：「看來是老天爺聽到了我的祈禱，所以才安排三殿下來幫我。」

雖說舒清淺當初接下這座園子時，是深思熟慮過了的，不過當她獨自一人面對這麼大的局面時，心中或多或少都有些憂慮。不過此刻得知章昊霖要同她一道負責這文苑時，舒清淺心中的那些憂慮瞬間就消失殆盡。

「妳的手稿上，幾乎已經把這文苑大大小小的事宜都規劃得一清二楚了。」祁安賢表示佩服道：「妳現在若還要說妳沒能力弄好這文苑，我還真不相信了。」

舒清淺搖頭，糾正道：「平陽伯手中的那一份手稿都是紙上談兵的，若真要動起手來，我還真有些沒底呢。」言及此，舒清淺看了一眼章昊霖。「不過現在好了，有三殿下在，我又能底氣十足了。」

祁安賢一邊將文稿遞給章昊霖，一邊調侃舒清淺道：「聽妳這話，是想把老三推到前頭給妳當勞工的意思了？」

「豈敢、豈敢。」舒清淺故作惶恐道：「我之後還有許多事情要請教三殿下呢，平陽伯可別挑撥離間。」

章昊霖翻看著舒清淺那一沓改了很多次的手稿，任由那兩人在一旁繼續拿自己耍嘴皮子。

祁安賢看了看庭院四周，道：「這還是我第一次來這座宅子，這宅子可是空置了好些個年頭了。」

「聽說自從陛下當年搬出去之後，這裡便不曾再住過人了。」舒清淺思及自己之前為了尋一座小院都如此勞神費力，忍不住感慨道：「這麼氣派的一座宅子說閒置就閒置，真不愧是皇家之地。」

「若不是前幾年太子出宮建府時修葺了一下，這麼些年過去，怕是再好的宅子也得破敗不堪了。」祁安賢又對舒清淺道：「這兒太久沒人住過，陰森森的，妳建園之前可得先多找些男丁來，給這裡長長人氣。」

舒清淺笑道：「等暢文苑建成，平陽伯還擔心這園子沒人不成？」

祁安賢點頭。「這倒也是。」

一直在看文稿沒出聲的章昊霖突然插話道：「暢文苑？妳取的名字？」

舒清淺點頭，笑道：「三殿下覺得這個名字如何？」

「不錯。」章昊霖勾起嘴角道：「名如其意，言簡意賅。」

舒清淺見章昊霖已經快速翻看完自己的手稿，她接過手稿詢問道：「三殿下對這份規劃圖有何看法？」

「方才只是粗略地看了一下。」章昊霖分析道：「整體上感覺挺不錯的，不過具體細節還得等我另尋時間，一一看過之後方能告訴妳。」

「這是自然。」舒清淺將手稿收好，道：「這裡面還有一些地方需要修改，等我全部改完之後，再另寫一份給三殿下，到時候三殿下再仔細看看。」

章昊霖點頭。「好。」

由於章昊霖和祁安賢也是第一次來這座園子，於是舒清淺便帶著他二人邊參觀、邊介紹了一下自己的改建構想。

待三人走完一圈後，已經過了午膳時間，祁安賢道：「舒二小姐，妳就先別回府了，和咱們一道去品珍樓吃飯吧。」

舒清淺也不矯情，同意道：「正好我還有一事想問問三殿下的看法，那就有勞平陽伯破費了。」

祁安賢頗為慷慨地道：「一頓小小的酒席，算不上破費。」

因為早上舒清淺是從左相府走過來的，所以祁安賢特意讓小廝從自己府中，給舒清淺牽了一匹馬過來，還很細心地讓那小廝去左相府和左相大人與左相夫人說一聲。

第十七章　計劃

雖說昨日二皇子便已知曉今日早朝，右相會授意禮部官員上書陛下，大讚舒清淺創辦文苑之舉，且右相會親自推舉太子負責此事，但理智上接受歸接受，心理上卻是頗為不平。他今日一下朝回到府中後，思及朝堂上父皇與太子一唱一和的景象，忍不住狠狠地砸了書房裡的兩套茶具，以洩心頭憤懣之氣。

一旁的親信見狀，小聲提議道：「二殿下，都是那舒清淺的文苑壞事，要不要小的找人去修理她一番，省得她再胡亂出頭？」

「蠢貨！」二皇子狠狠地看向那隨從，罵道：「你知道現在有多少雙眼睛在盯著這件事嗎？你去修理那舒清淺，然後再等著你主子被父皇修理?!」

隨從連忙彎腰應道：「是小人蠢！瞎出主意。」

二皇子冷哼。「那舒清淺一個小姑娘家的，能有什麼想法？只怕她是被父皇和太子當槍使了，還上趕著去做這吃力不討好的事呢。」

「二殿下所言極是。」隨從一臉諂媚地道：「小的目光短淺，只能看到事情的表面，還是二殿下厲害，一眼便看透了。」

「看透又有何用？」二皇子突然又暴躁起來，抬腳踹倒一旁的凳子，道：「父皇眼裡永遠都只有太子。」

「殿下息怒。」隨從忙道：「殿下身後還有麗妃娘娘和右相大人在，忍這一時之氣又算得了什麼呢？」

想起母妃與外祖父，二皇子心中這才稍微舒坦一些，他抬腳走出書房。「去把那壺瓊酒拿來。」

在祁安賢早就預定好的品珍樓雅間內，小二已為三人上了一壺好酒。

祁安賢為三皇子與舒清淺各斟了一杯酒，遞給他二人道：「這是掌櫃自己釀的桃花酒，酒雖不是烈酒，卻也別有一般滋味。」

舒清淺笑道：「若是烈酒，我還真不敢碰，否則等等帶著一身酒氣回府，我定要受罰的。」她接過酒杯，見杯中還漂浮著一小片粉色的花瓣，很是雅致，輕嚐了一小口後，忍不住讚道：「真好喝。」

章昊霖亦淺嚐了一口，道：「尚可。」

祁安賢笑道：「這酒是特意為舒二小姐準備的，老三你的意見不重要。」

由於已經過了午膳時間許久，三人都有些饑腸轆轆，再加上品珍樓新推出的菜餚都十分可口，於是飯菜一上桌，三人都先吃了不少飯菜填肚子後，方才慢慢地喝酒聊天。

章昊霖問：「妳剛剛說有事情想問我？」

「是有一事。」舒清淺似乎在考慮著該怎麼開口，最後道：「不過等會兒我說了之後，您若覺得不妥，直接忽視便可。」

聞言章昊霖倒是來了興趣，放下酒杯看著舒清淺，等她開口。

舒清淺看了看章昊霖，猶豫了一下，還是說道：「一開始在我的計劃裡，是會對每一個要進文苑的文人收銀子的。雖然我會制定不同的標準，以保證大部分讀書人都能負擔得起，也會設置一些其他方式，來讓窮困卻有才識的讀書人能夠入園，總之這文苑絕對不是一座免費的園子。」

言及此，舒清淺頓了一下，又抬頭看了看章昊霖的臉色，她很擔心章昊霖會因此認定她是一個俗不可耐之人，不過見他的臉色未有什麼變化，只是點了點頭示意她繼續說。

言已至此，舒清淺只能硬著頭皮繼續道：「可如今這小書苑變成了大文苑，且又有陛下和太子的加持，我實在不知道究竟還能不能收銀子。」

「噗！」舒清淺話音剛落，那邊一口酒尚未進肚的祁安賢差點笑噴。「我還以為妳支支吾吾半天想說什麼事，原來是這事兒，沒想到妳還挺有賺銀子的頭腦。」

「我建園子雖不為賺錢，但總不能倒貼銀子進去吧。」舒清淺默默反擊，但在章昊霖面前，她還是有些沒底氣，於是又添了一句道：「我也不是一定要收銀子，就是之前這樣想來著嘛。」

「為何不收？」章昊霖開口道，言語間略帶笑意。「妳原本設想的那間小書苑，可是能賺不少銀子的，如今總不能勞心勞力反而一個子兒都賺不到了吧？」

舒清淺略帶懷疑地看向章昊霖。「三殿下此話當真？陛下和太子似乎沒打算靠這園子來賺錢，就我賺了會不會不大好？」

章昊霖被逗樂了，嘴邊的笑意越來越濃，竟出言調侃道：「有銀子賺有什麼不好的？」

這一次舒清淺確信自己聽出了章昊霖語氣中的玩笑意味，無語道：「三殿下，我沒在開玩笑。」

「我也沒有說笑。」章昊霖終於收起了調侃的語氣，道：「妳還是按照原本的計劃來。這文苑建起來之後，妳便是園主，所以妳想怎麼收錢便怎麼收。不過我相信妳會兼顧到所有讀書人的，到時候只須在開園之前，稟明太子知曉便可。」

「那就好。」舒清淺恢復了笑容，一臉輕鬆道：「三殿下放心，我可不是坑人的奸商，收銀子也只是為了立下一個入園標準，定不會讓此事落人口實的。」

章昊霖微微頷首。「我知道。」

得了三皇子肯定的答覆後，舒清淺安心不少，道：「那我回去便將這個入園標準寫進計劃中。」

章昊霖重新拿起酒杯，道：「估計太子近期便會讓妳開園，這兩日妳且得加快些速度，將這完整的計劃整理出來。」

「那我今日回府後，便立刻重新擬定一份規劃圖。」舒清淺笑道：「明日我再拿來給您看看，到時候若有地方需要再作修改，我便當場調整，最多一、兩日後便可以開工了。」

「如此甚好。」章昊霖點頭道：「明日下朝後，我便去舊太子府尋妳。」

事情問完了，酒菜也吃了，舒清淺一心想著要趕緊回府修改計劃，於是早早便與二人告辭，先行離去。

舒清淺在回府的路上，路過某座書齋時，正好碰到林涵海與蔣尚文從店鋪中走出來，於是停下馬打招呼道：「二表兄、蔣公子，好巧。」

「清淺表妹，我和蔣兄正說到妳呢，結果一出門就碰上了。」林涵海笑道：「果真好巧。」

舒清淺下馬，牽起韁繩。「說我什麼？」

林涵海看起來心情甚好。「自是妳那座文苑了，太學院內好些人都在談論此事呢。」

舒清淺意外道：「這文苑尚未動工，太學院內的學生就都已經知道了？」

「倒也不是全都知道。」林涵海道：「不過總有一些消息靈通的人在討論，畢竟妳那座文苑就在太學院旁邊。」

「這倒也是。」舒清淺轉移話題道：「表兄與蔣公子是來此處買書？」

蔣尚文回道：「在下與林兄剛從太學院出來，路過此書齋，便進來看看。前些時日在下託店老闆幫忙帶一些五色花箋紙，今日正好來取。」說著，蔣尚文將手中的木盒拿起來道：「正好想煩勞舒二小姐一件事。」

舒清淺笑道：「何事？但說無妨。」

蔣尚文道：「前幾日舒大小姐為在下修改了兩篇文章，這五色花箋紙是在下特意尋來，欲感謝舒大小姐的。不知舒二小姐可否幫忙將此物帶給舒大小姐？」

舒清淺心中了然，笑了笑道：「自是沒問題的。」

蔣尚文將木盒遞給舒清淺。「那便煩勞舒二小姐了。」

舒清淺接過木盒後，對二人道：「清淺還有些事情，今日就先告辭了，下次再聊。」

林涵海點頭揮手道：「待妳那文苑建起來之後，定要記得叫上我去見識、見識。」

舒清淺跨上馬。「二表兄放心，到時記得多帶些太學生過來。」

舒清淺回到左相府後，先去了舒菡萏的院子尋姊姊。

「姊姊，妳猜我在路上碰到誰了？」舒清淺笑嘻嘻地看向舒菡萏。

舒菡萏放下手中正在繡的荷包，笑道：「遇見誰了？」

舒清淺笑而不語，將手中的木盒放在舒菡萏面前。

舒菡萏略帶疑惑地打開木盒，一眼便認出了盒中之物。「東萊產的五色花箋紙？」隨即似是想到了什麼，問舒清淺道：「妳遇到蔣公子了？」

舒清淺點頭。「蔣公子說這五色花箋紙，是為了感謝妳之前幫他修改文章。」

舒菡萏合上木盒後，笑了笑道：「我之前確實在他面前提過一次這五色花箋紙，沒想到他還是個細心的。」

「蔣公子這不叫細心，他這是上心。」舒清淺笑言道。

「就妳會貧。」舒菡茗無奈地看了眼舒清淺，問道：「妳最近忙得都不見人影了，那園子弄得如何？」

舒清淺一臉輕鬆地道：「尚可，暫時還沒有出現什麼解決不了的問題。」隨即又似想起了什麼，繼續道：「姊姊，我記得蔣公子很擅長作賦？」

舒菡茗點頭道：「我之前讀過他幾篇文章，確實大多為賦。」

「那便太好了。」舒清淺眨了眨眼，望著舒菡茗。「姊姊，能不能幫忙請蔣公子為我這暢文苑作一篇賦？」

舒菡茗看了自家小妹一眼，道：「妳怎麼不自己去請他？」

「這不是姊姊與蔣公子較為熟識嘛！且對於文章、詩畫這方面，你倆肯定比我能聊得來啊。」舒清淺厚臉皮道：「而且除了蔣公子的文章，我還想麻煩姊姊幫我作一幅畫。」舒菡茗善書畫，尤其是她的畫功甚至不比那些名望頗高的繪畫大家差。

舒菡茗有些感興趣地問道：「什麼畫？」

「暢文開園圖。」舒清淺解釋道：「我想借姊姊的畫與蔣公子的賦，在開園之前先為這園子造勢、宣傳。」

「原來如此。」舒菡茗了然。「妳何時要，提前與我說一聲便可。」

舒清淺笑道：「好！我還得回去整理一下我的計劃，到時候再告知姊姊畫作與文賦的內容。」

舒菡茗點頭應下。

是夜，舒清淺在自己房間內重新整理、修改暢文苑的建園手稿，直至夜半時分，方謄抄好兩份全新的規劃圖。

次日上午，舒清淺如約抵達舊太子府時，章昊霖已在院中等候了。

舒清淺上前問道：「三殿下可是等了許久？」

「並沒有多久。」章昊霖淡淡地道：「正好今日下朝早了一些。」

她將新的規劃圖遞了一份給章昊霖道：「這是我連夜修改出來的，三殿下看看如何。」

舒清淺準備以原本位於正中央的主宅院為界，將這座宅子一分為二：東側地方較大，宅院較多，為文人交流學問之所；西側多是一些亭臺樓閣，為小姐、貴女們遊玩休閒之地。北面原本的花園將保留，只是會加以改建，日後若有人想舉辦活動、聚會，皆可在此間進行。

如最初的構想那般，讀書人入園時需攜帶一篇自己所做的文章，若文章過關，入園者每次繳納三兩銀子便可入園；或者一次性繳納五百兩，全年之內便皆可隨意入園；若欲在此園中舉辦活動，其價另議。

若有家貧、付不出銀子的文人想要入園，只須將自己的文章先交由園內主事，由主事將其文章與所有人的文章一起匿名展出一個月，若一個月後其文章排名在前十，便可獲得免費入園的資格。

入園後，所有人入園時所做的文章，都會在主院的文墨堂中匿名展出，眾人皆可觀看。東側則設有數十間小院，志同道合且欣賞彼此文章的文友們可在此處交流，且每間院子內所有人的文章三個月一換新，亦會在文墨堂中分門別派地展出，屆時眾人可以根據展出的文章選擇或調換自己想去的院子。另外文苑每月也會舉辦一次各院的交流論道活動，活動中各院文人皆可聚在一起切磋學問。

章昊霖看完計劃後道：「我覺得除了這東、西兩院，主院和北面花園處還可再添設幾處場所為公共區域，以供眾人平日裡小聚交流。」

舒清淺點頭道：「我也有此意，畢竟主院與北面花園的空地頗多，可以好好地利用。」

她又取來一張空白的紙，在上面寫寫畫畫了幾筆，隨後遞給章昊霖道：「這是我今早在過來的路上想起來的，主院可再增設琴、棋、書、畫四院，後花園增設詩、酒、花、茶四所。這八個地方，平日裡無論是東院的文人墨客，還是西院的貴女小姐皆可前去，全憑喜好，不多做限制，如何？」

章昊霖點頭。「甚好。」

舒清淺又道：「我的計劃基本上都是在這座宅院原本的格局上施行的，之後只須稍作修葺，換一換匾額即可，應該不會耗費太多時間。」

章昊霖道：「過會兒先將此計劃遞呈給太子一閱，若無問題，我便立刻去工部調人，如果快的話，兩、三日便可完成。」

兩人正說話間，有一小廝來報，說是太子邀請三殿下與舒二小姐去太子府一聚。

舒清淺笑道：「說曹操，曹操到，看來太子殿下來催工了。」

章昊霖笑了笑，亦同意舒清淺的說法。

二人將文稿收好，一前一後隨著門外等候的馬車，一道去了太子府。

太子府內，章昊霖與舒清淺向太子行禮後，紛紛入座。

太子問道：「不知這文苑準備得如何了？」

章昊霖將圖稿遞給太子道：「這是規劃圖稿，太子殿下請過目。」

太子翻看著這份寫得頗為詳細的文稿，隨後讚道：「舒二小姐果真是個人才！沒什麼問題了，暢文苑就按這份計劃來便可。」

舒清淺應道：「那今日回去後，清淺便著手修葺了。」

太子點頭，並對二人道：「此事還煩勞三弟與舒二小姐多費心，父皇已經決定要等到這園子開園的前一日，才會命太學院放出今年文會的第一道論題，迎風月還剩下二十日的時間，所以這園子必須越快開放越好。」

章昊霖與舒清淺對視一眼，想了想後道：「若無意外，暢文苑五日之後便可以開園。」

舒清淺亦點頭附和。

「如此甚好！」太子笑道：「那這幾日本太子便讓太學院開始準備第二道論題。」

出了太子府後，舒清淺道：「我現在就去西市尋些婆子、丫鬟和小廝，五日的時間內若加緊訓練，應該還是足夠的。」

章昊霖點頭道：「我會讓我府上的蕭管家派些人來教他們，若實在不行，也可以先從我府上領些人手過來應急。」

「這事交給我來解決。」舒清淺笑道：「三殿下還是趕緊去工部調些人來修葺園子。」

於是兩人分頭行事，一個前往西市，一個往工部去，兩人馬不停蹄地忙了開來。

第十八章　賞月

章昊霖擔心舒清淺對這些事務不夠瞭解，特意讓自己府上的管家去幫舒清淺。待蕭管家清算出暢文苑開園後所需人手後，便帶上府裡幾名專門負責訓練丫鬟、小廝的婆子，一道去了西市挑人。

到了西市後，看著那幾個婆子在蕭管家的帶領下熟門熟路地挑選著人手，不多時便選中了數十名看上去十分能幹的丫鬟和小廝，並一一瞭解過他們的身世背景與行為品性後，這才與這些人簽下契約。

舒清淺見狀，忍不住在心中感謝章昊霖的先見之明，若是她親自上陣，不但選不到這麼好的人手，且定會耗費上數倍的時間。

僅半天的工夫，三皇子府的蕭管家與婆子便順利領著這幾十號人去了暢文苑。

舒清淺一行人抵達園子時，章昊霖從工部調來的工匠也已經開始動工了。

她在東院找到了正在和一官員模樣的人說話的章昊霖，而章昊霖見她來了，便招了招手示意舒清淺過去，並為她介紹道：「這位是工部的李大人，妳對這園子的修葺有何要求，都可與李大人說。」

李大人知道這位定是陛下與太子親自點名稱讚的舒二小姐，便很是客氣地對舒清淺作了一揖道：「舒二小姐有何問題，都可直接與下官說。」

舒清淺回以一禮，笑了笑道：「這幾日還得煩勞李大人了。」

李大人忙道：「不敢、不敢。」

李大人見舒清淺與三皇子似乎還有話說，於是同三皇子道：「三殿下若沒什麼事，下官便先去主院將您的意思交代給工匠們了。」

章昊霖點頭同意後，李大人便告辭，離開了東院。

舒清淺看著不停有工匠進進出出的院子，道：「照這速度，最多兩日，各主要院落就都能使用了。」

章昊霖點頭道：「我剛剛和李大人商量過此事，因為沒有什麼需要大興土木的地方，都只是在原來宅院的基礎上，稍做一些變動，若連夜趕工的話，除了北面的花園以外，其餘各處不出意外，只要兩日時間就能完工。」說到此，章昊霖問道：「妳在西市可有尋到人？」

聞言，舒清淺笑道：「真是多虧了三殿下府上的蕭管家和婆子，要是我一人前去，可能到明天都不一定能找足人手。」

「找到便好。」章昊霖笑道：「妳把對那些小廝和丫鬟的要求和蕭管家說一聲，其餘的事情都交給蕭管家和婆子們去辦即可。」

舒清淺也不推辭。「那清淺便先謝過三殿下了。」

章昊霖看了看天色道：「今晚肯定要連夜趕工了，我會在這邊留晚一些，要不要派人先送妳回府？」

「不必。」舒清淺搖頭道：「我一起在這裡看著吧！這才剛開始動工，工匠們怕是都不大熟悉要求，我留在這裡才能放心一些。再說哪有三殿下您還待在這兒，我卻先回去休息的道理？」

章昊霖考慮到幾處院子都是同時動工，有舒清淺在這裡，確實能更快地解決臨時出現的問題，便同意道：「也好。」

果不其然，沒一會兒便有工匠前來詢問修葺一事。於是舒清淺和章昊霖便一個在主院、一個在東院待著，親自為工匠們講解該從何處開始動工修葺。

待給工匠們一一說清之後，舒清淺又在現場看了一會兒，確定一切無誤後，她緩緩地走出主院，卻恰好碰到章昊霖的管家來尋她。

舒清淺問道：「蕭管家可有事？」

蕭管家笑咪咪地道：「天色已經很晚了，老奴瞧著舒二小姐和三殿下一時半會兒也忙不完，便從府裡先給您和殿下帶了些飯菜過來，這不殿下讓老奴來尋您一道去用膳呢。」

「多謝蕭管家。」舒清淺跟著蕭管家前往章昊霖所在的東院，路上她對蕭管家道：「那些丫鬟、小廝還得麻煩蕭管家幫忙加緊訓練、調教，清淺也沒什麼過高的要求，但至少做事時要勤快、麻利一些。」

「舒二小姐放心，那幾名婆子是三殿下府中專門負責管理下人的，都很有經驗，屆時肯定不會讓小姐失望。」蕭管家邊說邊為舒清淺指路道：「舒二小姐這邊走，殿下就在上面的亭子裡。」

舒清淺抬頭看了看，亭子內果然點著燈籠、坐著一人，她對蕭管家道了謝後，便跨上臺階，往亭子走去。

亭子修建得很高，應該是這座宅院裡最高的一處了。舒清淺瞧見亭子上頭寫著「觀月亭」三個大字，她笑著走進了亭內。「三殿下可真是尋了個好地方。」

「坐。」章昊霖示意舒清淺入座，他面前的石桌上已擺滿菜餚和點心，還有一壺清茶。「今日忙碌了一天，如今天色已晚，尋個好地方賞月、喝茶，也是一大樂事。」

舒清淺下意識地看向亭外，漆黑的天幕上掛著一輪巨大的圓月，舒清淺忍不住讚道：「今晚的月色真美。」

「我已經很久沒有如此悠閒地賞過月了。」許是受周圍夜色的感染，章昊霖臉上帶著似有若無的笑意，對舒清淺道：「先吃些東西。」

舒清淺也不客氣，她邊吃邊感慨道：「真想不到有朝一日，我竟然可以與三殿下在一起賞月、談天。」

「這有何想不到的？」章昊霖今晚的話也比平日裡多了一些。「我第一次遇見妳時便說過，若妳是男子，我定當將妳引為知己，和妳聊天令人心情愉悅。」

舒清淺無奈地笑了笑，腦中卻無法控制地蹦出四個大字——雞同鴨講。

心中吐槽歸吐槽，舒清淺面上還是很淡定，默默轉移話題道：「三殿下府上的管家真不錯。」

「老蕭是當年跟著我母妃，從西南王府來到這京城的。」章昊霖神色不明地道：「當年母妃入宮，老蕭便在這京中隨便尋了個活計幹著，一直到我出宮建府，方尋了老蕭回來做管家。」

章昊霖的母妃本是西南王府的郡主，自母妃早年病逝後，他已經許久沒有在外人面前提及他的母妃了。

舒清淺頗為意外，沒想到章昊霖會主動告訴她這些往事。她想了想後，開口問道：「聽說西南多美景，是真的嗎？」

「西南的景致與京中大有不同。」章昊霖回憶道：「西南多崇山峻嶺，且江河林木眾多，坐船過江時，兩岸邊那鬼斧神工的山石，頗為壯觀。」

舒清淺很明顯地可以感覺到章昊霖對西南十分懷念，笑道：「聽你這麼一說，我也好想去見識一番，以前只在書裡看到過一些關於西南的詩文。」

「可惜我也已經多年未去過西南了。」章昊霖似有些遺憾，不過片刻之後又道：「過些時日就是我外祖父的八十大壽，父皇應該會派我前去賀壽，有機會的話，我再帶妳一道去看看。」

舒清淺又驚又喜，心中雖知此事不大可能，卻依舊難掩興奮道：「那清淺便先記下三殿下這話了。」

兩人又隨意地聊了一些話題，一頓飯吃了近小半個時辰，這才喚來下人收拾盤子。

舒清淺看著依舊在忙碌趕工的工匠們，對章昊霖道：「明日記得讓這些工匠們輪流休息，可別累壞了。」

章昊霖點頭道：「我會同李大人說的。」

舒清淺與章昊霖離開亭子後，又一道去了幾處正在修葺的地方查看情況，許是因為有陛下和太子的示意，工部的工匠們都不敢有絲毫懈怠，做起事來又快又好。

查看完畢後，二人方從後院牽了馬，走出這座宅院。

由於夜已深，白日裡熱鬧的街道此刻空無一人，只有路旁幾處大戶人家門口的燈籠還亮著，方可以照清眼前的道路。

章昊霖看著空曠的街道，又看了看舒清淺，笑道：「這次妳應該不會再拒絕讓我先送妳回府了吧？」

舒清淺聳了聳肩，率先跨上馬道：「那就有勞三殿下了。」

夜深人靜，舒清淺和章昊霖深恐馬蹄聲會驚擾了周邊早已熟睡的百姓，便只揣著轡繩，讓馬兒緩步前行。

舒清淺嘆道：「這還是我第一次見到深夜裡的京城，真是別有一番風景。」

章昊霖轉頭看向舒清淺，笑道：「我一直以為妳是個喜愛熱鬧的性子。」

「我喜歡熱鬧，是因為熱鬧的場景可以給我帶來好心情，看著那麼多臉上帶著笑容的人，心情也會被他們所感染。」舒清淺振振有詞道：「但我也很喜歡此刻這種安靜閒適的感覺，同樣能讓我心情很好。」——更何況還有心儀之人相伴，她豈能不喜歡？

「倒是我忘了。」章昊霖收回目光，面上笑意卻不減。「妳早就告訴過我，妳是個隨遇而安的人。」

月色宜人，舒清淺覺得今日從舊太子府到左相府的路程，似乎比平日裡還要短上許多。

在左相府門口，章昊霖對舒清淺道：「今日辛苦了一天，回去好好歇息，明日妳也不要太早去暢文苑了，左右那些工匠們都已經十分熟悉園子裡的事務了。」

舒清淺點頭。「三殿下回去也早些歇息，明日上午我還可以偷懶，您可是一大早還得上朝去呢。」

言談間，一直為舒清淺留門的小廝已經聽到聲響，跑出來牽馬了。

章昊霖看著舒清淺走進府內後，便也調轉馬頭離開。

圓月漸漸被雲層掩去，章昊霖看了看天色，似乎已經很久沒有過這種純粹的開心了。

次日早晨，舒清淺原本還打算早些去暢文苑看一看的，不過思及章昊霖昨晚的話，她最後還是稍微賴了一小會兒床，方才起身。她洗漱完畢並用完早膳後，舒菡苕正好過來尋她。

「姊姊怎麼來了？我還準備去找妳呢。」舒清淺拉著舒菡苕坐下，道：「要不是昨晚在暢文苑待得太晚才回來，我昨天就想去找妳了。」

「我就是聽小廝說妳昨夜很晚才回來，想讓妳多睡一會兒，才沒早早地來尋妳。」舒菡萏心疼道：「妳可別太辛苦了，別為了個園子把身子給累垮。」

「放心吧，現在有三皇子在那邊主事，我幾乎什麼事情都不用做，一點都不辛苦。」舒清淺笑道：「對了，姊姊找我有事嗎？」

舒菡萏點頭道：「妳上次不是讓我同蔣公子說讓他作賦一事嗎？我約了他今日見面，妳可要同去？」

「好啊。」舒清淺沒有猶豫地道：「現在暢文苑的大致規劃已經完成，工部也在著手修葺了，我今日正準備邀妳與蔣公子一道去園子裡看看呢。」

於是舒菡萏讓人帶了話去寧國侯府，讓蔣尚文直接去暢文苑相聚。

由於是與舒菡萏一同出門，舒清淺便選擇乘坐馬車前往暢文苑。

馬車內，舒清淺悄聲問舒菡萏道：「姊姊，妳最近經常與蔣公子交流詩文，如今覺得蔣公子此人如何？」

舒菡萏笑著點了點舒清淺的鼻子道：「妳這問題倒是挺直接的。」不過舒菡萏面對自家小妹，也並未隱瞞，直言道：「在詩文書畫方面，我若說可以與他引為知己亦不為過；至於私下相處的話，我與他並未有過太多私下接觸的機會，所以並不知曉與他是否能如同談論詩文一般合得來。」

「這倒也是。」舒清淺點頭。「不過寧國侯府家風甚嚴，至少對於蔣公子的品行，還是有所保證的。」

舒菡萏同意道：「若非如此，妳以為娘親會准許我與蔣公子來往？」

「哈哈。」舒清淺失笑。「我倒是忘了，還有娘親與爹爹在把關呢！」

姊妹倆在馬車裡說著些體己話，很快便到了暢文苑。

舒菡萏下車後，看著這座氣派的宅院，免不了一番讚嘆。「清淺，我光看這門庭，便能想像出開園後人聲鼎沸的熱鬧場景了。」

「承姊姊吉言。」舒清淺讓一小廝在門口等著蔣尚文，好為他領路，自己便同舒菡萏一起走進宅院。「所以我才更要拜託姊姊幫忙將這開園時的場景畫出來呀！屆時眾人看到這幅畫後，再輔以蔣公子的贊賦，肯定都會迫不及待地想要見識一下這開園之後的暢文苑。」

舒清淺與舒菡萏剛走進主院，後面小廝便領著蔣尚文進來了。

「兩位舒小姐好。」蔣尚文朝二人打招呼。

舒清淺毫不見外地招手讓他一起在院中的石桌前坐下，笑道：「有勞蔣公子今日特意過來。」

蔣尚文笑道：「現在全京城不知有多少讀書人想來看看妳這園子，在下也是借了舒二小姐的光，方能在今日提前入園一觀。」

舒清淺也不再拖延，簡單地將暢文苑日後的規劃同舒菡萏與蔣尚文說了個大概，並道：

「雖這園子尚未開園，但清淺依然想拜託姊姊與蔣公子在現有的基礎上，為暢文苑作一幅開園圖，寫一篇文苑賦，不知姊姊與蔣公子意下如何？」

蔣尚文爽快點頭。「沒問題！能為此園作賦，乃在下的榮幸。」

舒菡萏亦道：「我得先去看看這園子各處的景致，方能下筆。」

「那是自然，我這就陪姊姊與蔣公子仔細地看一看這園子。」舒清淺笑道：「雖然現在園子裡尚有工匠在修葺，不過主要的格局都不會變，只有一些內部擺設和院落名字有變動，屆時我再一一與姊姊說。」

三人正說著話，一匠人跑了過來，對舒清淺道：「舒二小姐，西院有一處地方，咱們都不確定該如何弄，需要您過去看一下。」

舒清淺有些為難地看了看舒菡萏與蔣尚文，似乎在考慮到底要先去哪邊。

蔣尚文適時開口道：「舒二小姐先去那邊忙吧，在下與舒大小姐可以先隨處轉轉。」

舒菡萏亦點頭道：「清淺，妳不用管咱們，園子的事情比較重要。」

舒清淺也不推辭，只對舒菡萏與蔣尚文道：「那我便先去西院了。」舒清淺指了指主院中的某間屋子道：「那間屋子裡有筆墨紙硯，是我之前在這裡寫手稿時用的，若我這一去耽擱太久，姊姊與蔣公子可以先去那間屋子裡歇息。」

舒菡萏見一旁工匠焦急的樣子，便對舒清淺揮了揮手道：「行了，妳快去忙吧。」

第十九章　良配

待舒清淺與工匠一道離開主院後，舒菡萏朝蔣尚文笑了笑道：「蔣公子，咱們先在這園子裡四處逛一逛吧？」

園子很大，景致也很美，除了幾處正在修葺的地方，其他地方幾乎看不見人影。

蔣尚文讚嘆道：「如此大的地方，也虧得舒二小姐能想出那樣好的點子，將此地規劃得如此完善。」

「清淺從小便是個有主見的，不管做什麼，總能讓人出乎意料。」舒菡萏笑道：「這一點有的時候連我大哥都自愧不如呢！」

蔣尚文笑道：「妳們姊妹二人都是與眾不同的。」

「我可不是。」舒菡萏羞赧道：「我從小便中規中矩，只喜歡安靜地在書房中看書、寫字，比不上清淺的靈動。」

「怎會？」蔣尚文下意識地開口反駁。「舒大小姐的才情之高，在京城中可是人人皆知的。」

舒菡萏聞言，笑了笑道：「多謝蔣公子稱讚。」

蔣尚文又道：「在下說的是實話，並不是為了討妳歡心才說的。」

舒菡萏看了看蔣尚文因為擔心自己誤解而急切的神情，嘴角揚起一抹好看的笑容，轉移話題道：「上次蔣公子託清淺帶給我的五色花箋紙，我收到了，多謝蔣公子費心。」

蔣尚文不好意思地道：「在下也是剛好知道那書齋的掌櫃能買到這種箋紙，便讓他去東萊時給在下帶了一些回來，舒大小姐用得可還習慣？」

「十分好用。」舒菡萏指了指前面的樓閣道：「咱們上去看一看是否能看到這園子的全景。」

「好。」蔣尚文點頭，與舒菡萏一起登上閣樓，發現果然能夠將園子的景色盡收眼底。

舒菡萏仔細地觀察著園子的景象，每一處都用眼睛記下，以便過會兒作畫時，可以有個大概的印象。

蔣尚文看了一圈後，目光最後無意識地落在了舒菡萏身上。看著舒菡萏未施粉黛卻依然豔若桃李的面容，他終於明白了古人在詩經中所描繪的男女之情是何種感受。

舒菡萏收回目光後轉頭，卻意外對上蔣尚文的雙眸，她愣了一下，隨即朝他笑了笑，便收回目光，準備再換一處看看。

身後的蔣尚文卻突然開口道：「舒大小姐……」

舒菡萏回頭看他，她的性子雖不像舒清淺平日裡行事那般無所顧忌，但也不像其他女子那般小家子氣，她看著蔣尚文的表情，大致猜到了幾分他心中所想，再加上自己心裡對他並無反感，既如此，她便決定給蔣尚文一個說出口的機會。

蔣尚文看著舒菡萏漂亮的眼睛，似有猶豫。

舒菡萏也不為難他，只笑道：「蔣公子，咱們再去那邊看看如何？」

蔣尚文有些魂不守舍地回道：「好……」

西院內，舒清淺為幾名工匠解答疑惑後，又看著他們幹了一會兒活，確定沒問題了，方準備去尋舒菡萏與蔣尚文。

舒清淺突然思及舒菡萏在馬車裡與她所說的話，猶豫了一下，決定還是讓他們兩人有多一些私下相處的機會。

舒清淺正坐在一旁發呆，此時章昊霖走了進來。「想什麼呢？」

見章昊霖來了，她下意識地笑道：「三殿下安排的人都太能幹了，已經沒什麼我可以做的事，只好發呆了。」

章昊霖疑惑地看了看四周，問道：「我聽門口的小廝說，妳帶了寧國侯世子與妳姊姊前來，怎麼不見他們的人影？」

「他們在看園子呢，我不想去打擾。」舒清淺眨了眨眼笑道，隨即將自己拜託蔣尚文與舒菡萏作賦與畫，好為園子造勢一事，說給章昊霖知曉。

章昊霖點點頭道：「其實妳不必如此大費周章，等妳的文苑開園後，太子甚至是陛下肯定會親自來為妳這暢文苑造勢的。」

「我知道。」舒清淺撐著下巴道：「我之前便說過，無論這園子日後會帶來何種影響，我都不能忘記自己建園子的初衷。所以之後陛下與太子會怎麼做，那是陛下與太子的決定，而我卻不能將他們的決定，預先加在我的計劃之內。」

章昊霖笑道：「妳倒是分得挺清楚。」

舒清淺嘆氣。「誘惑太大，若不分清楚些，我怕早晚會將自己坑進去。」

「放心，不會的。」章昊霖開玩笑道：「在妳坑進去之前，我定會拉妳上來的。」

舒清淺笑著看章昊霖。「那時我定會抓緊三殿下這根救命稻草不放的，讓您想甩都甩不掉。」

章昊霖愉悅地笑道：「我乃確信妳絕不是那種因名利而迷失自我的人，方才開口說這些話的。」

舒清淺無語地看向他。「三殿下，我可是一直都很信任您的。」

「我也很信任妳。」章昊霖笑道：「好了，不說笑了。妳姊姊與寧國侯世子大概已經看完園子了，妳不用去前面看看他倆準備得如何了嗎？」

舒清淺搖頭。「我方才留了丫鬟在那邊，他們若有需要，隨時可派人來尋我。」

舒菡萏與蔣尚文果如章昊霖所料，已經看完一圈園子又回到了主院內。

舒菡萏見舒清淺依舊不在院中，看了看之前妹妹告訴他們備有筆墨紙硯的那間屋子後，便道：「我想要先去那間屋裡等清淺，順便構思一下畫稿。蔣公子呢？」

蔣尚文從樓閣上下來後，一直有些心不在焉，此時聽見舒菡萏的話，他愣了一下後方反應過來道：「在下同妳一道進去等舒二小姐。」

舒菡萏見向來冷靜的蔣尚文此刻呆呆傻傻的模樣，心中不免有些好笑，點了點頭後，便走進了那間屋子。

屋子內正有一名丫鬟在整理書架，見二人進來後，朝二人行禮道：「蔣世子、舒大小姐，舒二小姐讓奴婢留在這兒伺候著，說若您二人要尋她，便讓奴婢去西院傳個話。」

「先別去打擾她。」舒菡萏看了一眼收拾得乾乾淨淨的書桌，問那丫鬟道：「妳可知二小姐平日用的筆墨紙硯在何處？」

「知道。」那丫鬟邊回答，邊從書架某處為舒菡萏取下一套文房四寶，並熟練地在書桌上鋪開紙張，一看就知道是個慣常在書房伺候的。做完這一切後，丫鬟又問道：「舒大小姐可需要磨墨？」

舒菡萏笑道：「我自己來便可。」

那丫鬟聞言，放下墨塊，對二人道：「那奴婢去為二位泡一壺熱茶過來。」

待丫鬟離開後，舒菡萏便取了少量清水，加入硯臺中，又拿起墨條緩緩地磨墨。

蔣尚文見狀，忙上前一步道：「舒大小姐，還是由在下來磨墨吧。」

舒菡萏看了眼蔣尚文，笑了笑後，便將墨條交到他手中。「那便有勞蔣公子了。」

蔣尚文從舒菡萏的手中接過墨條，兩人的指尖不經意地碰觸了一下，他終是忍不住開口道：「舒大小姐，在下有話想同小姐說。」

舒菡萏看著蔣尚文道：「你說。」

蔣尚文這一次未再躲避，只深情地看著舒菡萏道：「自當日在杏花苑初見小姐時，在下便心生愛慕，只是一直有所顧忌，方不敢開口。無奈之後的接觸中，小姐的才情、容貌、舉止越發令在下念念不忘。」蔣尚文目光灼灼，繼續道：「今日在下唐突，對小姐說出這一番話，實在是情之所鍾，再難自持，還望舒大小姐勿怪在下失禮。」

舒菡萏沈默了片刻，方開口反問道：「不知蔣公子今日說出這番話的目的為何？」

「舒大小姐別誤會！」蔣尚文忙解釋道：「在下並無輕薄、玩笑之意。若舒大小姐亦有意，待今日回府後，在下便告知父母，擇日請媒人前去左相府提親，絕不會怠慢了小姐。」

舒菡萏巧笑倩兮。「若我無意，蔣公子又當如何？」

聞言，蔣尚文的臉上瞬間露出努力想掩蓋卻依舊掩不住的失落，只垂眸道：「在下今日此言本已屬唐突，若小姐無意，在下會當今日之事未曾發生，今後定不會再叨擾小姐，以免給小姐造成不必要的困擾。」

「你倒是把後路也想妥當了。」舒菡萏面帶笑意，卻不再多言其他。她伸手取過剛剛蔣尚文放在硯臺旁的墨條，重新塞進他手中道：「繼續替我磨墨吧！」

蔣尚文看著手中的墨條，驚喜地抬起了頭，難以置信地道：「舒大小姐，妳、妳可是答應在下了？」

舒菡萏的面色微微泛紅，點頭道：「婚嫁之事本應聽從父母之命、媒妁之言，之後的事情，蔣公子按禮制行事吧。」

「一切都聽妳的。」蔣尚文難以自持地許諾道：「從今往後，在下定與妳一生一世一雙人，無論發生任何事，都絕對不會辜負於妳。」

舒菡萏只是笑了笑，道：「我既然已經答應你了，這便是我自己的選擇，無論今後如何，我都會坦然接受。」

蔣尚文知曉現在舒菡萏心中定然無法完全相信他，也不再辯解，他真心誠意地道：「在下定會用今後所有的時間，來證明妳今日的選擇沒有錯。」

舒菡萏看著蔣尚文，最終還是點了點頭，道：「好，我信你。」

互通了心意的二人，無論做什麼事都顯得輕鬆而美好，當丫鬟提著茶壺過來時，看到的便是才子佳人分坐在書桌兩側，一寫文、一作畫的雅致場景。丫鬟怕驚擾到二人，便不自覺地放緩了腳步，悄悄將茶壺放在一旁的圓桌上，便退出屋子，在院子裡守著。

舒清淺走進主院時，看到那丫鬟一人在院子裡，便問道：「我姊姊與蔣公子可有過來？」

丫鬟起身朝舒清淺行了一禮後，指了指身後的屋子道：「舒大小姐與蔣世子正在屋內寫文、作畫，奴婢不敢打擾，便在外頭候著了。」

舒清淺遠遠地透過未關的屋門朝裡看了看，果然看到正伏案提筆的二人，她對丫鬟道：「那我也不去打擾他們二人了，我先隨三殿下去北面的花園看看，過會兒等我姊姊與蔣世子忙完之後，妳再去找我。」

舒清淺交代完丫鬟後，又看了一眼屋內歲月靜好的場景，深感姊姊與蔣公子真是良配。就是不知這大半日的相處下來，他們二人對彼此的感覺如何？舒清淺笑了笑，她相信緣分天定，姊姊與蔣公子定能佳偶天成的。

出了主院，舒清淺便去了北面的花園。如今主院與東、西二院都已在修葺中，估摸著這一、兩天便可完工，現在只剩下這北面的花園了。

舒清淺考慮到這北面的花園今後準備用作聚會、活動之所，需要修葺改建的地方較多，所以她決定在開園之際，先開放東、西二院與主院，而這北院就先不對外開放，等開園後繼續修建，待完工後再開放也不遲。

北院內，舒清淺找到了正在獨自轉悠的章昊霖。

「三殿下看得如何了？」

章昊霖轉身，見舒清淺獨自一人前來，便問道：「已經去主院看過了？」

舒清淺點頭道：「我姊姊與蔣公子已經開始在作賦、作畫了，我幫不上忙，就不進去添亂了。」

章昊霖笑道：「看來今日便能看到這《文苑賦》與《暢文開園圖》了。」

「姊姊與蔣世子的文采在京中是眾人稱讚的，相信定會是兩幅佳作。」舒清淺又道：「屆時讓人多臨摹、抄寫一些，放在書齋、茶樓供人賞閱，說不定還會被人爭搶著收藏呢。不過真跡只能留在這暢文苑中，絕不外傳，若干年後，定是值錢得很。」她笑咪咪的，一臉憧憬。

「妳倒是打得一手如意算盤。」章昊霖見她這模樣，忍不住笑道：「那到時候妳可要記得給妳姊姊與蔣世子多付些酬勞。」

舒清淺笑道：「我還沒想著要當『奸商』呢，三殿下反倒幫著姊姊和蔣世子坑我了。」說罷，她背著手走到前面去。「罷了，我還是老老實實修園子吧。」

章昊霖搖了搖頭，緩步跟在舒清淺後面走著。

這兩日一起共事下來，舒清淺與章昊霖之間明顯熟識許多，現在只要沒有外人在，兩人之間就如同普通好友那般隨意自在地相處。

「三殿下，我聽說文人墨客間大多喜歡『曲水流觴』這個活動。」舒清淺指著不遠處一道起伏的地面，問章昊霖道：「您說沿著那處挖出一條小溪流的話，可行嗎？」

章昊霖順著舒清淺指的方向看去，點頭道：「地勢起伏蜿蜒，應該可行，不過還是得問問工部的人。」

舒清淺站上某塊大石，看著周圍錯落有致的景色，道：「三殿下，不瞞您說，我到現在還忍不住懷疑這一切是不是我在作夢？沒想到我竟然能在這皇家的園子裡修建文苑，真是令人難以置信。」

章昊霖笑道：「然而事實就是——妳不但修建了文苑，而且還做得很好。」

「現在才剛開始呢，若不是有太子與陛下的支持，我現在怕是連一個小院子都還找不到！」舒清淺知曉明德帝定會派人盯著這邊的情況，因此不管有沒有人盯著她，偶爾拍拍太子和陛下的馬屁總不會錯。說完，她還朝章昊霖眨了眨眼，露出一個心照不宣的笑容。

章昊霖又怎會看不懂舒清淺的意思，好笑地搖了搖頭。「妳啊……」

舒清淺繼續道：「前面幾個院子，我必須考慮到所有讀書人，但這北院屆時肯定都是一些有錢人家的子弟才會在此舉辦聚會。這裡本就是皇家的花園，現在又花了這麼多工夫改建，到時候我一定要多收些銀子。」

章昊霖同意道：「此處多收些銀子也是應該的，否則所有人都想著要來這邊聚會，那可不利於以後文苑的發展。」

舒清淺偏了偏腦袋，順口讚美道：「三殿下看事情果然比我深遠。」

章昊霖看著她。「我以前怎麼沒發現妳這麼會說話？」

舒清淺跨下石頭，繼續往前走，糾正道：「我說的可都是大實話。」

待舒清淺與章昊霖將這北院該如何整修一事商量得差不多的時候，在主院的丫鬟也來尋舒清淺了。

「舒二小姐，蔣世子與舒大小姐請您過去呢，說是有些問題想問您。」

舒清淺看了看章昊霖，問道：「三殿下可要一同過去看看？」

章昊霖搖了搖頭。「過會兒李大人就來了，我先留在此處。等他過來後，我還要與他商議一下這北院整修之事。」

「也好，那我就先過去了。」舒清淺說罷，便隨著丫鬟一道去了主院。

第二十章　造勢

舒清淺進屋時，蔣尚文與舒菡萏正在書桌前說著話，她開口喚道：「姊姊、蔣公子。」

舒菡萏抬頭，見舒清淺來了，便招了招手示意她過去。「清淺，妳過來看看，這幾處該是何種景象？」

舒清淺上前，見書桌上那幅《暢文開園圖》幾乎已經完成，只有幾處留白。她仔細辨認了一下，看出是東院與主院幾處正在修葺的小院內景，由於那幾間屋子都還在整理中，無法知曉屋內的擺設與陳列。

舒清淺將那幾間屋子的擺設樣式告訴姊姊後，舒菡萏略加思索，便繼續動筆描繪。

她看著姊姊筆下的那幅畫作，幾乎將這座園子的大小細節全畫入其中，再加上姊姊單憑想像即繪出神態、舉止各異的才子佳人們，躍然紙上，她忍不住由衷地感嘆道：「姊姊的畫作真是越來越傳神了，我覺得開園當日的場景肯定與這幅畫中的情形所差無幾。」

一旁正在聚精會神看著舒菡萏作畫的蔣尚文點頭贊同道：「以前雖聽過舒大小姐的畫技高超，但今日一見，方知舒大小姐這畫技豈止是高超，甚至可謂出神入化了。」

說話間，舒菡萏已停下筆，看著面前一唱一和的二人無奈地道：「這樣一幅畫作，若要細細畫來，畫上十天半個月都不為過。如今我只用了半日工夫簡單地描繪了一下，各方面都甚為粗糙，你二人竟還如此稱讚我，我真不知該喜還是該怒了。」
舒清淺看著舒菡茗，真心道：「可我是真覺得姊姊厲害呀！」
一旁的蔣尚文亦跟著點頭。
舒菡茗看著這兩人，笑著搖了搖頭，對舒清淺道：「清淺，妳看看畫成這樣還可以嗎？若有需要修改的地方，妳都一起告訴我，我還能再重新給妳畫上一幅。」
舒清淺看著桌上的那幅畫，直搖頭道：「這幅已經夠好了。」
蔣尚文看著畫，也開口道：「在下也覺得這幅畫甚好。」
舒菡茗失笑，對蔣尚文道：「行了，別再恭維我了。你的賦呢？」
蔣尚文只顧著看舒菡茗的畫作，早就忘記自己已寫好的賦，經舒菡茗一提，他方從鎮紙下拿過那篇賦，遞給二人閱看，並道：「舒二小姐，妳看看這樣寫可否？」
舒清淺一口氣讀完，讚不絕口道：「蔣公子的文章果真絕妙，引人入勝。」
「舒二小姐謬讚。」蔣尚文笑道：「能派上用場便可。」
「當然能派上用場。」舒清淺小心翼翼地收起畫作與文章，道：「我今晚便讓人連夜臨摹、謄抄，明日一早便送去各大文人的聚集場所，定能引起不小的轟動。」
舒菡茗看了看天色後，問舒清淺道：「若無事，我就先回府了，妳可要與我一道？」
舒清淺指了指眼前正在修葺中的園子道：「我還得再去西院看看那些丫鬟、小廝們訓練得如何，另外還得統計一下這園子內需要添置的物件，明日得加緊讓人去採購。」

舒菡茗表示理解，點頭道：「那我就先行回府，妳在這邊也不要太辛苦了。」

蔣尚文隨即起身道：「舒大小姐，在下送妳回府。」

舒菡茗也未推辭，二人同舒清淺道別過後，便一起離開了園子。

待二人離開後，舒清淺立刻又馬不停蹄地為了明日之事忙碌起來。

次日一早，文榜上便張貼出一篇文賦與一幅畫作，同時京城中的各大酒樓、茶坊、書齋內，都出現不少打扮一致、書僮模樣的小廝身影，他們訓練有素地在文人聚集的場所，為眾人介紹著三日之後即將開園的暢文苑。

眾人聽得新奇，有人插嘴問道：「不知你口中這暢文苑設在何地？」

小廝邊將手中的《文苑賦》與《暢文開園圖》遞給眾人傳閱，邊回答道：「這暢文苑的地點說出來，大家肯定知道的，正是在太學院東側的那座園子。」

此言一出，眾生一片譁然。

有人驚詫道：「那座氣派的宅邸，竟被用來做文苑了?!」

有人讚嘆道：「當年我在太學院讀書時，便一直好奇那座離太學院最近的宅子究竟是誰家的？如今用來做了文苑，甚好、甚好啊！」

亦有消息靈通之人開口道：「那宅子的來頭可不小！」待周圍的人都朝他投來迫切的詢問目光後，那人方抬手朝皇城方向作了個揖，才與眾人道：「那宅子可是當今陛下當年還是太子時，所居住過的太子府。」

話音一落，又驚得眾人抽氣聲連連，頓時議論紛紛，有大膽者猜測道：「難不成這文苑是陛下授意興建的？」

「不是。」有知情人否定道：「我聽說是左相府的二小姐建的。」

於是眾人將那介紹園子的小廝圍住，七嘴八舌地問道：「這位小哥，這文苑主人究竟是何人？」眾人被這園子的來頭所驚，連帶著對小廝的態度也恭敬了起來。

那小廝搖頭晃腦地道：「這文苑主人自是左相家的二小姐，不過——」

眾人急切地問：「不過什麼？」

那小廝小聲地與眾人道：「不過我聽說我家二小姐也是得到太子殿下的同意，方能在此處建這暢文苑。」

眾人恍然，要不是得了陛下或太子的首肯，怎麼可能將這舊太子府建成文苑？思及此，眾人的心思紛紛活躍起來。如今正值文會，且今年尚未出現出彩的文章，怕是之後的兩道論題發布後，陛下與太子的關注動向都會集中在這暢文苑之中。

突然間，方才在傳閱文稿與畫作的人出聲驚嘆道：「不知這篇賦與這幅畫是何人所作？真是字字珠璣，妙筆生花！」眾人的注意力瞬間又轉移到那篇文章與畫作上，畫作雖是臨摹，卻不難看出作畫者的高超畫技。

小廝笑道：「這篇賦乃寧國侯世子所作，這幅畫乃左相家的大小姐所畫。」

眾人爭相傳閱，有人抱怨道：「這文章和畫只有一份，咱們這麼多人看不過來呀……」

小廝忙道：「奴才在掌櫃那兒放了十份，諸位可自去取來看，且文榜上亦張貼有這兩篇作品和入園要求，大家都可以前去查看。」小廝見二小姐交代的事情已完成，便對眾人行禮告辭道：「三日之後，暢文苑開園之際，還望諸位都可攜大作前來。」

不過半日的時間，隨著暢文苑造勢成功，舒清淺的名字也因暢文苑園主的身分，在京城的人們口中漸漸變得耳熟能詳起來。

雖然外面已經傳翻了天，不過作為當事人的舒清淺卻完全不知情。

昨日在暢文苑時，舒清淺一間、一間屋子查看，將需要添置的物件一一列在單子上，又拜託蕭管家幫自己核對一遍，方把單子交給丫鬟們，讓她們今日去採購回來。

由於這幾日確實耗費了不少精力，舒清淺今日上午哪兒都沒去，只在府中美美地睡了一覺，準備等丫鬟們採購完畢後，再去暢文苑中安排佈置屋子。

午膳過後，有丫鬟來左相府尋舒清淺，說東西已採購完畢，就等舒二小姐去查看了。

舒清淺隨丫鬟一起出門，上了門口候著的馬車，卻意外地在馬車裡看到章昊霖與祁安賢，忍不住開口問道：「您倆怎麼在這兒？」

「順路。」章昊霖笑著指向祁安賢的腳道：「他前幾日在府中被石凳砸傷腳，近日出門都只能坐馬車了。」

舒清淺聞言失笑。「我就說這幾日怎麼都沒見到平陽伯了，還以為您躲在府中修身養性呢，沒想到竟是這緣由。」

「舒二小姐，妳現在損我損得挺開心嘛，過會兒可別後悔。」祁安賢好心提醒道：「我聽老三說妳這園子正在尋兩個管事的？」

舒清淺看著祁安賢得意洋洋的表情，問道：「平陽伯不會幫我尋到了吧？」

祁安賢微笑點頭。「我手上正好有這樣的兩個人。」

舒清淺立刻笑道：「我就說今日怎麼看您如此順眼呢！」

「過會兒去暢文苑，我便將這二人介紹給妳認識。」說完，祁安賢掀開車窗的簾子，看著外面道：「妳今日這動靜不小啊，現在幾乎京中所有的讀書人都在討論妳這園子呢。」

舒清淺笑道：「要的就是這種效果，否則我何必如此大費周章？」

祁安賢放下簾子道：「妳倒是高調。」

舒清淺搖頭糾正。「我這是不得不高調。」

到了暢文苑後，祁安賢果然為舒清淺帶來了兩人，乃一位年過不惑的男子和一形態端莊的婦人。祁安賢主動介紹道：「這位何文何先生曾是江南景園的管事，如今攜妻兒來京，我便引薦他來妳這園子了。」江南景園亦是有名的大文苑。

何文朝舒清淺作了一揖道：「舒二小姐。」言行舉止皆氣度非凡。

舒清淺點了點頭，笑道：「何先生不必多禮。」

祁安賢繼續介紹道：「這位李夫人乃李南之妻。」

李南生前是當世有名的大詩人，此人雖有才卻好飲酒，數年前因醉酒，不幸失足落水溺亡。世人皆以為其妻會帶著兒子改嫁，孰料這位李夫人卻是個重情義且有能力的，一人獨自撫養幼兒數年，並將李南留下的家產打理得井井有條。

舒清淺笑道：「久聞夫人大名，沒想到今日竟能在這暢文苑中見到夫人。」

李夫人朝舒清淺福了福身子，笑道：「能來這園中為舒二小姐做事，乃老婦之榮幸。」

舒清淺對二人道：「那今後這園中的大小事宜，還得煩勞二位多多上心了。」

見過舒清淺之後，兩人便隨著蕭管家去園子四處瞭解情況，並熟悉自己的日常工作。

看著那兩人的背影，舒清淺對祁安賢道：「真有你的！竟能尋來這樣的兩位人物。」

祁安賢坦然接受舒清淺的讚美。「若是一般人，我能介紹來妳這暢文苑中當管事嗎？」

短短兩天多的時間，暢文苑的主院與東、西二院都已修葺完畢，丫鬟和婆子們也已經在打掃、整理庭院了。現在只剩下北院還需繼續修繕，屆時如計劃中一般暫不開放北院，也不會影響到三日後的開園。

章昊霖與祁安賢在主院聊天，舒清淺便指揮著丫鬟和小廝們去各個屋子安排、佈置，為文苑的開園做最後準備。

兩日之後，太學院公布今年文會的第二道論題，只有簡單的兩個字——米價。

太學院每年在文會上給出的論題，皆具不確定性，會有諸如民心這種寬泛的題目，亦會有具體指定某一事物的時事論題。但無一例外，都是需要眾生結合當下情況來進行論述，與科舉考試偏重文采不同，文會上能脫穎而出的，大多是具有遠見卓識的有能之人。

同日，距離開園還有一日時間的暢文苑亦開始收取並評定明日想要入園的讀書人之文章。消息一出，僅短短幾個時辰之內，暢文苑便收到了上百篇文章與名帖，園內的先生們正在一篇、一篇過目評定，而何先生與李夫人也正和丫鬟、小廝們最後確認各自的工作，以確保明日開園後萬無一失。

舒清淺在園子裡轉了一圈後，看著眾人各司其職，井然有序，她頗為安心地溜回主院中自己的那間屋子裡，沒想到剛進屋子便有丫鬟來通傳。「舒二小姐，三殿下來了。」

章昊霖走進院子，道：「我聽丫鬟說妳在這裡，便直接過來尋妳了。」舒清淺的這座小院也是剛修葺過的，他四處看了看道：「妳這院子弄得倒還不錯。」

舒清淺讓丫鬟泡一壺茶過來，笑道：「我特意留了這間院子，就是想以後熟人來了，可以在這裡喝喝茶、聊聊天。左右現在園子中有何先生與李夫人管著事，已經不需要我費什麼心思了。」言及此，她笑道：「下次定要再好好地謝一謝平陽伯。」

章昊霖笑道：「他可是等著妳去謝他時，好好訛妳一頓呢。」

丫鬟提著茶壺過來，舒清淺接過茶壺，為章昊霖倒了一杯茶。「三殿下可是有事？」

章昊霖接過茶杯道：「我剛從太子府過來。太子說明日開園時，他會帶著太學院的官員們一起過來瞧瞧，我便先來告訴妳一聲，讓妳有個準備。」
聞言，舒清淺顯得有些為難的樣子，章昊霖見狀，詢問道：「怎麼了？」
舒清淺皺眉道：「我從未接待過太子與朝廷官員，實在不知該作何準備……」
「妳無須緊張，太子明日過來只會四處看看，表示一下對這暢文苑的支持。」章昊霖寬慰道：「這樣吧，過會兒我讓蕭管家來幫妳安排，妳有什麼不懂的地方，都可以問他。」
舒清淺鬆了一口氣，道：「如此便多謝三殿下了。」

第二十一章 開園

次日一早，暢文苑外便圍滿了湊熱鬧的人。

暢文苑按照告示上所寫的時辰準時開園。一眾昨日遞了文章、已得到入園資格的文人們紛紛排隊登記入園，作為第一批入園的人，他們的神情顯得頗為得意。

許多昨日未來得及遞文章的讀書人，此時都聚在另一側的門外，迫不及待地遞交文章，文苑中的先生們則馬不停蹄地為他們評看文章。

主院文墨堂中，已將眾人入園時所作的文章一一編號展出，此編號與眾人入園時所得的牌子編號一致。入園後的文人們在此閱讀完所有人的文章後，可將寫有編號的牌子掛在自己決定去往的那一座小院的院名之下，這樣一來也方便後來者能在同一小院中尋找志同道合之人。

短短半個時辰內，東院中的二十餘間小院已全部有人入內，而主院中公用的琴、棋、書、畫四院亦有不少人在裡面切磋交流。

林涵海與一眾太學生下了學之後，相約著一道從隔壁的太學院來這暢文苑看看，他們昨日都已遞過文章，拿到了入園號牌。抵達暢文苑後，他們紛紛按規矩在入園登記處登記，準備入園，不料卻遇到了幾位太學院的同窗。

「林兄。」為首之人喊住了準備入園的林涵海。

林涵海頓住腳步，與他一道的太學生們亦停下了步子。林涵海回過頭，認出來人，拱手問好道：「原來是趙兄。」

雖說太學院內大部分都是有真才實學的求學之人，但太學院作為官家學府，每年或多或少都會給皇親貴族家中的後輩們，留下幾個破格錄用的名額，而趙欽正是這一群人中為首之人。

趙欽問道：「林兄，聽說這暢文苑的園主是你表妹？」

林涵海點了點頭。

趙欽與身後幾人相視一笑，道：「咱們幾個昨日都沒來得及遞交文章，尚未拿到號牌，不知林兄可否請你表妹行個方便，今日先讓咱們幾個入園，文章日後再補上？」

趙欽的聲音不低，他這一番話已經引來周圍不少沒有拿到號牌之人的注意，都在偷偷觀察著這邊的動靜。若是趙欽這群人能開了先例，那他們也可以要求先入園，後補寫文章了。

林涵海連連擺手道：「趙兄說笑了，這入園規則豈是在下能隨意改動的？」

趙欽不依不饒道：「園主不是你表妹嘛？都是一家人，你去說一聲不就好了。」

林涵海身後同行的太學生中，早有人看不慣趙欽他們的蠻不講理，出言譏笑道：「一旁不還在收文章麼？你們回去取一篇文章過來，給幾位先生看過不就行了，何必為難林兄？」

這邊正爭執著，人群中突然傳來一陣騷動，繼而眾人紛紛噤聲並退往兩側，讓出一條道來。

太子與太傅徐元文領著一眾太學院官員，從不遠處走了過來。

眾太學生紛紛向太子與諸位官員行禮。

太子讓眾人免禮，道：「今日聽聞這暢文苑開園，本太子與諸位先生便一道過來看看，大家不必多禮。」

徐太傅看了眼趙欽，面色不善，顯然趙欽剛剛的言行已被太子與諸位官員瞧在了眼裡。

徐太傅隨即問林涵海道：「涵海，遞交文章的地方在哪兒？」

林涵海忙為徐太傅引路道：「先生，這邊走。」

徐太傅在眾人的注視下，從懷中掏出一篇手稿，遞交給文苑的幾位看文先生。太學院的官員們也都是有備而來，均將自己的文章遞了過去。

文苑的先生們一一看過後，起身恭敬地給諸位遞過號牌。

徐太傅拿著號牌，重新回到入園登記處，伸手撫了撫白色的鬍鬚道：「這規矩便是規矩，老夫亦不敢有所違背。」

徐太傅的一番舉動，惹得門口眾文人一片叫好，而一旁的趙欽幾人，一張張臉都漲成了豬肝色，恨不得立刻消失。

太子領著眾官員走進暢文苑，其餘拿到號牌的人，亦都跟隨太子的腳步一道入了園。

太子與徐太傅的現身，讓不少持觀望態度的文人像吃了顆定心丸，果然這暢文苑背後有陛下與太子的支持！於是眾人不再猶豫，紛紛迫不及待地將早已準備好的文章遞交上去，只盼著入園後，自己能入得了諸位貴人的眼。

太子一行人入園後，舒清淺帶著何先生與李夫人前來給太子見禮，太子讚賞道：「舒二小姐這園子，果真建得比本太子想像中的還要好。」

「太子謬讚。」舒清淺笑道：「這園子能落成，還多虧了太子殿下與三殿下的支持。」

舒清淺邊走邊為太子與諸位大人介紹這暢文苑中的各處地方。「太子，此處乃文墨堂，裡頭張貼的文章皆是眾生入園時所作。」徐太傅與諸位官員剛剛遞交的文章，也都已編了號，匿名張貼在此處。

太子與官員們看過後，只見徐太傅不住地點頭道：「不錯、不錯。」

舒清淺接著介紹道：「東院各座小院的院名都在此面牆上，眾人可根據文章來選擇與自己志同道合之人，將自己的號牌掛在這院名之下，便可進入東院與眾人交流論道。」

徐元文細細看著文章與各處院名，良久後指著某院名下的空白處，開口問舒清淺道：「這號牌是掛在此處嗎？」

「正是。」舒清淺道：「徐太傅也欲入院？」

徐元文伸手將號牌掛在了牆上，撫鬚道：「能與志同道合之人一起交流學問，實乃人生一大幸事。如今得此機會，又豈有不入院之理？」

舒清淺忙道：「徐太傅能入院交流，乃暢文苑之幸事。」

有了徐太傅的領頭，身後其他太學院的官員們也紛紛效仿，將自己的號牌掛在了不同的院名之下。

待太子與眾官員出了文墨堂後，其餘讀書人都迫不及待地湧入文墨堂中，仔細地閱讀著貼出的文章，想要辨認出徐太傅與各位官員都進了哪一座院子。

舒清淺又陪同太子在東院和西院分別看了看，最後太子在眾生面前說了一番勉勵的話以後，便先行離開暢文苑。

徐太傅與太學院中的官員則是留在了東院，與眾人一起交流思想，談論文章。

送走太子後，舒清淺便去主院查看各院子的人數情況。雖是匿名貼的文章，但徐太傅的文章在讀書人之間的辨識度實在太高，所以有徐太傅掛牌的那座小院人氣尤高；其餘諸院雖不及此院的人多，但至少也都有超過十餘名的文人在裡頭。

見此情況，舒清淺放心不少，只要堅持下去，她相信暢文苑中很快便能出現百家爭鳴的盛況。

暢文苑開園次日，不少小姐、貴女們也都結伴來到這暢文苑中遊玩。

不過舒清淺今日並未出門，因為左相府一早便迎來了一位客人。寧國侯府託了禮部尚書家的夫人，前來左相府為自家世子向舒家大小姐提親。

舒清淺走進舒菡萏的院子時，舒菡萏正坐在院中看書，見舒清淺來了，便放下書道：

「瞧妳這一臉高興的模樣，是遇上什麼好事了？」

舒清淺在舒菡萏對面坐下，笑道：「遇上好事的人可不是我。妳猜前院來什麼人了？」

舒菡萏問道：「什麼人？」

「寧國侯府託人來提親了！」舒清淺看著舒菡萏，見姊姊雖有些不好意思，卻並不驚訝，她眯眼道：「老實說，妳是不是早就知道了？」

舒菡萏也未隱瞞，點頭道：「那日在暢文苑中，蔣公子便同我提過此事，當時我就答應他了。」

「好啊。」舒清淺故作生氣道：「這麼大的事，妳竟然一直瞞著我！」

「妳這幾日都在忙著暢文苑的事情，我就算想告訴妳，也找不到機會啊。」舒菡萏笑道：「不過有一件事，定是要告訴妳的。」

舒清淺問道：「何事？」

「跟我來。」舒菡萏起身走進屋子，從書桌上拿起一幅長畫卷，遞給舒清淺道：「當日因為時間匆忙，所畫的那幅《暢文閒園圖》實在過於粗略，若今後真被妳放在暢文苑中，定是入不得眼的。這幾日得空，我索性重新畫了一幅，妳看看如何？」

舒清淺小心地接過畫卷，緩緩地鋪展開來，看著畫上連人物表情都栩栩如生的模樣，她忍不住讚道：「我過會兒就去暢文苑，將這幅畫與蔣公子的賦一同掛在文墨堂裡最顯眼的地方，讓所有人一進來便能看到。」

而此時左相府的前院中，左相大人與左相夫人對寧國侯府這樣的親家，自是滿意的，於是左相夫人歡歡喜喜地留了禮部尚書夫人用午膳，等於用行動應下這門親事了。

當日下午舒清淺便出門找人將舒菡萏的畫與蔣尚文的賦裱了起來，送至暢文苑的文墨堂中掛好。由於開園之前，眾人就都已熟知這兩幅作品，如今這一畫、一賦的真跡一被掛出，瞬間成為暢文苑中頗受關注的一道風景。

由於舒菡萏與蔣尚文在京城適婚的公子、小姐中，都是備受關注的存在，整個京中不知道有多少待婚嫁的男男女女，都在時刻注意著這兩個人，所以寧國侯府向左相府提親一事，很快就傳遍了京城。

原本就是才子佳人的婚事，如今再加上暢文苑中那一篇賦和一幅畫，更是為這婚事增添了不少傳奇色彩。甚至有不少入園遊玩的貴女、小姐們，會偷偷在那文墨堂中的一畫、一賦前許下願望，希望自己也能覓得如意郎君。

開園第三日，暢文苑中來自江南的才子蘇謹，以一篇策論引起了今年文會的首次轟動。

蘇謹透過列舉分析江南與京城周圍這十年米價的變化，細緻地還原了十年中這兩地百姓生活的變遷，且對造成這種波動及變化的緣由一一進行了闡述與分析，並提出了數十條自己對於該如何改善百姓生活的想法與建議。

文章立意深刻，行文卻又深入淺出，且全文分別站在了百姓與朝廷兩個角度來進行討論與分析，文章中所顯現出來的遠見卓識，讓絕大部分看過文章的人都忍不住要為這名年輕人高瞻遠矚的想法拍案叫好。

就在蘇謹以一篇文章將文會推至一個高潮時，眾人也都在等著看這位來自江南的才子，是否能成為今年文會中第一名被提拔的人才。

不久後，暢文苑迎來了開園後文人墨客間的首次交流聚會。

承陽宮中，明德帝正在聽太子說著對於前幾日武會第二場試煉的看法。

太子道：「父皇，舒辰瑜在第二輪對兵法與實戰的考察中，表現得極為出色。這幾日兒臣已調查過舒辰瑜，他從小便對兵法、武學深感興趣，雖是左相府家的公子，但大部分時間都留在鎮北將軍府中，同林將軍學習，且悟性頗高。雖只在軍營待了小半年，和他共事過的人上自將領，下至兵士，無一不對他稱讚有加。」

明德帝看向太子。「這麼說來，太子是十分看好舒辰瑜的？」

太子點頭，繼續道：「舒辰瑜不但能力出眾，家世、人品亦不錯，且在為人處世、待人接物方面也很有一套，做事周到卻不過於圓滑。因此兒臣覺得舒辰瑜確實是皇城軍統領的合適人選。」

明德帝有些欣慰地看著太子道：「你知道從這些方面著手調查舒辰瑜，做得不錯！那就按你說的，皇城軍新任統領就由舒辰瑜擔任吧。」

太子得到明德帝的讚賞，心情大好。「兒臣這就著手安排舒辰瑜任職。」

「這事由你去辦便可。」明德帝點了點頭，隨後問道：「你前幾日去暢文苑看過了？」

太子回道：「暢文苑開園當日，兒臣與徐太傅，還有太學院的眾官員一起去了，園子弄得很不錯。」太子簡單為明德帝介紹了一下暢文苑的情況。

明德帝聽太子說完後，又問道：「文會情況如何了？」

「這第二道論題出了之後，眾生的反響確實比第一道論題時好上許多。」太子喜道：「尤其是有一篇出自暢文苑的策論，兒臣看過後，都忍不住要為這篇文章叫好。」

「哦？」明德帝來了興趣。「是何人所作？」

「是一名來自江南的書生。」太子道：「聽說今日暢文苑還將舉辦交流聚會，讓所有不同學術派別的人，聚在一起交流各自不同的思想。」

「這聽著倒是挺有意思的。」明德帝道：「太子，你陪朕一起去暢文苑看看。」

太子有些意外。「父皇要親自前去？」

明德帝點了點頭，喚來福全，吩咐道：「去把朕的常服取來，朕要出宮。」

太子趁空，忙讓人帶了個口信給三皇子，道明德帝要親臨暢文苑，讓章昊霖趕緊去暢文苑提前安排好護衛，免得到時候發生什麼意外。

三皇子得了消息後，不敢懈怠，立刻派人通知皇城軍前去暢文苑佈置，並讓眾人都低調行事，免得驚擾了聖駕，畢竟明德帝只是微服出宮。

由於要在暢文苑中佈置人手，章昊霖特意叫來舒清淺，告知她此事。「過會兒太子會陪著陛下親臨暢文苑。」

「陛下要來？」舒清淺頗為驚訝，但見章昊霖有些急切的模樣，知道定是時間緊迫，她隨即問道：「需要我做些什麼？」

「我現在要安排一些皇城軍進園。」章昊霖輕聲道：「為免引起不必要的騷動與混亂，咱們得不動聲色地將這些皇城軍安排在這暢文苑各處。」

舒清淺點頭。「明白，我這就去安排。」

章昊霖連忙道：「我隨妳一起。」

這一頭皇城軍剛佈置完畢，另一頭穿著常服的陛下與太子便已抵達暢文苑。

明德帝站在院外看了看並沒有多大變動的園子，與一旁的福全道：「這園子看起來還是和朕搬出去時差不多呀！」

福全笑道：「是呀！當初奴才還在這園中伺候著陛下呢，這一眨眼已經快三十年了。」

由於門房處早早便得到章昊霖的吩咐，所以明德帝與太子很順利地進入了暢文苑。

北院尚未修葺完畢，所以這次聚會選擇在西院舉辦。太子與明德帝入園時，眾讀書人都聚集在西院之中，而主院的文墨堂內，只有舒清淺與章昊霖在等候。

見明德帝與太子進來，舒清淺與章昊霖向二人行禮問安。

明德帝示意不必多禮，在文墨堂中看了一圈後，便在上位坐下，問舒清淺道：「那篇江南學生所作的策論呢？拿來給朕看看。」

舒清淺從文榜上取下那篇文章，遞給明德帝道：「陛下，這便是江南學子蘇謹所作的文章。」

明德帝接過文章，看了一遍後，點頭讚道：「確實是一篇好文章，卻不知其人是否如其文章般有才識？」

舒清淺笑道：「陛下，蘇謹正在西院與眾人論道交流，現在估摸著剛好輪到他所在的院子進行論述。陛下是否要去看一看？」

明德帝起身道：「走，看看去。」

第二十二章 封賞

交流聚會上，東院的每一座院子都要派出一人，代表該院的所有人陳述觀點，而蘇謹正是他所處的那座院子之代表。

明德帝與太子一行人抵達西院時，果真如舒清淺所言，蘇謹正在發言。他為眾人將自己的策論細細地分析一遍，又回答了不少人提出的質疑，言辭雖緩，卻都有理有據。

蘇謹發言過後，就在眾人還在思索著蘇謹剛剛所言時，站在人群後方的明德帝出聲道：「好一個江南才子，確實不錯！」

眾人都被這突如其來的聲音吸引，紛紛回頭，蘇謹亦抬頭看了過去。眾讀書人雖不認識明德帝，但這其中大部分人都在開園當日見過太子，如今見太子恭敬地站在一男子身後，眾人微愣，隨即不約而同地反應過來，難道是陛下親臨？

就在眾人猶豫時，蘇謹突然跪地道：「學生蘇謹見過陛下，萬歲、萬歲、萬萬歲！」

蘇謹這一舉動像是為發愣的眾人們解開了穴道，在場的人紛紛下跪行禮。

明德帝心情不錯，揮手道：「都平身吧。」

起身後的眾讀書人難掩面上的激動之色，當日見到太子，本以為已經是莫大的榮幸，誰料今日竟能見到陛下真容，簡直是三生有幸，果然當初入這暢文苑，是最正確的決定！

明德帝看向蘇謹，開口問道：「文墨堂中的那篇策論是你所作？」

蘇瑾雖是一介書生，但在被明德帝點名之後，卻沒有絲毫局促的樣子，落落大方地從人群中走上前，行了一個大禮道：「回陛下，那篇策論正是學生所作。」

明德帝點了點頭，又接連開口問了蘇瑾數個問題，像是有關於那篇策論中的觀點，以及幾個與百姓現狀相關的問題，蘇謹都有理有據地一一回答，顯然他能作出那篇策論，並不是偶然之舉。

明德帝看著蘇謹侃侃而談、一表人才的模樣，頗為滿意地點了點頭，又問了一些蘇謹的家世背景後，最終說出一句令全場眾人意料之外的話。「蘇謹，朕想派你去滄州任府尹，你可願意？」

聞言，不光是蘇謹，連一直站在明德帝身後的舒清淺都被嚇了一跳！雖早就猜到這蘇謹定能入得了明德帝的眼，但沒想到明德帝竟會當場指派他一個官職。滄州雖遠，卻是貿易往來的集中之地，最近幾年在滄州任職的歷任府尹只要不出現重大錯誤，皆能在一、兩年之內獲得高升，所以從某種程度上講，這滄州府尹也算是個搶手的官職了。

蘇謹愣了一下，隨即跪地叩拜道：「多謝陛下，學生願往！」語氣中是掩不住的激動。

明德帝笑道：「起來吧，朕希望你不要辜負朕的期望，能做一個以民為本的好官。」

蘇謹再次深深一拜，一字一句地承諾道：「學生謹記陛下教誨。」

明德帝揮了揮手，示意交流會繼續。

經過剛剛蘇謹一事，接下來發言的諸生都使出渾身解數，闡發自己的觀點。他們不幻想能如蘇謹那般被陛下當場欽點，但也求能在陛下心中留下一二印象，好為自己未來的仕途添一些籌碼，所以之後的討論顯得尤為激烈。

明德帝又留在西院看了一會兒後，方對太子與福全道：「陪朕四處走走。故地重遊，朕還挺懷念的。」

由於明德帝只點了太子與福全陪同，舒清淺與章昊霖便先回到主院中等候。

主院中，丫鬟給舒清淺與章昊霖泡來茶水，舒清淺不禁感慨道：「這蘇謹真是幸運。」

章昊霖笑了笑，道：「幸運的人都是有原因的。」

舒清淺贊同道：「也是。換作其他人還不一定能寫出這樣一篇策論來，更別說是被陛下多少科考狀元都不一定能獲得的官職，竟被陛下一句話便給了蘇謹。

破格提拔了。」

兩人正說話間，外頭有人走進院子中，舒清淺抬頭看去，高興地打招呼道：「姊姊、蔣公子。」來人正是舒菡萏與蔣尚文。

舒菡萏與蔣尚文見三皇子也在，欲向他行禮，章昊霖卻擺了擺手道：「不必多禮。」

舒清淺問道：「姊姊與蔣公子是剛過來嗎？可有去西院看過？」

舒菡萏笑道：「咱們是早上來的，只不過見妳一直在忙，就沒有上前打擾，剛剛一直都在西院呢。」舒菡萏又看了看蔣尚文道：「尚文聽說我重新畫了一幅《暢文閒園圖》，便想要過來看看。」

「對了。」舒清淺似是突然想起什麼，對蔣尚文笑道：「清淺還沒有恭喜蔣公子與姊姊終於修成正果呢！」

一旁的章昊霖亦道：「聽說二位好事將近，先恭喜二位了。」

被道賀的兩位當事人顯然都有些不好意思，蔣尚文笑道：「多謝三殿下與二小姐。」言語中透著濃濃的幸福感。

四人說笑間，明德帝與太子已經逛完東院，回到了這主院之中。明德帝見到這座自己曾居住過的太子府，如今變成鴻儒談笑、書香四溢之地，心情很是不錯。

蔣尚文與舒菡萏給明德帝與太子行禮，明德帝看了看二人後，問道：「這文墨堂中的那一賦、一畫便是你二人所作？」

蔣尚文與舒菡萏點頭應「是」。

一旁的太子亦開口詢問道：「本太子聽說寧國侯府與左相府親事已定？」

「寧國侯家要與舒相家結親了？」明德帝笑著看向蔣尚文問道：「婚期可有定下來？」

蔣尚文與舒菡萏對視一眼後，回答道：「回陛下，親事已定，不過婚期還得由雙方長輩商議之後，方能確定。」

明德帝點頭道：「甚好、甚好。寧國侯與舒相都是朝中重臣，乃朕的左膀右臂，如今兩家能結成親家，也算是門當戶對。」

「這蔣世子與舒大小姐皆是才情、品德卓絕之人，果真般配。」太子贊同，並轉頭看向明德帝笑道：「父皇您有所不知，蔣世子與舒大小姐在京中早已被傳頌為佳偶天成了。」

明德帝看著眼前郎才女貌的二人，似乎也很認同這一說法，於是揮了揮手示意福全道：「寧國侯世子與左相家大小姐甚得朕心，賞玉如意一對。」

蔣尚文與舒菡萏忙跪下謝恩。

舒清淺笑咪咪地看著姊姊與蔣尚文，本就是才子佳人的一對，如今還得了陛下的獎賞，且不論其他虛名如何，但至少姊姊在這寧國侯府中的地位是誰也不敢怠慢的了——雖然舒清淺一直相信蔣尚文也是個絕不會辜負姊姊的人。

明德帝來這暢文苑一趟，不但封了滄州府尹、賞了才子佳人，最後臨走前，還特意命人取來文房四寶，大筆一揮，題下了「暢文苑」三個大字。

在眾讀書人的恭送聲中，明德帝心滿意足地帶著福全回了宮。

寢殿內，福全伺候明德帝換好衣裳後，明德帝便道：「去蘭芷宮。」

來到蘭芷宮，明德帝並未讓人通傳，他進殿時見麗妃正在桌前看著什麼，而麗妃一見到明德帝，連忙起身向明德帝行禮。「陛下萬安。陛下今日的心情似乎不錯？」

「剛去宮外故地重遊了一趟。」明德帝在桌前坐下，順手拿起桌上的一沓手稿問道：「這是何物？」

麗妃為明德帝斟上茶，道：「臣妾這些日子睡覺時多夢魘，找太醫開了些安眠的湯藥服用後，卻也不見效。瑄兒得知此事，便在府中為臣妾抄寫了地藏經，今日瑄兒過來請安時，特意帶過來的。」

明德帝隨意抽出其中一張文稿，見上面字跡工整，確實是用心之作，點頭道：「瑄兒素來是孝敬愛妃的。」

麗妃笑道：「不僅對臣妾如此，瑄兒對陛下您也是一樣孝敬的。」

明德帝笑了笑，不置可否，道：「瑄兒這幾日除了來宮中請安，似乎未曾出過府門？」

「是呀！」麗妃笑容依舊，語氣中卻略帶抱怨道：「臣妾讓瑄兒趁著這迎風月多出去走走，結識一些有才識之人，他卻不聽。也不知道他整天窩在府中是為何？」

明德帝不動聲色地聽著麗妃的抱怨，見她對朝堂之事似是一無所知，這才開口道：「過些日子便是祭祀大典了，屆時各地的藩邦、小國都會派使臣來京，太子第一次擔此大任，怕是顧不過來，朕會讓瑄兒從旁協助的。」

麗妃聞言，神情並沒有多大變化，只是伸手打開桌上一只精緻的木盒，從裡面取出一些帶有淡香的脂膏，抹在指尖上，一邊為明德帝按摩，一邊道：「這樣也好，一來讓瑄兒跟著太子好好學習如何做事，二來也省得他老窩在府裡，讓臣妾擔心。」

明德帝沒有再開口的意思，只是放鬆身子，閉上眼，靠在椅背上，享受著麗妃的服務。

麗妃雖面色如常地為明德帝揉壓各處穴位，心中卻早已百轉千迴。果然這段時間讓瑄兒安靜在府中待著是對的，陛下如今讓瑄兒協理這最重要的祭祀之事，其中肯定有不少試探之意，但至少也能說明陛下並沒有完全對瑄兒失望。在瑄兒犯了這麼大的錯誤之後，這已然是最好的結果了。

暢文苑中，明德帝一離開，舒清淺便立刻命人尋來京中最好的匾額師父，請師父連夜將明德帝所題的「暢文苑」三字製成匾額。

次日一早，明德帝御筆親題的匾額便被掛在暢文苑的大門之上。

舒清淺看著這塊頗具氣勢的匾額，已經完全心如止水了，倒是一眾讀書人都圍在門口仰頭欣賞著明德帝的真跡，臉上紛紛露出與有榮焉的表情。

掛好匾額後，舒清淺剛要走進園子，便被一人從身後叫住。「舒二小姐，請留步！」

舒清淺應聲回頭，看清來人後不禁有些困惑。「不知蘇公子找清淺何事？」來人正是昨日剛被陛下封為滄州府尹的蘇瑾。

蘇瑾朝著舒清淺深深一揖後，方道：「蘇某唐突，今日是特意來感謝舒二小姐的。」

舒清淺依舊不解。但此處人來人往，這蘇瑾現在又正是倍受矚目之人，於是便道：「蘇公子有話不妨進屋再說。」說完便先行走進了屋內。

蘇瑾也知道這大庭廣眾之下，並非說話之地，便隨著舒清淺一道走進了屋內。

為了避嫌，進屋後舒清淺並未關門，她吩咐丫鬟去泡一壺茶過來後，才對蘇謹道：「蘇公子請坐。不知蘇公子有何事要感謝清淺？」

蘇謹坐下後，方開口道：「舒二小姐有所不知，當日蘇謹在江南時受眾人排擠，別說是文章了，就連隨意的一句發言，都能被人擠對良久。」

蘇瑾的話讓舒清淺有些疑惑，不禁問道：「可據清淺所知，蘇公子在江南可是鼎鼎有名的大才子，又怎會遭此境遇？」

「這所謂的才子之名，本就是旁人叫出來的……」蘇瑾搖頭苦笑道：「數月前因我在一篇文章中對《徐子》一書中的某個觀點提出質疑，這所謂的才子，一夜之間便成為眾人口中的沽名釣譽之輩。」

舒清淺默然，沒想到竟然還有這樣的事情。

蘇謹繼續道：「蘇某趕在迎風月前來到這京中，便是為了能找到志同道合之人，甚至期望能憑文章得到貴人的青睞。」言及此，他再次無奈地搖了搖頭。「誰料這京中與江南的情形無二。第一道論題出來後，蘇某亦撰寫了一篇策論，只因蘇某的觀點不被眾人所認同，文章在文榜上貼了半個時辰不到，便被撕了下去。蘇某本已對此次文會不抱希望，當蘇某收拾好行李，準備離京之時，恰好聽說舒二小姐欲籌辦暢文苑一事，於是便又抱著最後的希望留了下來。」

舒清淺笑了笑道：「幸好蘇公子留了下來。」

「何嘗不是呢？」蘇謹笑道：「蘇某並非執著於功名利祿，但蘇某飽讀詩書十餘年，一心只想為天下百姓做些實事。若非舒二小姐創辦了這暢文苑，只怕蘇某下半生只能在江南的小書院內，謀個教書先生的差事度日了。」

舒清淺搖搖頭，說道：「勁草不怕疾風吹，哪怕沒有這暢文苑，憑藉蘇公子的才學，日後也定會是人上人，所以蘇公子不必特意來感謝清淺。」

蘇謹嘆道：「就算真有那一日，只怕尚未熬到出頭之日，便已經先被閒言碎語給磨去了意志。」他起身再次對舒清淺深深作揖道：「舒二小姐之恩，蘇謹沒齒難忘。今後蘇某在這父母官的位置上，定當一心為民，做一名真真正正的好官。」

舒清淺被蘇謹這一揖弄得有些無措，只能開口道：「清淺相信蘇公子定會是個好官的。不知蘇公子何時要前往滄州？」

蘇謹回道：「今早吏部派人來道，三日之後就要出發前往滄州了，所以蘇某今日才會匆匆來此見舒二小姐一面。」

舒清淺又和蘇謹說了幾句客套話，蘇謹這才告辭離開。

看著蘇謹離去的背影，舒清淺坐在椅子上發起了呆來。

「在發什麼呆呢？」

舒清淺被這突如其來的說話聲一驚，抬頭見是章昊霖，不解道：「您從什麼地方冒出來的？我怎麼沒見您進來？」

章昊霖笑道：「早上過來時，丫鬟正在這裡打掃，我就先去偏廳裡坐著了。」

舒清淺撇了撇嘴道：「三殿下竟偷聽別人說話。」

章昊霖露出被冤枉的表情道：「是我先來的，再說你倆一進門就聊上了，我連現身的機會都沒有，反倒連累我硬生生坐在偏廳聽完了你們的談話。」

章昊霖坐下後，舒清淺為他新添了一杯茶，他才問道：「妳還沒說剛剛在想什麼呢？」

「有點意外罷了。」舒清淺頓了頓，繼續道：「當初起了建這園子的念頭，只是因為看不慣所有讀書人都如木偶般，奉一本書為經典的情形。我想過這園子建起來之後，會為讀書人創造一個更自由的交流空間，也想過這園子會讓眾人的學問更為變化多端，但卻從沒想過這園子能改變一個人的命運，甚至改變千萬百姓的命運。」

舒清淺看向章昊霖，笑道：「三殿下，也許您不信，剛剛在門口，我看著陛下御筆親題的匾額，都未曾有太大反應，可是當蘇謹走出這間屋子的那一瞬間，我竟感受到了開園之後從未有過的壓力與動力。」

章昊霖安靜地聽舒清淺說完，方笑道：「是誰當日信誓旦旦地說無論這園子今後會產生多大的影響，都將不忘初心的？」

舒清淺無語。「這影響與當初所說的影響，壓根兒就是兩回事。」

章昊霖修長的手指把玩手中的小茶杯，道：「但不可否認這也是影響之一。而且蘇謹只是一個開端，今後這暢文苑中還會出現許多如蘇謹一般有才學、有能力的好官，而妳正是為他們創造了機遇的人。」

舒清淺的眼眸中露出一絲嚮往與不確定，隨即都化成了一抹淡笑。「所以我才說我會有壓力嘛！」

章昊霖看她的神情，知曉她定已想通了此事，於是便不再多言。

舒清淺轉移話題，開口問道：「三殿下今日怎麼這麼早就來了？」

章昊霖挑了挑眉道：「安賢找我有事，結果我早早來了，他卻不見人影。」

她掩嘴偷笑。「那三殿下繼續在這裡等平陽伯，今日家中有喜事，我得先回去了。」

章昊霖笑道：「左相府近日喜事頗多，妳且回去吧。」

舒清淺向章昊霖告辭後，便出門上了馬車，直接回府。

第二十三章　提點

蘭芷宮中，二皇子如往日般，下朝之後便直接來此向麗妃問安。

麗妃見二皇子一臉喜氣的模樣，自是猜到發生了何事。「瑄兒，心情不錯？」

章昊瑄迫不及待地與麗妃道：「母妃，今日下朝後，父皇特意叫兒臣去了御書房，讓兒臣與太子一道協理祭祀與使臣來朝之事。」

麗妃笑著從桌上取過一沓文稿，遞給章昊瑄道：「這是你前些日子知曉本宮身體不適，特意為本宮抄寫的經文，昨日陛下來時碰巧看到了。」

章昊瑄聞言，有些莫名其妙地看向麗妃，在麗妃的注視下隨即恍然，伸手接過那沓文稿翻看道：「兒臣就說剛剛在御書房，父皇還誇我孝順來著，原來是因為這件事。」心中不禁對母妃的先見之明充滿敬佩。

麗妃見章昊瑄已經明白過來，方開口道：「瑄兒，你父皇指派你協助太子，自是有他的用意的。你要切記，太子不僅是你的兄長，還是儲君，你行事時絕不可越過太子，凡事低調一些總不會錯。」

章昊瑄心下雖不以為然，但還是道：「兒臣知道了。」

麗妃點了點頭，繼續叮囑道：「遇事多問問你外祖父，別擅自行動，知道嗎？」

章昊瑄順從地點頭道：「母妃放心，兒臣知道。」

暢文苑中，章昊霖終於等到了匆匆趕來的祁安賢。

章昊霖看著坐在椅子上大口喝茶的祁安賢，冷冷地道：「你可知我等了你多久？」

祁安賢擺了擺手道：「這不剛好有些事情耽擱了嗎？抱歉、抱歉。」嘴上說著抱歉，卻全無抱歉之意。

祁安賢從懷裡取出一份名單，遞給章昊霖道：「剛得到的消息，這是今年各地派來京中的使臣名單。」

章昊霖看了看外面，問祁安賢道：「外頭已安排好暗衛？」

祁安賢笑道：「若沒安排好人手，我豈敢在此和你談論這些事。」

章昊霖這才接過名單，仔細地看了起來。「西南今年派了何人來京？」

祁安賢道：「真不知西南王是怎麼想的，竟派了蕭簡來京。」蕭簡乃是西南王第五孫，與章昊霖算是表兄弟的關係。

章昊霖搖了搖頭，顯然也是沒想到西南王會派此人過來，繼續看著手中的名單，在看到某處時道：「晉王今年竟是親自前來。」

祁安賢邊喝茶邊道：「咱們陛下早前便明確表示出對晉王這種前朝所封、擁有封地且獨居一方的藩王多有忌憚了，晉王今年定要親自進京朝拜，以表忠心的。」

章昊霖顯然也認同祁安賢所言。「老晉王是個孤傲的，但現在這位新王卻是個識時務、知變通的，會親自前來也不奇怪。」

「對了，還有一事，你絕對想不到。」祁安賢放下茶杯道：「陛下似乎有意讓二皇子協理使臣來朝之事。」

章昊霖放下手中的名單，並無露出意外之色。

「你不意外？」祁安賢驚訝道：「二皇子之前可是犯了那麼大的錯誤，如今陛下竟把這文會中最重要的祭祀交由他協理，陛下這也太偏心了吧！」

「二哥在《徐子》一書的事件上雖惹惱了父皇，但右相與麗妃的收尾卻是做得無懈可擊。如今暢文苑已開園，二哥之前所造成的負面影響也幾乎消失殆盡，人總是會因眼前之利而忘記以前的錯誤，就算是父皇也不例外。」章昊霖笑道：「更何況父皇派二哥協理此事，恐怕也只是想看一看二哥心裡到底還有沒有什麼不該有的想法。」

祁安賢搖頭道：「皇室之中，果然權勢比父子親情要重要得多。」

「父子親情？」章昊霖嘲笑道：「你何時變得如此單純了？」

這頭章昊霖與祁安賢在暢文苑中嗤笑著父子親情，而另一頭的左相府中，卻是一家人和樂融融，詮釋了親情美好的一面。

今日一早，明德帝的聖旨便送達左相府中，舒辰瑜被任命為皇城軍統領，兩日後正式報到上任，一道送來的還有一套皇城軍統領的盔甲。

舒清淺回到府中時，在一院子的人裡並沒有看到二哥的身影，於是問舒夫人道：「娘，二哥呢？」

舒夫人笑意盈盈道：「妳爹帶他去祠堂了。如今辰瑜也有官職了，理應先去拜過祖先，他們已經進去好一會兒了，應該馬上就會出來。」

舒清淺看著她母親近幾日臉上從未消失過的笑容，笑道：「如今咱們家可是三喜臨門，是該好好拜拜祖宗。」

「可不是嘛。」舒夫人笑意更濃。「先是妳大嫂懷了雙生子，如今妳姊姊的婚事也八九不離十了，辰瑜也入了陛下的眼，在京中謀得一官半職，娘是真的高興啊！」

說話間，舒遠山和舒辰瑜已經從祠堂走出來。

舒遠山見舒清淺也在，便開口對她道：「清淺，妳這暢文苑弄得不錯。」得到了爹爹認可，舒清淺頗為得意道：「多謝爹爹，清淺早就說過不會讓您失望的。」

舒遠山點了點頭，對眾人道：「老夫還有些事情要處理，先去書房了。」

待舒遠山一離開，舒清淺便迫不及待地拉過舒辰瑜道：「二哥，你趕緊把這統領的衣服換上給我看看。」

一旁的舒夫人與舒菡萏亦點頭道：「對呀，趕緊換上瞧瞧。」

舒辰瑜在眾人期待的目光中，無可奈何地進屋換衣服。片刻，他便換上一身盔甲，緩緩地走了出來。

舒夫人忙拉過小兒子上下打量，滿意道：「真不愧是我兒子，瞧瞧這氣派！」

舒清淺亦忍不住讚嘆道：「二哥，你這一身也太好看了，真威風！」

在院中圍觀的丫鬟們，也都露出驚嘆的表情。

舒辰瑜被眾人鬧得有些不好意思。「這衣裳是次要，陛下既命我任這統領一職，那麼將皇城中的秩序維持好，讓京中百姓皆能安居樂業，那才是最重要的。」

「二弟說得有理。」舒辰瑾扶著梁問雪走進院子，恰好聽到舒辰瑜的話，於是開口認同道。走進院子後，舒辰瑾乍一瞧見舒辰瑜這一身衣裳，亦讚道：「二弟果然十分適合這一身行頭。」

梁問雪亦道：「這大喜的日子，我去吩咐廚房中午多添幾個菜，咱們一家人好好為辰瑜慶祝、慶祝。」

原本舒辰瑜是定在兩日之後上任，但因即將到來的祭祀大典，與已經陸續進京的各地使臣，舒辰瑜並沒有太多的時間準備，次日便走馬上任了。

宮中，章昊霖向皇后問過安出來後，便被安樂公主攔了下來。

「三哥。」在鳳臨宮通往宮外的那條路上，安樂公主顯然已等候多時了，一見到章昊霖的身影便迫不及待地招手喚道。

章昊霖見安樂公主這副急匆匆的模樣，伸手為她扶了扶頭上歪掉的珠釵，道：「在這宮中也不知道穩重一些。找三哥何事？」

安樂公主露出祈求的目光道：「三哥，還有兩日便是柳葉節了，那一日三哥可以帶靈曦出宮嗎？」

安樂公主口中的柳葉節，並非自古流傳下來的節日，而是源於民間的一個傳說。

傳說中曾有一女子名叫柳葉，從小無父無母，身世淒慘，但她卻天生長得一副好樣貌，且心靈手巧，編出來的花燈比旁人家的都要好看。柳葉靠著賣花燈，一直長到了十八歲，身材、樣貌那是出落得一日比一日動人。

後來柳葉在賣花燈時被一惡霸看中，強搶了去，就在柳葉無法脫身、準備自盡之時，幸得一路過的俠客出手相救，之後柳葉便與那俠客情投意合，共結了連理。

就在柳葉與俠客如膠似漆、相濡以沫之時，那俠客卻被一直懷恨在心的惡霸算計了去，被人扔進湖底。柳葉得知此消息後，痛不欲生，本欲抱石投湖，與那俠客一道殉情，誰料卻發現自己早已懷有身孕。

為了腹中胎兒，柳葉只能獨自苟活於世，但她因思念俠客，每夜都會點上百盞花燈浮於湖上。就這樣，在三個月過後的七夕節那一日，柳葉突然消失了，沒有人知道柳葉去了何處。後來，有人道七夕那晚，見到俠客踩著萬盞花燈踏湖而來，攜柳葉一道離去，那身形簡直有如仙人一般。

此後，每年七夕前三個月的這一日，眾人便將其命名為「柳葉節」。傳言這一日未婚嫁的男女只須將自己與心上人的名字，寫在一片柳葉之上，並放於花燈中隨著水流漂去，待三個月之後的七夕，便能與心上人互通情意，雙宿雙飛。

如今這柳葉節除了這一層意義外，也成了少男少女們出門遊樂、賞花燈的節日。

章昊霖自上次知曉安樂公主是因顧忌皇后，而一直不敢多提出宮之事後，便一直對她頗為心疼。如今安樂公主主動請求他帶她出宮，他自是不會拒絕，於是道：「三哥明日向母后請安時，便和母后說此事。」

聞言，安樂公主立刻高興地道：「多謝三哥！」

章昊霖看著安樂公主喜不自禁的模樣，心情也跟著好了起來，道：「以後妳若是想要出宮，便來和三哥說。母后那邊三哥會替妳解決，不必委屈了自己。」

由於這幾日入京的使臣逐日增多，因此暢文苑臨時開放了北院，供眾人在此舉辦聚會、活動，園中近來極為熱鬧。

章昊霖回到府中後，近來經常在暢文苑幫忙的蕭管家前來奉茶，並道：「老奴今日在暢文苑中，似乎看到了幾名二皇子府中的門客。」

章昊霖知道老蕭不會無緣無故提及此事，微微皺眉道：「你擔心那些門客是衝著蕭簡去的？」

「這一點老奴不敢妄言，但老奴離開時，確實看到那幾名門客跟著蕭簡公子一行人在一塊兒。」蕭管家繼續道：「老奴已叮囑過蕭簡公子身邊的小安子了，若有人私下聯繫蕭簡公子，小安子會來告知老奴。」

章昊霖點頭道：「看好蕭簡。」

蕭管家點頭應「是」，奉完茶後，便先行退下。

待蕭管家離去後，章昊霖在書桌前坐下，伸手取過紙筆，將此事與另一件事一道修書裝入信封後，方喚了石印進來，將封好的信封遞給石印，吩咐道：「將此信速送至西南王府給我外祖。」

石印接過信封後，便去到後院，吹了聲口哨後，一隻海東青穩穩地落在他的肩頭。這隻海東青是數年前章昊霖從西南王府帶來，訓練過後專門用於與西南那邊送信的。

石印將信封綁在海東青腿上，又伸手在海東青的腦袋上摸了兩下，那隻大鳥便如離弦的箭一般衝進了雲霄。以海東青的速度，這封信最多晚膳時分便能送達西南王手中。

西南王府中。西南王雖已年近八旬，卻依舊精神奕奕，與花甲之人站在一起也毫不遜色。

西南王除了當年遠嫁宮中、年輕早夭的女兒蕭玲之外，膝下還有兩子，正是現在西南王府中的蕭毅與蕭宇。

西南王的三位子女都是極為孝順的，除去早已逝世的蕭玲不說，蕭毅與蕭宇只要人在府中，每日用膳時，定當前來陪同西南王一道用膳，這個習慣已保持了數十年。

晚膳後，丫鬟為三人送來茶水漱口，蕭毅看向蕭宇道：「簡兒今日也該抵達京城了。」

蕭宇點頭道：「想必過幾日便能收到從京中來的消息了。」蕭宇又道：「算著時間，等簡兒從京中回來時，便正好是父親的壽辰了。」

蕭毅邊喝茶邊道：「今年乃父親整壽之年，昊霖與靈曦也會前來賀壽，倒是許久未見到他倆了。」

聞及此，一直在上位閉目養神的西南王瞬間睜開了眼睛，道：「到時記得讓人將玲兒以前的院子收拾乾淨。」

西南王素來是最寵愛蕭玲這個女兒的，當年女兒早逝後，他恨不得將章昊霖與章靈曦這兩個外孫接到西南來親自撫養，無奈生在天家，很多事情並不能受自己控制。即便如此，他還是冒著遭明德帝忌憚的風險，費了不少心力在京城中、甚至皇宮內安排了諸多暗線，以護兩人的安全。

蕭毅道：「父親您放心，玲兒的院子雖空置著，但一直都有專人打理，隨時都能住人。」

三人說話間，外面有一護衛進來，朝西南王與二位老爺行禮後，將手中的一封書信遞給西南王，道：「王爺，剛剛收到的書信，是京中的三殿下傳來的。」

西南王接過信，笑道：「正說到他呢，這信便來了。」說著示意護衛退下後，便拆開信封，取出信件細細讀閱。

看完信後，西南王沒說話，只是陷入了沈思，倒是一旁的蕭毅與蕭宇有些急切地詢問道：「父親，可是出了什麼事？」

西南王沒多說什麼，只是將信件遞給他們二人。

章昊霖在信中其實並沒有說太多私事，只是將前段時間《徐子》一書的事件告知西南王；又簡單提及了二皇子拉攏使臣之心；最後說道今年定會帶著靈曦，來西南為外祖父賀壽。

兄弟二人看完書信後，反應不一。蕭毅道：「昊霖雖未明說，但這二皇子之心已是昭然若揭了。」

蕭宇則是頗為擔心地道：「簡兒行事素來欠缺考慮，不知如今在京中如何了？」

蕭毅見弟弟憂心的模樣，開口道：「京中有昊霖注意著，應該不會出什麼事端的。你過會兒再寫封信給簡兒提點一下，讓他切莫被人利用了去。」

一旁自看完信後便未再開口的西南王，此時心中倒是沒有太為蕭簡之事擔心，左右有其親爹去指點，西南王反倒在想著另一件事。

昊霖在信中多次提及一個名字——舒清淺，還特意將這舒清淺的身世背景一一交代個清楚。這舒清淺確實與昊霖所說的兩件事都有關係，在信中屢屢被提及也屬正常，外人自是看不出端倪，但憑藉著對自家外孫的瞭解，西南王卻是看出了其他意思。

西南王開口對正要回去給蕭簡寫信的蕭宇道：「你與簡兒說，讓他在祭祀大典過後稟明陛下，就道本王聽聞暢文苑園主之名，甚為欣賞，想要邀請她來西南，為我西南孩童開辦書院。」

「暢文苑園主？」蕭宇一時有些不解，不知父親怎麼會突然扯到這件事情上，但一看到父親不容置疑的神情，隨即應承道：「兒子知道了。」

第二十四章　打扮

京中，蕭簡一行人入住的是太子命人為各地使臣安排的院子。

由於昨日在暢文苑中，二皇子的門客前來相邀，因而次日上午，蕭簡將自己打理妥當後，便欲出門去二皇子府上赴約。不料卻在出門前被一隨從攔住，那人遞過一封書信道：「公子，從西南來的急件，您要不要先看看？」

蕭簡接過信封，見封口處紅漆上所印的標誌，確是西南王府平日裡有急事時方會用上的圖案，於是不敢遲疑，急忙轉身進屋，打算先看信。

這封信正是他父親親筆所書。蕭簡看完信後，被驚得一身冷汗，暗自慶幸自己尚未前往二皇子府，也不及多想書信最後提到的舒清淺之事，蕭簡喚來護衛道：「你差人去二皇子府送個口信，就道本公子因水土不服病了，今日實在是起不了身去赴約，還望二皇子海涵。」

他雖有些心眼，也是個愛出風頭的，但在大事面前還算拎得清。尤其這件事弄不好的話，還得搭上整個西南王府，蕭簡自是不敢再輕舉妄動。

那護衛領命離開後，蕭簡又找來隨行的大夫，吩咐道：「去京中最大的藥鋪配幾服治療水土不服的藥，有人問起的話，便道本公子因水土不服病了，你是去替本公子抓藥的。」

待一切辦妥後，蕭簡方安心一些，默默地回到房中裝病。

二皇子府中，章昊瑄得到蕭簡的口信之後，面色頗為不悅。「早不病、晚不病，偏偏現在病了，昨天看他不還是活蹦亂跳的嗎？」

一旁的門客忙寬慰道：「殿下，西南與京城相距甚遠，飲食、地貌皆大不相同，會水土不服也是正常。」

昨日出面邀請蕭簡的另一門客亦附和道：「在下剛剛打聽到，西南王府隨行的大夫確實一早便去藥鋪中抓了許多治療水土不服的藥材。那蕭簡怕是真病了，否則也不敢不來赴殿下之約。」

章昊瑄冷哼道：「罷了，左右那蕭簡在西南王府中也是個說不上話的，本皇子懶得在這種人身上多費心力。」說到這兒，章昊瑄話鋒一轉，問道：「盛言風那邊可有回話？」

兩門客對視了一眼，最後其中一人開口答道：「晉王回話說，在陛下召見之前不敢先來叨擾二殿下，等陛下召見過後，他定當親自前來二殿下府上拜訪。」

「好一個不敢叨擾！」章昊瑄目光陰鷙。「本皇子就不信若是太子的邀請，他還會不敢叨擾。」一說到太子，章昊瑄的火氣便更大了，狠狠地將一旁的茶杯砸在地上。

兩名門客面面相覷，誰都不敢再說話。

鳳臨宮外，安樂公主正一臉迫切地焦急等待著她三哥。

章昊霖答應她今日會去與皇后娘娘說，看能否允她明日柳葉節出宮遊玩的，不知現在裡面情況如何了？

安樂公主隨手揪過一朵花，待那花差不多快被她揪禿了的時候，章昊霖終於從鳳臨宮中走了出來。安樂公主丟下花，趕緊迎上前詢問道：「三哥，母后怎麼說？」

章昊霖笑道：「三哥答應妳的事，什麼時候失信過？」

安樂公主高興地道：「母后同意了？多謝三哥！」

章昊霖道：「三哥已經與母后說過了，省得明天趕早，妳今日便先去三哥府上住著。」

「太好了！」安樂公主拉著章昊霖，便朝自己的寢宮走去。「靈曦這就去收拾衣裳，同三哥一道出宮。」

由於這幾日各地使臣已陸續進京，再加上想要藉此機會來這皇城底下賺銀子的各地商人，今年的柳葉節注定會比往年更熱鬧。

今日是柳葉節，暢文苑裡也設下了諸多有趣的活動，所以舒清淺一早便起來了，準備去暢文苑湊湊熱鬧。

舒清淺換上碧瑤為她準備好的鵝黃色襦裙後，目光掃到了銅鏡前的一只首飾匣子。她伸手打開木匣子，看著裡面別致的玉釵，她猶豫了一下，又重新從櫃子裡取出了一套齊胸襦裙換上。上身衣物是白色的薄紗質地，裙裝是素雅嬌俏的粉色紗裙，領口與胸襟處則是繡著精美花紋的錦緞，換上這樣一身衣裙之後，她整個人顯得飄逸出塵。

舒清淺坐在銅鏡前細細地描眉上妝，又取過木匣中桃花形狀的粉玉步搖與耳墜子戴上。她平日裡很少會如此細緻地打扮自己，如今這一打扮下來，竟是格外漂亮。舒清淺看著鏡中的自己，又伸手在唇上點上淡淡的口脂，她微微彎起唇角，這才滿意地起身去尋舒菡萏一道出門。

往年的柳葉節上，舒菡萏是不怎麼喜歡出門湊熱鬧的，但今年卻不同，已經有了意中人的舒菡萏似乎也對這柳葉節多了幾分興趣。許是想到今日會見到蔣尚文，舒菡萏亦仔細妝扮過，本就被譽為「京城第一美人」的舒菡萏，現在更是美得不可方物。

舒清淺一見到舒菡萏，便忍不住讚道：「姊姊今日好漂亮。」

「妳才是叫人驚豔呢！」舒菡萏看著難得花工夫打扮自己的小妹，不禁笑道：「我早就說過妳若是每日多花些時間打扮一下，定會比我好看，瞧瞧妳現在這模樣，我都快要移不開眼了。」

一旁的碧月也點頭贊同道：「二小姐與大小姐若是往街上一站，不知要惹得多少人駐足呢！」

舒清淺上前挽過舒菡萏的手臂，笑道：「難得我今日這麼用心地打扮，咱們趕緊出門走一圈吧，否則真浪費了這妝容。」

舒菡萏忍不住掩嘴輕笑。「妳這話說得倒是實在，說得好像不出門，待在家就可以穿個破衣爛衫似的。」

姊妹倆有說有笑地出了門，上了馬車，直接前往暢文苑。

暢文苑中今日自是十分熱鬧。當舒菡萏與舒清淺兩姊妹一起出現時，果真如碧月所言，惹來了不少或驚豔、或羨慕的目光，甚至有人感嘆道：「一直道舒大小姐乃天仙之姿，如今看來，這舒家二位小姐皆是傾國之貌、傾世之才啊！」

舒菡萏與舒清淺雖然注意到了眾人的目光，但兩人都十分淡定地走過人群，來到主院中舒清淺的院子。

院子內早已有一人坐在石桌前喝茶，那人聽見有人進來，轉身回頭，目光落在舒菡萏身上時，便再也轉不開了。

舒菡萏朝他笑了笑，問道：「你怎麼這麼早就來了？」那人正是蔣尚文。

蔣尚文像個情竇初開的少年郎那般，看著舒菡萏比起往日更加美麗的容顏，竟有些癡傻，愣愣地沒反應。

舒清淺見寧國侯世子完全沒發現自己的存在，於是小聲地對姊姊道：「姊姊，我就不打擾你倆了，我先出去看看。」說罷，也不待舒菡萏回話，便笑著離開了院子。

待舒清淺離開後，蔣尚文方回過神來，低頭想要用喝茶來掩飾自己剛剛的失態，卻又因喝得過於急切而嗆得咳嗽。

舒菡萏上前輕輕為他拍了拍後背，故意道：「今日怎麼變得這般傻了？」

蔣尚文嗅到舒菡萏身上慣有的淡香，耳朵緋紅，實話說道：「妳今日真漂亮，剛剛還以為見到了仙女下凡。」

舒菡萏取出帕子，為蔣尚文輕輕擦拭被茶水弄濕的衣裳。「我以前怎麼不知你竟是如此巧舌之人？」

蔣尚文忙解釋道：「我說的是實話。」卻在目光看到舒菡萏眼底的笑意時，方反應了過來，自嘲道：「我自問平日裡還算是個機敏之人，怎麼每次一見到妳，就如同個傻子一般了？」

舒菡萏笑道：「傻子有什麼不好的，我就是喜歡你在我面前呆呆傻傻的模樣。」

聞言，蔣尚文忍不住握住舒菡萏的手，道：「真希望秋日能早些到來。」這幾日寧國侯府與左相府已將他二人的婚期商定下來，定在了今年秋天。

舒菡萏笑道：「與往後的日子相比，這幾月的時間很快就會過去了。」

蔣尚文點點頭道：「道理我都明白，但就是想要時刻都和妳在一起。」

這邊院子裡正濃情密意、花前月下，那邊院子外，舒清淺剛好碰到了路過的李夫人。

李夫人見到舒清淺這標致的模樣，忍不住讚道：「小姐今日這模樣真是俊俏。」

舒清淺害羞道：「夫人就別取笑清淺了。」

「這哪裡是取笑呢！」李夫人笑道：「對了，今日一早三殿下便帶著安樂公主過來了，安樂公主讓老婦見到小姐時，要告訴小姐一聲，公主就在北院的戲臺子那邊等小姐。」

舒清淺點頭道：「我這就去尋他們。」

李夫人又道：「那老婦就先告辭了，今日這園子裡還真是挺忙的。」

李夫人走後，舒清淺便來到北院戲臺子這邊尋安樂公主。還未走近，她就聽到了戲臺子處傳來陣陣叫好聲。前些天聽何先生說起過，今日這戲班子是從南洋來的，各個都身懷絕技，最近在京城中受歡迎得不得了。

舒清淺隔著人群，一眼就瞧見坐在亭中觀看的安樂公主與章昊霖，於是直接走了過去。尚未走進亭子，她便看到安樂公主給前來要賞銀的小孩盤中放了一大塊銀錠子，舒清淺不禁笑道：「公主出手還真是闊綽。」

安樂公主看到舒清淺後，開心地笑道：「清淺，妳今天可真漂亮。」

舒清淺無奈道：「這話我一早上已經聽過無數遍，現在終於明白為何京中的胭脂水粉鋪子生意這般好了。」

「愛美之心，人皆有之。」安樂公主道：「妳可知道宮中的妃嬪們，每次出門要花多長時間梳妝打扮嗎？可能花上一、兩個時辰，就為了那出門的一盞茶工夫。」

舒清淺不以為然道：「咱們尋常百姓自是不能與宮中貴人相比的。」

「可其中的道理卻是一樣的。」安樂公主想要為自己找支持者，於是轉頭看向章昊霖道：「三哥，你說對不對？」

剛剛舒清淺進來之時，章昊霖著實被驚豔到了。在他的印象中，舒清淺一直是一個清秀的小姑娘，他也從未仔細注意過舒清淺的樣貌，只知道她的長相應該算是不錯的。然而今日突然看到面前這個妝容精緻、錦衣華服的女子，就連章昊霖這種向來不是很在意外貌之人，亦真真切切地意識到，舒清淺是真的很美。

章昊霖點頭。「妳今日確實比往日還要漂亮許多。」

他說這話時一本正經的模樣，讓舒清淺的臉微微發紅，她趕緊轉頭看向安樂公主，轉移話題道：「靈曦，妳還是第一次來暢文苑，可曾去這園子裡的其他地方逛過了？」

安樂公主搖頭道：「除了看過文墨堂之外，便沒去過其他地方了。我一進園就聽說這邊有戲班子，便直接讓三哥帶我過來了。」

舒清淺笑道：「今日除了這北院有活動，西院中還設了燈謎會與螃蟹宴，妳要不要去看看？」

「好呀！」安樂公主頗為感興趣地道：「我今日要先把妳這園子逛個遍，然後再去外面的街市上逛逛。」

「白日裡，咱們可以就在這園子裡玩一玩。」舒清淺道：「等天黑了之後，咱們再去外面遊船、看花燈、趕夜市，這柳葉節向來是晚上比白天還要熱鬧的。」

「嗯。」安樂公主興奮地點頭道：「全聽清淺妳的安排。」

章昊霖見二人準備去西院，便道：「靈曦，妳與舒二小姐先在這園子裡玩著，等什麼時候要去外面街市時，三哥再過來陪著妳們一道去。」

安樂公主點頭道：「三哥去忙吧，我與清淺在一起，定不會出什麼事的。」

舒清淺知道章昊霖不大放心安樂公主，於是也開口道：「在園子裡不會有什麼事的，之後準備去外面的時候，我會讓人去尋殿下一起的。」

章昊霖點了點頭。「那便有勞舒二小姐了。」

西院的朝輝樓上，安樂公主正興致盎然地看著樓下。「我以前總聽母后說起這座樓，母后說在這閣樓的四面，能看到四季不同之景。」

安樂公主邊說邊走，最後停在了某處，道：「應該就是這兒了。」

舒清淺好奇地走了過去。「這兒怎麼了？」

安樂公主問舒清淺道：「妳可知這樓為何名為『朝輝』？」

舒清淺搖頭。「為何？」

安樂公主示意舒清淺站到自己剛剛的位置，指著遠處的一排鏤空柱子道：「清淺，妳下次早晨的時候再過來看，從這個角度看過去，會發現日光正好能穿過那一排柱子上的小孔，形成一道直線。」

「這麼厲害？」舒清淺瞧著那一排看上去並不特殊的柱子，頗有幾分難以置信。

安樂公主點頭道：「母后說這可是出自高人之手，特意設計的。」

舒清淺再次看向那排柱子，道：「如此，我下回定要過來看一看。」

二人說話間，樓下不遠處走過一行人，為首的是一個看上去頗為風雅的白衣男子。安樂公主正好低頭看向下方，當她的目光落在那白衣男子身上，一時間有些發愣。

舒清淺見狀，問道：「靈曦，怎麼了？」

安樂公主開口道：「清淺，妳可知那是何人？」

舒清淺順著安樂公主的目光看去，搖頭道：「看著有些陌生，應該不是京城人士，否則以這人的風采，定會是貴女、小姐們口中常談之人。」舒清淺見安樂公主疑惑的模樣，不禁問道：「妳認識他？」

安樂公主笑了笑，道：「只是看著有些面善，以為是認識的，不過現在想來，應該是我看錯了。」說完，安樂公主便收回了目光。「清淺，咱們去猜燈謎那兒瞧瞧去？」

舒清淺點頭，與安樂公主一起下了閣樓。

再說樓下那白衣男子，似是感覺到有目光落在自己身上，他循著感覺抬頭望去，卻只見一抹衣角消失在欄杆處。

「殿下，怎麼了？」身後的貼身侍衛見自己的主子突然停下腳步，便也抬頭看去，卻並未看到什麼異常，於是開口詢問道。

那白衣男子正是來京參加祭祀大典的晉王盛言風，他再次抬眼看了一下那處空空如也的閣樓後，朝侍衛擺擺手道：「沒事，走吧。」

第二十五章 紅繩

西院的燈謎會很是熱鬧，不過由於進暢文苑玩樂的女子幾乎全是京中的貴女、小姐們，而這些人大多都認識安樂公主，所以公主每走幾步，便會有人上前行禮、打招呼。一小圈走下來之後，安樂公主實在是有些不耐煩，便匆匆拉著舒清淺離開了西院。

安樂公主邊走邊與舒清淺抱怨道：「真不知道人這麼多，她們是怎麼看到我的。」

舒清淺笑道：「妳是公主，受眾人矚目也是正常。」

聞言，安樂公主露出一個意味不明的笑容道：「清淺，妳可有發現，那些文人才子全都看妳看呆了。」

舒清淺佯怒道：「好啊，妳竟取笑我。」

安樂公主笑著跑開，一邊回頭繼續調侃舒清淺道：「剛剛那個坐在樹下的青衫書生，不小心與妳對上一眼後，可是慌得連手邊的茶杯都打翻了。」

舒清淺追上去，想要摀住安樂公主的嘴，不讓她繼續胡說，安樂公主連忙小跑著躲開，兩人就這樣如小女孩般嬉笑、追逐了起來。

安樂公主邊跑還邊回頭朝舒清淺扮鬼臉，不料卻在回身的瞬間，一個躲閃不及，撞上一個端著水盆走過來的小丫鬟，一盆子水全都潑在了安樂公主的身上。

那小丫鬟見衝撞了貴人，嚇得臉色慘白，趕緊跪下告罪。

舒清淺見狀，皺眉問道：「妳好好的端著這一大盆子水做什麼？」

那小丫鬟都快哭出來了，帶著哭腔回道：「幾個小姐被墨汁沾了手，讓奴婢打盆水去給她們淨手，奴婢真不是有意的。」

安樂公主是個好說話的，揮手道：「是我自己不小心的，不怪妳，妳下去吧。」

那小丫鬟聞言，忙一邊道謝，一邊撿起水盆離去。

舒清淺看著安樂公主全身濕透的模樣，一時有些想笑，卻又有些擔憂道：「讓妳鬧！現在可好，衣裳都濕透了。」

安樂公主倒是樂觀。「清淺，咱倆身形相差無幾，妳可有乾淨的衣服放在這園子裡，借我換上不就好啦。」

舒清淺朝左右看了看，道：「主院中我的那間屋子裡倒是放了一套衣裙，可這邊離主院有些距離，而且要去主院還得經過不少人多的地方，妳這模樣可不能見人。」安樂公主今日身上穿的也是一件薄紗質地的裙子，如今被水打濕了，玉肌若隱若現。

舒清淺想了想，道：「只能讓丫鬟去主院將那衣裳拿過來換了。」

安樂公主點頭同意，不過剛剛她倆為了避開人群，來到這處沒什麼人會經過的地方，舒清淺不禁有些懊惱。「早知道剛剛應該將那丫鬟留下的。」

安樂公主倒是不急。「總會有人來的。」說完便安心地在一旁的石凳上坐了下來。

舒清淺無奈。「妳全身都濕透了，若不趕緊換上乾淨的衣裳，染上風寒可不好。」

說話間，不遠處有腳步聲傳來，安樂公主笑著道：「妳看，這不就有人來了。」

不過待腳步聲走近後，安樂公主急急忙忙地躲在舒清淺身後，因為來人不是丫鬟，而是剛剛在朝輝樓上看到的白衣男子一行人。

面對著陌生男子，安樂公主這略顯狼狽的模樣自是有些尷尬的。

盛言風顯然也注意到了安樂公主的窘境，於是揮揮手，示意身後的隨從都不要靠近，他隻身走向舒清淺與安樂公主，開口詢問道：「兩位小姐可是需要幫忙？」

舒清淺見此人舉止有禮且得體，想必也是大戶人家的公子，於是開口道：「小女子的妹妹不小心打濕了衣裳，需要換一件乾淨的，不知公子可否幫忙找個園中的丫鬟過來？」

盛言風的目光落在舒清淺身後的安樂公主身上，而安樂公主整個人躲在舒清淺身後，只露出了一雙亮亮的大眼睛與他對視。

盛言風收回目光道：「在下剛剛一路過來，發現此處的丫鬟似乎不多。」他想了想後，將自己身上白色大氅脫下來，遞給舒清淺道：「小姐先讓妳妹妹披上這大氅，免得著涼，在下這就讓人去尋丫鬟過來。」說完，便揮手讓遠處的隨從去找丫鬟。

舒清淺確實擔心安樂公主著涼，也沒多想，接過那件大氅便遞給身後的安樂公主披上。那男子的身形比安樂公主高出不少，大氅正好可以將安樂公主從頭裹到腳。

披好大氅後，安樂公主方從舒清淺身後探出身子，笑咪咪地看向盛言風道：「多謝。」

盛言風溫和地笑了笑，道：「舉手之勞，不必言謝。」

安樂公主的目光停留在盛言風臉上，眨了眨眼，問他道：「你叫什麼名字？」

盛言風看著安樂公主，回道：「盛言風。」

「盛言風……」安樂公主默默地唸了一遍這個名字，確定自己認識的人之中並沒有叫這個名字的。

倒是一旁的舒清淺覺得這個名字有些耳熟，不過一時間也想不起來是誰，只以為是某個頗有名氣的文人才子。

「阿嚏——」盛言風正欲開口說些什麼，卻被安樂公主一個噴嚏打斷。

舒清淺抬頭看了看遠處，估摸著等找到丫鬟過來，再去主院取來衣裳換上，這一來一回不知得耗去多久時間，於是便開口道：「公子，不知可否冒昧借公子這大氅一用，待小女子的妹妹去主院那邊換好衣裳，小女子再讓人把大氅洗乾淨了還給公子。」

盛言風點頭道：「小姐請自便。」

於是舒清淺便有些急切地帶著安樂公主朝主院走去。

安樂公主走了挺遠，卻還是忍不住回頭看了盛言風一眼，這人給她的感覺真的很熟悉。

盛言風站在原地，看著安樂公主與舒清淺離開的背影，嘴角挑起一抹好看的笑容。

十幾年前，也有過這樣一個小女孩站在自己面前，眨著眼睛問自己。「我叫靈曦，你叫什麼名字？」

主院內，舒清淺取來乾淨的衣物給安樂公主換上。

安樂公主換好衣裳後，也不說話，只是托著下巴，直勾勾地盯著那件白色大氅發愣。

舒清淺叫來丫鬟，將安樂公主濕掉的衣物拿去清洗，並對安樂公主道：「今日天氣不錯，妳晚上回宮時應該就能換上原來的衣裳了。」她的目光掃到那件白色大氅，又道：「對了，這件也得洗一下，過會兒好還給人家。」

見安樂公主點了點頭，舒清淺便讓丫鬟將那件白色大氅也一起拿了出去。

一切處理完畢後，舒清淺伸手為安樂公主倒了一杯熱茶，道：「那盛言風倒真是個頗有風度之人。」

安樂公主思索了一會兒，喃喃道：「不知他是何方人士？我總覺得見過他。」

舒清淺笑道：「這種翩翩公子大都是一個類型，許是妳以前在宮中的宴會上見過差不多的人，否則依盛言風這樣的相貌與氣度，見過之後定會有很深的印象。」

「也是，他長得這麼好看，我若是真見過，定不會不記得。」安樂公主喝著熱茶，覺得舒清淺說得有理，便也不再糾結，只道：「清淺，咱們什麼時候可以去逛逛外面的街市？」

舒清淺看了看時辰，道：「這樣吧，咱們先出去找家酒樓吃飯，吃完飯後天差不多也黑了，正好可以去看花燈。」

安樂公主點頭同意。「那我這就讓人去尋三哥，咱們一起出發。」

天色才剛剛暗下，街市上便陸續亮起了各式各樣的燈籠。

酒樓上，安樂公主看著樓下人來人往的熱鬧景色，已經有些迫不及待了。她的目光落在遠處的湖面上，頗為驚奇地拉過舒清淺道：「清淺，妳看那邊好漂亮！」

舒清淺順著安樂公主手指的方向看去，黑色的湖面被漂浮在水面上的花燈點綴著，燭光在水中倒映出點點光暈，河流兩旁的枝頭上也都掛上了紅色的燈籠，遠遠看過去，確實美得不似人間。

舒清淺解釋道：「那邊正有人在放花燈呢，妳等等也可以過去放一盞。」

「我也能放嗎？」安樂公主不確定地道：「這花燈不是要為心上人而放的嗎？」

「誰告訴妳的？」舒清淺失笑道：「雖然傳說中是為了心上人而放的，不過現在這花燈大多是許願、祈福之意。過會兒妳去瞧一瞧便知道了，除了年輕男女，還有不少上了年紀的人也一起在放花燈呢。」

安樂公主恍然，拍手道：「那我定要去放一盞。」

章昊霖見安樂公主急切的模樣，便放下酒盞，問對面的祁安賢道：「你要一起去嗎？」

祁安賢剛想搖頭，安樂公主便轉身道：「祁大哥也一起去看看嘛，難得這麼熱鬧。」

「既然靈曦開口了，我自是得一道去了。」祁安賢笑著起身。「那就走吧。」

一行四人下了樓，發現街市上的人潮比想像中還多，章昊霖擔心安樂公主被人群擠散，便召來兩名護衛跟著安樂公主，貼身保護。

安樂公主剛下樓就被一旁賣燈籠的給吸引住，她替自己與舒清淺一人買了一只燈籠提著，這才高高興興地朝前面走去。

河道旁比剛剛走過的街市都要熱鬧，幾乎人手一只點著蠟燭的小花燈，三三五五地結伴將花燈輕輕放置在水面上，然後再看著那承載著一個又一個美好願望的花燈，漸漸飄遠。

岸邊有不少賣花燈的攤位，安樂公主一到此處，便迫不及待地上前去挑選花燈了。

舒清淺對花燈並沒有多大興趣，倒是不遠處的拱橋下有一棵圍著不少人的桃樹，吸引了她的注意。見安樂公主這邊一時半會兒也挑不完，她便決定先去橋下看一看。

章昊霖對這種熱鬧吵雜的環境本就不大喜歡，只不過見靈曦高興，他也樂得作陪。一直站在人群外的他看到舒清淺朝另一個方向走去，轉頭看了看靈曦，只見祁安賢正陪著靈曦邊說笑、邊挑選著花燈，身後的兩個護衛也在，章昊霖略一思索，便隨著舒清淺走了過去。

舒清淺走近後，才發現桃樹上掛滿了紅色的絲線，再加上周圍燈籠火光的映照，所以從遠處看過來尤為好看。

她抬頭看了看這滿樹的紅繩與樹下的男男女女們，心中暗自感慨了一番，真是美好的景象，隨即便準備回安樂公主那邊去。

「妳在看什麼？」

身後突如其來的聲音，將舒清淺嚇了一跳，回頭見是章昊霖，她看著他笑道：「我來體驗一下何為良辰美景，賞心樂事。」

章昊霖看著舒清淺的笑容，一時有些恍惚，朦朧的光影將眼前人的面容映襯得有些不真實，那支桃花形狀的步搖搖晃著發出清脆的叮咚聲，與舒清淺身後隨風飄起的紅色絲線相映成趣。他一直知曉舒清淺愛笑，不過此刻她的笑容尤為美好，兩人對視了一會兒，章昊霖才開口道：「確實是良辰美景。」

舒清淺突然感到有些緊張，略顯狼狽地移開目光道：「你怎麼也過來了？」

章昊霖笑道：「靈曦那邊有安賢與護衛在，我見妳一人，怕妳走散，便跟著過來了。」

舒清淺剛欲開口說些什麼，突然一陣微風帶起一根沒有掛牢的紅色絲線，吹落到她的眼前，舒清淺下意識地伸手接住，發現這絲線是由兩條紅繩接起來的。

她正猶豫著要不要將紅繩重新掛回樹上去之時，一旁一位慈眉善目的老婆婆提著籃子，走上前問道：「小姐可需要荷包？」

舒清淺不解地道：「要荷包做什麼？」

那婆婆指著舒清淺手中的紅繩，笑咪咪地看了看她身旁的章昊霖道：「自是將這兩條紅繩各自裝進荷包內，與公子一人一個隨身帶著，方能永結同心、百年好合呀。」

舒清淺有些尷尬，下意識地想要開口解釋道：「我和他不是——」

那婆婆露出過來人的表情，笑道：「小姐生得這麼漂亮，這位公子又是如此器宇不凡，一看便是天生一對。」

舒清淺見這婆婆說得篤定，便也不再多說，只道：「多謝婆婆。既如此，我便買兩個荷包吧。」

「好。」那婆婆聞言高興地將籃子遞至舒清淺面前道：「小姐可以自己選花色。」

那婆婆賣出荷包後，又對著舒清淺與章昊霖說了幾句好話，這才樂呵呵地離開，繼續四處兜售荷包了。

舒清淺放下一直提在手中的燈籠，動手將那長長的紅繩解開，分別裝進兩個荷包之內。裝完之後，她看了看手中的小荷包，又看了看章昊霖，開口問道：「您要一個嗎？」

鑑於剛剛那賣荷包的老婆婆之言，即使章昊霖再遲鈍，如今也明白了這荷包與這紅繩之意，然而他看著舒清淺面色如常的表情，一時間又忍不住懷疑是不是自己想太多了。

不過未等章昊霖開口，舒清淺便又自言自語地道：「罷了，還是我自己留著吧。」她邊說邊將兩個小荷包一起收好。「反正以後會有人要的。」

章昊霖看著那兩個被收起的小荷包與嘟嘟囔囔的舒清淺，突然很想開口讓舒清淺將一個荷包給他。

舒清淺收好荷包後，提起腳邊的燈籠道：「走吧，靈曦應該已經選好花燈了。」說著便率先往前走去。

章昊霖急忙跟上，看著舒清淺的背影，他莫名感覺到舒清淺似乎在……生氣？

這邊舒清淺與章昊霖剛剛離開，那邊拱橋上便走下來兩人，俊男美女，正是舒菡萏與蔣尚文。

桃花樹前，舒菡萏仰頭看著那滿樹的紅繩，轉頭笑問蔣尚文道：「可要取一根？」

蔣尚文看著舒菡萏，笑著點頭道：「好。」說完便欲抬手拿紅繩。

舒菡萏攔住他道：「別這樣取。」她露出了幾分調皮的模樣，道：「咱們同時取，看看能不能取到同一根。」

蔣尚文看著舒菡萏這俏皮的模樣，只覺得心跳又加快了幾分，他點頭答應道：「都聽妳的。」

兩人同時伸手從這千萬根絲線中，捏住了兩個線頭。舒菡萏與蔣尚文相視一笑，隨後同時抬手，看著被扯出來的紅色絲線，舒菡萏露出少有的興奮。「尚文，竟然真是同一根。」

蔣尚文原本只是想著隨舒菡萏高興就好，完全沒指望真能拿到同一根紅繩，一時間也有些意外。他走近舒菡萏，用只有兩個人能聽到的聲音，小聲地道：「看來咱倆真是命中注定的一對。」

舒菡萏被這話鬧了一個大紅臉，伸手小心地將那結在一起的紅繩收起來。

一旁早已有不少人注意到他倆同時取紅繩的舉動，紛紛發出了不小的驚嘆聲。有人認出來他倆的身分，讚道：「這不是寧國侯世子與舒大小姐嗎？果真是佳偶天成！」

於是本就因暢文苑中那一賦、一畫而被人當作傳奇的蔣尚文與舒菡萏，再次為才子佳人間的美好故事增添上了新的一筆。

見被眾人圍觀，蔣尚文與舒菡茗不再多逗留，心情不錯地離開了這姻緣樹。

而後有諸對男女紛紛效仿他們的舉動，也想要能取下同一根紅繩，一時間這棵掛滿紅繩的桃樹再度熱鬧了起來。

第二十六章　故人

在賣花燈的攤位前，當舒清淺與章昊霖過去時，安樂公主挑了好幾盞花燈。

舒清淺看著安樂公主面前一排的花燈，笑道：「怎麼買了這麼多？」

安樂公主指了指所有人道：「我幫大家都選了一盞。」說著便拿起一盞粉色桃花狀的花燈，遞給舒清淺道：「這是替妳選的，是不是與妳今日的妝扮很相配？」

舒清淺接過花燈，笑道：「的確很配，謝謝。」

安樂公主又伸手給每人發了一片柳葉，那兩名護衛也都各拿到一片。「小販說要將願望寫在柳葉上，再置於花燈裡，然後點上蠟燭放到河面上，才會靈驗的。」說著便率先提起一旁的毛筆，在手中的柳葉上寫下一排小字。

舒清淺與其餘幾人見安樂公主認真的模樣，也紛紛在柳葉上寫下願望。

安樂公主先寫好了，她小心地護著花燈中點燃的蠟燭，走向不遠處河岸邊的臺階。

河岸邊的人很多，放花燈的、賞景的，還有追逐玩鬧的孩童。

安樂公主尋了個人少一些的臺階，蹲下身子，彎腰緩緩地將花燈放在水面上。看著花燈漸漸飄遠，融入其他各式各樣的花燈之中，她默默祈禱身邊的親人、朋友都能平安喜樂。

直至花燈漂向了遠方，再也看不清的時候，安樂公主方站直了身子。但許是一直蹲著的緣故，突然起身讓她感到有些暈眩，身子一時間失去平衡，就在安樂公主以為自己要跌入水中時，身後一雙有力的大手扶住了她。

安樂公主站穩後，方轉過身子，抬頭看向臺階上扶住自己的人，她驚訝地道：「又是你。」眼前這一襲白衣、玉樹臨風之人，正是白日裡遇見過的盛言風。

盛言風低頭看著臺階下的安樂公主，亦露出一個淺淺的笑容，道：「若不是在下剛好路過，恐怕妳又得換一身衣裳了。」

安樂公主略不好意思地吐了吐舌，巧笑道：「要是再弄濕衣裳，定然不會再有像你這樣的好心人，將自己的大氅借給我了。」

盛言風笑道：「所以妳下回可得小心一些了，不是每次在下都會剛好路過的。」

安樂公主提著裙襬，走上臺階，回道：「知道啦。今日這兩次都是意外，且都被你碰到了。」

「這也算是一種緣分。」盛言風問道：「怎麼只有妳一個人在放花燈？」

安樂公主指了指不遠處的攤位道：「其他人都還在那邊寫心願呢。」隨即看向盛言風道：「你可有放一盞花燈？」

盛言風搖頭笑道：「在下並非京中人士，不信這個。」

「既然來了，那便放一盞，管他什麼信不信的。」安樂公主見攤位前的幾人似乎都已經寫好了願望，於是朝盛言風擺了擺手道：「我得先過去找他們，今日真是謝謝你了。」

盛言風看著安樂公主跑開的背影，心情愉悅，他招手示意身後的隨從道：「去那邊買一盞花燈過來。」

柳葉節的夜晚，無數情思湧動在這大片的燭光之中，直至夜深，熱鬧的街市才漸漸歸於安靜，只留下河面上還漂浮著的盞盞花燈，在傾訴著眾人的希冀。

柳葉節過後，便是迎風月的祭祀大典了。各地使臣在太子的帶領下，祭拜天地神明，以祈求來年風調雨順，國泰民安。

祭祀大典過後，明德帝攜文武百官在宮中宴請各地使臣，皇后亦同各宮妃子、公主悉數到場。

安樂公主的位置在皇后下首、百官與使臣之上。從小到大，安樂公主對於此類宴會的應付方式便是不多看、不多言，維持端莊的儀態，保持得體的笑容，今天的這場宴會亦沒有太大的區別。

入座後，明德帝舉杯與眾人寒暄了幾句，便宣佈宴會開席。

安樂公主一般不大會去注意席下所坐的那些人，不過當發現某張熟悉的臉孔時，她不禁多看了兩眼。坐在使臣那處的，不正是身著玄色朝服的盛言風嗎？

許是場合不同的緣故，盛言風今日並不似前兩次安樂公主見到他時那般平易近人，俊朗的面容上不苟言笑，看上去甚至有些淡漠。旁邊偶有人與他敬酒、說話，盛言風也只是隨意地應上幾句，並未有太過熱情的回應。

安樂公主看著盛言風，思及自己遇到他的那兩次，盛言風似乎都是有禮而溫和的，言談舉止間，總能給人如沐春風的感覺。她不禁好奇現在這個淡漠的盛言風，與之前那個溫和的盛言風，到底哪一面才是這個人的本性？

就這樣，安樂公主竟不自覺地盯著盛言風發起呆來。

盛言風感受到上方有人在注視自己，抬頭看去，發現是安樂公主在盯著自己發呆，他便朝她露出一個笑容。

安樂公主被盛言風突然看過來的視線弄得一愣，像做壞事被抓包的小孩一樣，頗有些尷尬；但也只有一瞬間，她同樣朝盛言風露出一個好看的笑容，隨即便收回目光，不再看他，心中卻暗自嘀咕，果然還是笑起來的盛言風看得順眼。

宴席之後，還有不少助興節目，中途安樂公主以手上沾了髒汙、要出去洗手為由，出門透氣。大殿西側的小花園內，她伸手為自己揉揉胳膊和腿，要維持同樣的動作坐上一、兩個時辰，還是很累人的。

安樂公主本以為此刻這個地方應該沒有人，不料卻瞧見不遠處正有一人朝這邊走來，她連忙站直身子，免得失了儀態。待那人走近後，安樂公主方才放鬆下來，笑盈盈地看向來人道：「你怎麼也出來了？」

來人正是晉王盛言風。

盛言風無奈地看了看大殿的方向，道：「出來透透氣，裡面太悶了。」

安樂公主隨意地在一旁坐下，伸手揉了揉膝蓋，略帶抱怨道：「我也是被悶出來的。」隨即似是想到了什麼，帶有怨念地看向盛言風。「看你這樣子，怕是早就知曉我是誰了吧？卻還一直對我隱瞞你的身分。」

「當日公主只是問了我的名字，我可沒有隱瞞公主。」盛言風笑道，卻在看到安樂公主不滿的目光後立刻改口認錯。「好吧，是我不對，下次定然不會了。」

安樂公主看著眼前笑得毫無悔意的盛言風，依舊很不滿。「已經沒有下次了。」

見狀，盛言風無奈地道：「那公主想要我怎麼道歉？」

安樂公主只是盯著他不說話。

「好吧、好吧。」盛言風想了想後，道：「我明日便要離京了，不過我的封地離西南很近，想必過些時日，公主與三殿下便會去西南給西南王祝壽，屆時我再帶妳四處逛逛當作賠罪，如何？」

安樂公主看著盛言風誠懇的模樣，笑出了聲。「你可不許忘了。」

盛言風保證道：「定然不敢忘記。」

兩人也不敢在外面多待，安樂公主準備先行進殿，走了幾步後，她又忍不住回頭看向盛言風，問道：「咱們以前曾見過嗎？」

盛言風看著安樂公主，笑道：「等下次見面再告訴妳。」

安樂公主忍不住朝他扮了個大鬼臉，隨即轉身走進大殿。

祭祀大典過後，各地使臣次日便紛紛離京。

承陽宮外，章昊霖與蕭簡正在等候明德帝的召見，不一會兒，福全便出來宣二人進殿。

二人恭敬地朝明德帝行過禮後，明德帝方開口問蕭簡道：「過些日子就是西南王的壽辰了吧？」

蕭簡道：「回陛下，還有大半個月的時間。」

明德帝點了點頭，對章昊霖道：「今年既是西南王的八十大壽，你與靈曦便與西南使臣的隊伍一道前去為西南王祝壽，順道把朕的賞賜也一起帶上。」

章昊霖回道：「兒臣遵旨。」

蕭簡上前行禮道：「陛下，還有一事，微臣不知當不當說。」

明德帝揮手道：「有話直說便是。」

蕭簡道：「祖父聽聞京中暢文苑的美名，對暢文苑園主頗為讚賞，想要藉此機會請暢文苑園主與微臣一道前去西南，為西南孩童修建一座開蒙書院。」

明德帝笑道：「這事兒朕可做不了主，這暢文苑園主乃左相大人家的千金，若是左相大人同意，朕自然是樂見其成。」

蕭簡忙道：「微臣定當親自前去左相府拜訪。」

說完事情後，明德帝便示意兩人退下。

出了承陽宮，蕭簡對一旁的章昊霖道：「也不知祖父是怎麼想的，還特意讓我爹修書與我，提及這暢文苑園主一事。我西南人才濟濟，難不成還沒人會修書院了不成？」

始作俑者章昊霖聽著蕭簡的抱怨，淡定道：「外祖父既然這樣做，定是有他的用意。」又問道：「不知表兄準備何日離京？我好去通知靈曦準備、準備。」

蕭簡回道：「我一出宮便去左相府上拜訪，若無意外，明日即可動身啟程。」

左相府中，舒相聽著蕭簡的請求，雖心下疑惑西南王怎麼會突然注意到清淺了，卻又覺得這個請求並無不妥之處，再加上有三殿下與安樂公主同行，於是問過舒清淺的意思之後，當下就答應了蕭簡。

房間內，得到消息的舒清淺先是頗感意外，但隨即想起許久前那一晚，在暢文苑的觀月亭中，三皇子曾對她說過若有機會，便要帶她一道去西南看看，她心下不禁甚為欣喜。她本以為章昊霖只是隨口一說，畢竟想要帶她一個姑娘家去西南，並非易事，所以之後她也沒將此事掛在心上，誰料章昊霖竟一直記著這件事。

次日上午，西南使臣的車隊便浩浩蕩蕩地離開了京城，朝著西南方向前行而去。由於還拉著好幾車明德帝的賞賜與章昊霖給外祖父備下的壽禮，整個車隊的行進速度並不快。

出了城門後，車隊便一路駛上官道。章昊霖與蕭簡騎馬走在隊伍前面，舒清淺與安樂公主的馬車則是走在隊伍中間。

安樂公主與舒清淺本是一人一輛馬車的，不過舒清淺還未坐上馬車時，便被安樂公主拉到她的那一輛馬車上，並道：「我的馬車更加寬敞舒適，咱們坐一起還能說說話，反正出門在外，也不用守規矩。」

舒清淺並未反對，畢竟安樂公主說的都是事實。公主的馬車別說兩個人了，十個人都能坐得下，以長途跋涉來說，確實會舒適不少。

馬車內，舒清淺看著一路比自己還興奮的安樂公主，笑問：「妳怎麼比我這個第一次去西南的人還要興奮？」

聞言，安樂公主放下掀起車簾的手，怨道：「我雖不是第一次去西南，可我長這麼大，出宮的次數連十根手指都數得過來。」

舒清淺失笑。「這倒也是。」

約莫行進了半日的時間，車隊在一旁的驛站停下歇腳。

舒清淺下了馬車後，見章昊霖正坐在驛站內喝茶，便走了過去，在章昊霖對面空位上坐下，道：「靈曦在馬車裡睡著了，我見她確實有些疲累，便沒有叫醒她。」

章昊霖搖頭道：「以她那性子，定是昨晚又高興得一晚上沒睡。」

小二給舒清淺也倒了一碗茶，舒清淺端著茶碗喝了一大口，笑道：「這大碗茶還挺解渴的，過會兒靈曦醒了，讓她也來喝一些。」

章昊霖關心道：「車隊走得慢，按這速度的話，要抵達西南怕是還得有十天半個月的時間，妳若有任何不適，和我說便是。」

「說到這個……」舒清淺笑咪咪地看著章昊霖道：「我還沒感謝三殿下讓我也有機會一起去西南看看呢。」

章昊霖被舒清淺看得有些不好意思，移開目光，故作淡定道：「是外祖父修書給蕭簡，讓妳去幫忙建書院的，妳不必謝我。」

舒清淺撇了撇嘴，心中默默吐槽了一下眼前這個男人的心口不一，若沒有他從中使計，舒清淺還真不信西南王會莫名其妙地想讓自己去西南修什麼書院。不過心中吐槽歸吐槽，嘴上依舊說道：「好吧！那我便先謝過西南王，再感謝您吧。」

章昊霖看著舒清淺的表情，覺得自己應該說些什麼，話到嘴邊時，卻又突然不知該怎麼說了。似乎自柳葉節過後，他面對著舒清淺時，便經常會有這種感受。

蕭簡正好進來喝茶，見舒清淺也在，便熱情地關心道：「舒二小姐，馬車可還舒適？」

舒清淺點頭道：「多謝蕭公子關心，馬車很舒適。」

蕭簡點頭道：「舒二小姐若有什麼需要，千萬別客氣，儘管與蕭某說。」

舒清淺笑了笑，道：「這還是我第一次去西南，早就聽聞西南富庶，到時還得麻煩蕭公子指點、介紹呢。」

蕭簡笑得爽快。「好說、好說。」

一旁的章昊霖聽著這二人你一言、我一語地聊著西南風貌，他一言不發，只是低頭默默地喝茶。他以前怎不知蕭簡竟是如此好客之人？

一行人在驛站稍作休整過後，便繼續前行，雖不趕時間，但也得趕在天黑之前抵達客棧，才能落腳過夜。

舒清淺與安樂公主在馬車裡看看書、玩玩牌、聊聊天，倒也不無聊，遙遠的路程對兩名久居京中的姑娘來說，反倒覺得十分愜意。

外面天色已漸漸暗了下來，車隊終於再次停下，舒清淺與安樂公主一道下了馬車，活動一下胳膊和腿。

安樂公主抬頭看了看眼前這座並不算太大的客棧，道：「咱們今晚要住在這裡嗎？」

舒清淺回道：「天都快黑了，這一路上也沒看到鎮子，怕是只能在此處落腳了。」

安樂公主拉著舒清淺一道走進了客棧。「走，進去看看裡面怎麼樣。」

客棧內，掌櫃的正一臉無奈地看著蕭簡，歉然道：「真不好意思，咱們這間客棧昨日就被人給包下來了，實在沒空房了呀！」

蕭簡客氣地道：「客棧被包了，但房間不一定會住滿，煩勞掌櫃的去騰幾間房出來，銀子可以再加。」蕭簡看了看外面的天色，道：「這前不著村、後不著店的，今夜咱們定是要住在此處的。」

掌櫃的看著外面這浩浩蕩蕩的一群隨從與眼前這幾位衣著華貴之人，知曉他們定是身分貴重，只不過昨日包下客棧的那些人，也不像是普通人啊。

此時在客棧三樓，盛言風喚過隨從問道：「盛久，樓下怎麼如此吵鬧？」包下客棧的正是昨日離京的盛言風一行人。

盛久道：「屬下出去看看。」

片刻後，盛久回來稟報道：「殿下，樓下有人想要住一晚，瞧著像是西南王府的車隊。」

「西南王府？」盛言風聞言，似是想到了什麼。「你隨本王一道下去看看。」

第二十七章　往事

掌櫃的正準備上樓與盛言風商議、商議的時候，盛言風出現在了樓梯口。

安樂公主本正坐在桌前，百無聊賴地撐著腦袋發呆，卻一眼看到了從樓上下來的盛言風，她下意識地朝他揮了揮手，開口道：「盛言風，你怎麼也在這兒？」

安樂公主的話吸引了眾人的注意力，盛言風朝安樂公主點了點頭道：「公主，好巧。」

掌櫃的連忙對蕭簡道：「這位公子便是包下客棧之人。」

蕭簡聞言，不禁鬆了一口氣，朝盛言風抱了抱拳道：「原來是晉王殿下。」蕭簡與盛言風雖沒有什麼私交，但晉州與西南相鄰，兩家關係一直不錯。

「蕭公子、三殿下。」盛言風上前問二人道：「可是有什麼事？」

蕭簡回道：「今日我西南車隊途經此地，想要留宿，不料這客棧已經被晉王殿下包了下來。因有女眷同行，實在不方便連夜趕路，不知晉王殿下可否騰出幾間空房給咱們？」

盛言風自是很痛快地答應道：「沒問題。」

得了盛言風的答覆，掌櫃的立刻安排西南王府的車隊入住。原本客棧三樓只住了盛言風一人，安排過後，章昊霖、蕭簡、安樂公主與舒清淺都在三樓住了下來，而其餘隨從便都在二樓與一樓的空房內安頓了下來。

晚膳時，蕭簡邀請盛言風一道，盛言風本欲推辭，不過安樂公主卻開口道：「既然遇到了，那便是緣分，一起吃飯不是更熱鬧一些嗎？再說你還幫了咱們這麼一個大忙，就不要推辭了。」

於是盛言風便不再推辭，與西南王府的一行人坐在一桌。

蕭簡問道：「晉王殿下不是昨日便離京了嗎？怎麼今日還在此處？」

盛言風無奈道：「昨日一輛馬車壞在半道上，惹出不少麻煩，今日索性便留在此處，並請人過來將所有馬車檢修一遍，省得再生事端。」

安樂公主笑道：「那你這馬車壞得還挺是時候的，不然咱們也遇不到你了。」

安樂公主那日在宴會外與盛言風聊過之後，晚上回寢宮苦苦思索，終於模模糊糊地想起一些往事來。

那是在安樂公主四、五歲的時候，那日大概是明德帝在宮中設宴，很是熱鬧，當時老晉王帶著十歲不到的盛言風一道入宮。小時候的盛言風比現在調皮得多，趁老晉王不注意時，偷偷溜出宴席，在後花園處遇到了正在獨自玩耍的安樂公主。

那時安樂公主的母妃剛剛去世沒多久，她雖年幼，但依舊懵懵懂懂地知道了一些事情，所以那段時日的她尤為安靜，總喜歡一個人在母妃生前常帶她玩的後花園中玩耍。

盛言風誤入後花園，遇到了安樂公主，見她正蹲在地上拿小木棍戳泥巴玩，便跑上前去笑話她道：「妳一個姑娘家，怎麼在這兒玩泥巴呀？」

安樂公主其實是在學著母妃生前教她種花的樣子，正專心的時候，卻被這突然冒出來的小男孩一番嘲笑，她積壓許久的負面情緒突然爆發，扔下手中的小木棍，狠狠地將蹲在自己身後、毫無防備的盛言風推倒在地，然後便轉身不再理他。

盛言風坐在地上，一時有些懵，待反應過來自己居然被這丁點兒大的小女娃推倒後，他生氣地站起身，走到安樂公主身後想要找她打架，不料卻見到剛剛還惡狠狠推倒自己的小姑娘，現在正蹲在那邊哭鼻子。於是盛言風再次懵了，愣了好久，方手足無措地伸出手指戳了戳安樂公主道：「喂，我剛剛不是故意的。」

安樂公主繼續哭。

盛言風撓了撓頭。「好了、好了，我向妳道歉，雖然玩泥巴很幼稚，但我也不該笑妳玩泥巴的。」

安樂公主哭得更厲害了。

盛言風無奈地看了看四周，隨即跑向某處，很快又跑了回來，他的一隻手握成拳，伸到安樂公主面前道：「妳不哭了，我就給妳看個好玩的東西。」

安樂公主看了看盛言風伸在自己面前的手，又看了看盛言風，終於停住哭泣，帶著鼻音問道：「什麼東西？」

盛言風張開手，在他手心裡的是一隻大蟲子！

「啊！」安樂公主被嚇得一屁股坐在了地上。

一旁的盛言風還喜孜孜地獻寶道：「這隻蟋蟀大不大？我剛剛可一下就抓住牠了。」

下一秒，安樂公主生氣地從地上爬起來，在後花園中追著盛言風打個不停。

兩小孩追追打打也就熟悉了起來，盛言風在不知不覺中和安樂公主一起窩在後花園裡玩了一下午，等急瘋了的老晉王找到他時，他正和安樂公主一起趴在地上玩蛐蛐兒呢。

老晉王氣得伸手就要教訓亂跑的盛言風，一旁的安樂公主見狀，頗為英勇地站出來道：「是我拉著他陪我玩的，不許打他！」

聞言，老晉王抬起的手終是沒有落下，雖然出宮後盛言風還是免不了被一頓責罰，但安樂公主頂著一張小花臉、擋在自己身前的樣子，卻在盛言風的腦海中留下了深刻的記憶。

之後老晉王便不怎麼帶盛言風來皇宮參加宮宴了，安樂公主對盛言風的記憶，漸漸地也越來越模糊，再加上盛言風現在的性格與小時候實在相差太多，才導致安樂公主一時半會兒想不起來這人是誰。

幾人吃完飯後，便都起身上樓休息，趕了一整天的路，眾人皆是一身疲憊。

店小二給樓上的各位貴客燒好熱水並奉上熱茶，便也去休息了。

夜已深，靜得只能聽到後院牆角處的蟋蟀聲，一輪圓月高懸在空中，將夜色渲染得有些迷人。許是因為白日裡在馬車中睡多了，安樂公主躺在床上輾轉難眠，索性起身走到窗邊，伸手推開了窗子，而幾乎在同時，旁邊的窗子也被打開，盛言風就住在隔壁那間房。

安樂公主伸手撐在窗框上，偏頭看向盛言風。

盛言風的表情有些意外。

安樂公主就這樣安靜地看著盛言風，最後還是盛言風開口道：「公主，還沒睡？」

安樂公主反問道：「你不也沒睡？」

盛言風回道：「屋子裡太悶了，睡不著，開個窗透透氣。」

安樂公主莞爾，道：「我還以為你聽見了蛐蛐兒聲，準備下去院子裡抓蛐蛐兒呢！」

盛言風愣了愣，隨即反應過來安樂公主所言為何事，笑道：「沒想到妳還記得此事，我還以為妳早就忘了。」

安樂公主睇眼看他道：「我怎麼可能忘記？被人用蟲子嚇這種事情，長這麼大也就那一次。」

盛言風無奈地解釋。「那時我真沒想嚇妳。」

安樂公主看著盛言風此刻在月光下越發好看的臉，單手支著下巴問他。「你後來為什麼不來宮中了？」

盛言風道：「那一次回去後，我可沒少挨罵，後來我爹擔心管不住我，便不怎麼願意帶我去宮中赴宴了，再之後我年歲已長，也不適合時常入宮了。」

安樂公主抬頭看著外面的月色，記得後來很長一段時間裡，她都盼望著父皇能在宮中舉辦宴會，這樣她就可以和這個新朋友一起玩了。不過一次、兩次、三次，每次的結果都令她失望，便也慢慢地忘記了這個人。

盛言風看著安樂公主的側臉，微微出神，腦海中不自覺地將面前這張嬌俏的面容，同記憶中那張軟乎乎卻義正辭嚴地擋在自己身前、為自己攬下錯誤的娃娃臉相融合。這次來京，他最大的收穫就是重新遇見了安樂公主。

那日在暢文苑中，雖隔得有些遠，但盛言風一眼便認出了安樂公主，看著她躲在舒清淺身後，只露出大眼睛的模樣，那些久遠到本以為已經遺忘的記憶，忽然全部湧回他的腦海。原來當年那個愛哭鼻子的小女娃，已經出落得如此端莊美麗了。

盛言風知道以他的身分，本不應與皇家公主有太多牽扯，但每每看到安樂公主時，他卻又忍不住想要靠近她。從他十歲之後，便學會了不再感情用事，不過此刻面對著眼前的人，似乎這一切都成了空談。

「盛言風。」安樂公主收回看著月亮的目光，轉頭看向盛言風，問道：「你這些年過得不開心嗎？」她記得以前的盛言風特別愛笑，現在如果不是私下裡與她兩個人在一起的時候，幾乎不怎麼看到他笑了。

盛言風不解地道：「為何這樣問？」

安樂公主伸手指了指自己的眼睛，道：「因為眼睛不會騙人。」

盛言風倒是樂了，笑話她道：「妳怎麼變得神神叨叨的？」

安樂公主不高興地瞪他。「你又取笑我！」

盛言風忙擺手道「不敢」，頓了頓後，方開口道：「長大之後，要面對的事情多了，自然不會像小時候那般無憂無慮。」

他看著安樂公主正靠在窗框上，專心瞧著他的模樣，忍不住笑道：「不過妳倒是沒怎麼變，還是和小時候一樣。」一樣招人喜歡。

安樂公主皺了皺鼻子道：「道理我都懂，不過我還是喜歡看你笑起來的模樣。」

盛言風聞言笑道：「那以後在妳面前的時候，我一定多笑。」

夜風微涼，後院的蟋蟀聲起起伏伏，原本明亮的月光也漸漸被雲層掩去。

安樂公主輕掩著嘴，打了一個哈欠。

盛言風關心道：「夜深了，快去歇息吧，明日一早還得繼續趕路呢。」

安樂公主確實有些乏了，便朝盛言風揮了揮手。「我先睡了，你也早些休息。」

見盛言風點頭後，安樂公主便伸手關上窗子，吹滅燭火後上床睡覺——竟是一夜無夢，睡得極為安穩。

次日一早，舒清淺推開房門後，正好碰上同樣走出門來的章昊霖。「三殿下，早。」

章昊霖見舒清淺一副沒睡好的疲累模樣，問道：「可是昨晚沒休息好？」

舒清淺無奈地揉了揉眉心，道：「許是有些認床，作了一夜的夢，早上醒來時，竟覺著比沒睡還累。」

章昊霖擔憂地道：「今日路過集市時，我讓人去給妳買一些安神——」

章昊霖的話被一旁推門出來的蕭簡打斷。「三殿下、舒二小姐，這麼早。」

舒清淺笑道：「蕭公子也挺早的。」

「舒二小姐這是沒睡好？」蕭簡見舒清淺並不是很有精神的樣子，急忙開口詢問道。

舒清淺笑了笑，道：「尚可，畢竟出門在外，比不上家中。」

蕭簡熱心地道：「我那裡有從西南帶來的安神香，過會兒拿一些給妳，包管妳今夜能睡個好覺。」

章昊霖在一旁聽見，忍不住看了蕭簡一眼，卻沒有開口。

舒清淺也不推辭，畢竟還有好些時日方能抵達西南，若是天天睡不好也不是個事兒，於是道謝道：「那便先謝過蕭公子了。」

「小事一樁。」說著蕭簡問二人道：「咱們先下去吃些早飯吧？」

章昊霖與舒清淺同意，三人便一道下了樓。

三樓上剩下的兩間房內，安樂公主與盛言風則因為昨夜聊太晚，此時還在夢鄉中。

掌櫃的為眾人準備了豐盛的早餐，章昊霖他們三人已經吃得半飽時，安樂公主方與盛言風有說有笑地下了樓。

舒清淺的目光落在那兩人身上，總感覺經過一個晚上，這兩人之間的距離似乎拉近了不少，一旁的蕭簡開口道：「靈曦倒是與晉王挺熟的樣子。」

章昊霖看向安樂公主與盛言風。他作為兄長，十分清楚地知道此刻安樂公主臉上的笑容是發自內心的，絕非平日面對生人時那種疏遠、得體的笑容。

安樂公主走近後，見眼前的幾人都在看著自己，不禁好笑道：「你們都看著我做什麼？難不成我臉上有髒東西？」說完還伸手摸了摸臉。

舒清淺笑道：「臉上沒東西，漂亮得不得了，趕緊坐下來吃飯吧。」順便招呼一旁的盛言風道：「晉王殿下也一起吧。」

盛言風點頭微笑，與安樂公主各自尋了空位坐下。

已經吃飽的蕭简開口問盛言風道：「晉州與西南相鄰，不如晉王殿下與咱們結伴同行如何？」

蕭简此話一出，盛言風尚未開口，安樂公主便先贊同道：「表兄這個提議好，總歸是一條路，結伴同行還能熱鬧些。」

盛言風點頭同意道：「如此甚好。」

幾人吃完早餐後，便繼續趕路。

由於舒清淺昨夜實在是沒有睡好，所以在馬車裡坐了一會兒，便昏沈沈地睡了過去。再次醒來時，馬車裡已經只剩下她一人，舒清淺正想問問車夫現在是什麼時辰，車窗的簾子從外面被人挑了開來。

舒清淺抬頭看去，發現是騎著馬的章昊霖，於是問道：「現在什麼時辰了？」

章昊霖道：「剛過午時。」

舒清淺揉了揉腦袋。「這一覺竟睡了這麼久。」

章昊霖伸手從車窗外遞給她一包東西，道：「這是剛剛路旁在賣的酥油餅，靈曦嚐過說很好吃，我留了一些給妳。」

舒清淺接過紙包，笑道：「多謝三殿下，我正好有些餓了呢。」

章昊霖笑道：「估計再半個時辰便能到下一處集市了，妳先吃些餅墊墊肚子，到了集市之後，咱們再尋地方吃飯。」

舒清淺問道：「靈曦呢？」

「她說在馬車裡怕吵到妳，騎馬到前面去了。」章昊霖指了指前面道：「過會兒妳要是覺得在車裡悶了，也可以出來跑一圈。」

舒清淺拆開紙包，拿出一塊酥油餅，邊吃邊道：「等吃完以後我便出去騎會兒馬，這一直坐著，腿都僵硬了。」一口餅下肚，舒清淺忍不住讚道：「這餅真不錯，您要不要也來一塊？」

章昊霖搖了搖頭道：「我剛剛吃過了，妳自己吃。」

聞言，舒清淺也不再客氣，繼續吃著手中的餅。

馬車外的章昊霖透過車窗，看著舒清淺滿足的模樣，他突然開口問道：「我過幾日要從雲城繞道去西南，妳可要和我一起？」

「雲城？」舒清淺抬頭看向章昊霖，問道：「可是與西南相鄰的那座商貿之城？」

章昊霖點頭，解釋道：「離京前，父皇命我順路去雲城探查一下當地的情況。」

舒清淺毫不猶豫地同意道：「我早就聽說雲城有來自各地的商人與各種見都沒見過的小玩意兒，我當然要跟您去！」

其實剛剛話一出口，章昊霖自己便先愣了一下，雖沒什麼大事，但畢竟是公務，他本來準備自己一人去雲城的，卻不知為何竟鬼使神差地開口邀舒清淺與他一道。不過，如今話已問出口，章昊霖沒有後悔，反倒有些期待舒清淺能與他同行。

章昊霖笑道：「到時從雲城往西南，咱們還可以走水路，那兩岸的風景甚為獨特。」

舒清淺聞言，眼睛都放光了，頗為期待地看著章昊霖道：「三殿下可一定要記得帶上我一起啊。」

安樂公主正騎著馬跑在車隊最前面，盛言風擔心她跑得太快，控制不住馬兒，便追了上去，提醒道：「這馬與妳不熟，騎慢些。」

安樂公主不以為然地道：「我雖很少騎馬，但這匹馬一看便是隻溫順的，這點速度我還能駕馭，你可不要小看我。」她朝盛言風使了一個白眼。

盛言風無奈地道：「我怎麼會小看妳，不過是擔心妳的安危罷了。」

安樂公主朝他扮了個鬼臉道：「我發現你怎麼比我宮中的嬤嬤還要囉嗦？」

盛言風聽見也不惱，只是笑著跟在安樂公主身側，時刻注意著她，不讓她有任何危險。

由於擔心錯過西南王的壽辰，章昊霖算了算時間，提前數日便與車隊分行，帶上舒清淺與石印等幾名親信，一路騎馬往雲城而去。

安樂公主原本也想一起去看看，不過一來章昊霖不同意，二來聽說要走水路，安樂公主是個會暈船的，所以一聽到這第二點便立刻打消了念頭，隨著馬隊與蕭簡、盛言風繼續一路往西南去了。

看著舒清淺與章昊霖絕塵而去的身影，安樂公主還是有些惋惜。「聽說雲城家家有花，四季如春，和京中景致極為不同。」

盛言風看著安樂公主嚮往的模樣，笑道：「我晉州城內的景致也不比雲城差，且百姓比雲城更為好客，妳若真想見識一下，直接去晉州便是了。」

安樂公主笑道：「到了西南之後，我定是要去晉州看一看的，這可是那日在宮中你答應過我的，你可別想要賴。」

「怎麼會？」盛言風笑道，伸手遞給安樂公主一盒吃食。「這是一些糕點，妳過會兒帶上馬車，路上可以吃一些，若是無聊了，便差人來隊伍前面喊我一聲便是。」

安樂公主接過食盒，笑咪咪地點了點頭。「盛言風，你人可真好。」

第二十八章　雲城

與車隊這邊慢悠悠的行進不同，章昊霖與舒清淺一行人是快馬加鞭、一路疾馳，短短兩日，便已騎了數百公里。

驛站內，眾人下馬休息，幾名隨從在給馬兒洗刷、餵草料，章昊霖與舒清淺則坐在一旁的樹蔭下喝茶休憩。

「累嗎？」章昊霖開口詢問。

舒清淺仰頭喝下一大口茶，頗為豪爽地搖了搖頭道：「不累，我反倒覺著這快馬加鞭，比一直坐在馬車裡要痛快多了。」

章昊霖笑道：「照著這速度，估摸著明天中午之前便能趕到雲城，等到了城裡，咱們再好好休息。」

舒清淺期待道：「我已經有些迫不及待了。」

尚未進城，舒清淺就已經能感受到這雲城的繁榮。城外有各色馬車和說說笑笑的人們在官道上行駛，與京城郊外官道上慢悠悠的景致不同，這邊的馬車與行人大都行色匆匆。

舒清淺忍不住笑道：「這雲城真不愧是商貿重地，看看這些馬車的速度，便知道車中的人都趕著去賺銀子呢！」

章昊霖也跟著笑道：「妳倒是挺會想的。」

二人說話間，正好迎面而來一支隊伍，為首之人穿著官服，顯然這就是雲城知府。那人在章昊霖跟前下馬行禮。「下官趙希仁，見過三殿下。」

章昊霖示意他不必多禮，先進城再說。

進城後，趙希仁見舒清淺似乎對街市很感興趣的樣子，許是出於主人的心態，他主動介紹道：「從此處去衙門，只須穿過一條滿是異域商人的街道。舒小姐若感興趣，不如讓下官陪小姐一道走去府衙？」

「好呀！」舒清淺毫不猶豫地答應下來，畢竟異域商人什麼的，一聽便很有特色的樣子。她又忍不住問趙希仁道：「可這會兒都已過晚膳時分了，街道上還會有人嗎？」

趙希仁笑道：「舒小姐放心吧，這雲城的夜市，甚至比早市還要熱鬧呢！」

走在趙希仁口中的異域商人街道上，舒清淺頗為好奇地打量著擁有各色頭髮與眼睛的商人們，他們的長相與穿著打扮都與京中人士相差甚遠。雖然以前在京中偶爾也能看見異域商人，但這麼多的異族，舒清淺還是頭一次見到。

這些商人顯然都認識趙希仁，一路走過來，這些口音奇特的商人們紛紛熱情地與趙希仁打招呼。趙希仁顯然也早就習慣了這種待遇，亦十分熟稔地與這些商人聊上幾句。

「趙大人，這二位是您的朋友？」一位金髮碧眼的高大異族商人向趙希仁問道。

趙希仁笑道：「這二位是從京城來的貴客。」

「哦，原來是貴客——」那異族商人帶著濃濃的口音，拖著長長的語調，說話十分有趣。異族商人隨即從自己的攤位上取來兩頂花俏的帽子，熱情地為章昊霖與舒清淺戴上，又朝二人行禮道：「貴客，你們好，送給你們的帽子。」

舒清淺伸手摸了摸自己頭上的帽子，又看了看章昊霖頭上的那頂，似乎有些滑稽，但她的心情倒是很不錯，學著那異族商人行禮的模樣，回了一禮。「謝謝你，帽子很好看！」

一旁的趙希仁見狀，臉上的表情有些微妙，卻也沒有多說什麼。

走過那個攤位後，章昊霖伸手想將頭上那頂帽子取下，舒清淺連忙攔住他道：「人家這麼熱情地送您帽子，現在還在後面看著咱們呢，您當著人家的面摘下來，多不禮貌。」

章昊霖回頭見那商人果然還在目送著他們，那商人見他回頭，又熱情地朝他揮了揮手。他無奈地看了看舒清淺頭上那頂花色與自己的差不多的帽子，一時間也不大好意思取下來了。

一路走過，其他商人依舊熱情地與趙希仁打招呼，但在看到舒清淺與章昊霖頭上的帽子後，都會更加熱情地同他二人問好，並一臉喜氣地不斷往他二人手中塞些糖果和糕點。於是等章昊霖與舒清淺好不容易穿過這條並不算長的街道，抵達府衙後，兩人手中已經捧著滿滿一堆吃食了。

章昊霖與舒清淺愣愣地對視了好一會兒，最後舒清淺方開口總結道：「這雲城裡的商人真的好熱情。」

雲城府衙內，廚子已經為眾人準備好飯菜。

由於天色已晚，再加上一天的折騰與舟車勞頓，章昊霖與舒清淺都打算直接在自己房間中用晚膳。

舒清淺正在銅盆前洗手時，一位小丫鬟敲了敲門走進來，手中提著一只食盒，道：「舒小姐，奴婢叫萍兒，給小姐送飯菜來了。」

舒清淺用一旁的帕子擦乾淨手，朝萍兒笑了笑，道：「擺在桌上就好。」

桌子上還放著剛剛經過街道時，那異域商人贈送的帽子與糖果、糕點。萍兒邊動手收拾著桌子，邊對舒清淺道：「原來小姐新婚燕爾，奴婢先向小姐道喜了。」

舒清淺一臉的莫名其妙，問萍兒道：「為何這樣說？」

萍兒指了指桌上那頂帶有異域風情的帽子，道：「這帽子不是小姐的嗎？」

舒清淺點頭。「是我的。」

萍兒將帽子與糖果、糕點全收拾到一旁空著的案几上，繼續道：「除了小姐這兒有一頂帽子，是不是還有另一頂？」

舒清淺在桌前坐下，實話道：「是啊。」

萍兒打開食盒，將裡面的菜餚一一擺上桌，笑道：「這不就得了。」

舒清淺更加疑惑了。「這頂帽子有什麼問題嗎？這是剛剛在外面的街道上，一位異域商人送給我的。」

萍兒為舒清淺盛好米飯與湯，見她一臉不解的模樣，開口解釋道：「這種帽子是希琉族人專門用來贈送給新婚燕爾的伴侶們的，有著同舟共濟、永結同心之意，而戴著這種帽子走在路上的新人們，都會收到代表著眾人祝福的糖果與糕點。」

聞言，舒清淺看了看案几上的那一頂帽子與一堆糖果、糕點，恍然大悟道：「我就說剛剛在街市上，那些人怎麼都笑得如此喜氣洋洋。」舒清淺笑著搖了搖頭，思及自己方才還不讓章昊霖取下帽子，頗有些尷尬地道：「這笑話鬧得還真不小。」

萍兒為舒清淺布完菜後，道：「舒小姐，奴婢就在外面，小姐若還有什麼需要，喊奴婢一聲就行。」

舒清淺朝萍兒點點頭，道了聲「有勞」後，萍兒便提著空食盒先行退了出去。

她吃了幾口飯菜後，目光又不自覺地落在那頂帽子上，心下不禁好奇——要是章昊霖知道了這頂帽子的含義後，不知會是何種表情？不過，依照她對章昊霖的瞭解，估計他只會面無表情地與自己談論這希琉族的風土人情吧。

次日上午，舒清淺推開房門後，便看到了等候在院中的章昊霖。「三殿下，早啊。」

章昊霖看著她神清氣爽的模樣，笑道：「睡得可好？」

「這倘門客房中的被褥都有淡淡的香味，昨晚是我離京後睡得最好的一晚了。」舒清淺深深地呼吸了一口清晨的空氣，有些疑惑地問章昊霖道：「咦，好像有什麼香味，您聞到了嗎？」

章昊霖笑道：「妳過會兒出了院子就知道了。」

舒清淺也只是隨口一問，並沒有深究這香味的來源。「對了，您是在等我嗎？」

章昊霖點頭道：「妳昨日不是說想要逛逛這雲城嗎？我便在此等妳一道出門。」

「真是受寵若驚。」舒清淺笑道：「三殿下竟然在等我。」

章昊霖不理會舒清淺的調笑，只道：「收拾好了嗎？收拾好了咱們現在就出門。」

舒清淺摸了摸肚子，問道：「您吃過早飯了嗎？我還沒吃早飯呢。」

「咱們出去吃。」章昊霖道：「趙大人給我介紹了一家很有特色的早點鋪子。」

舒清淺迫不及待地道：「那咱們趕緊出門，我正想吃吃看這雲城裡的特產美食呢！」

走出院子，舒清淺看到院外一排排五顏六色、見都沒見過的漂亮花朵，瞬間明白了剛剛自己嗅到那空氣中的淡香來自於何處。她對章昊霖笑道：「看不出這趙大人還挺風雅的，居然在府衙內種下這麼多花花草草。」

章昊霖回道：「不是趙希仁風雅，在這雲城中，由於氣候與風俗的緣故，幾乎家家戶戶都會種花養草，等過會兒去到街道上，妳便知道何為花團錦簇了。」

出了府衙後，章昊霖帶著舒清淺欲從昨日來時的那條異域街道穿行而過，舒清淺思及那兩頂帽子，有些猶豫地問章昊霖道：「不能從其他地方走嗎？」

「這條路是最近的了。」章昊霖解釋道：「若從其他街道繞行的話，得多走一大圈路，怕是等咱們走到那家早點鋪子，也吃不到東西了。」

思及美味的早點與昨日的尷尬，舒清淺毫無疑問地選擇了早點，於是便同章昊霖一道走進那條街道。

街道上依然有許多行人與商人，走在琳琅滿目的商品與人群之間，除了偶爾有幾家不算繁忙的鋪子前，會有昨晚塞過糖果給他們的商人與他們熱情地打招呼，大部分商人都在忙於買賣，並沒有注意到他倆。

舒清淺暗自鬆了一口氣，不過不待她慶幸完，一旁便傳來一個口音濃重且熟悉的聲音。「嗨，兩位貴客！」——是昨日送帽子給他們二人的那位大個子商人。

舒清淺朝大個子商人笑了笑。「早啊。」

「早！」那商人一手拿著昨日送給他倆的帽子，一邊問道：「你們怎麼沒戴帽子？」

舒清淺無語，要是再戴著那帽子還得了？

看著眼前這位一臉好客的希琉族商人，舒清淺也不便多說什麼，只是笑道：「那帽子有好好收著呢，咱們還有點兒事，回頭再和你聊。」說完，她便趕緊拉著章昊霖離開那商人的視線。

章昊霖被舒清淺扯著衣袖，快步往前走，他無奈地伸出另一隻自由的手，在她後腦勺上輕輕敲了一記。「這裡人多，妳走這麼快，當心撞到人。」

舒清淺這才稍稍放緩腳步，回頭看了看，發現那位熱情的大個子商人已經被路人給擋住了，她才吁了一口氣，抬頭看向章昊霖，解釋道：「這裡的商人太過於熱情，我是真的招架不住啊。」

「昨日他們比現在更熱情，怎麼也不見妳躲？」章昊霖毫不猶豫地戳破舒清淺的謊言，問道：「那帽子有什麼不對嗎？」

舒清淺看了章昊霖一眼，背著手便往前走去，邊走邊嘀咕道：「你倒是精明，我才不告訴你那帽子有什麼不對呢。」

章昊霖追上她，笑道：「看來果然是那帽子有什麼不對勁。快說，不然我就再去向那商人要兩頂。」

「您竟威脅我？」舒清淺不滿地瞪了章昊霖一眼，隨即繼續嘀咕道：「有本事你就再去要兩頂戴上，反正我也不虧。」

章昊霖看著她嘀嘀咕咕的模樣，覺得還挺可愛的，便又忍不住再逗她幾句，但不論他怎麼逗，她就是不告訴他那帽子的含義。

穿過這條異域街道後，兩人拐了個彎，只要再走過一條長長的巷子，便能看到他們要去的主街了。

舒清淺走在巷子中，看著巷子兩邊每家住戶的門口都擺著數盆鮮花，笑道：「我覺得這雲城不如改名叫『花城』，真是每走一步都能見到鮮花綠草。」

主街之上，比剛剛已經算得上熱鬧的異域街道還要熱鬧上千百倍。

舒清淺跟在章昊霖身邊走著，時不時便會被人群給擠散，章昊霖只能停在遠處等著她跟上來，幾次之後，舒清淺已經被擠得滿頭大汗了。

「這一大早的便這麼多人。」舒清淺拿出帕子，擦了擦額頭上的汗。「過會兒到了那早點鋪子，我一定要多吃一些。」

「正逢早市時間，再過一個時辰，人應該會少一些的。」章昊霖一邊解釋，一邊抬頭看了熙熙攘攘的人群，想了想後，他伸手道：「帕子給我。」

舒清淺不解，但還是依言將手中的素色帕子交到章昊霖手中。

章昊霖將帕子一角在自己的手指上繞了兩圈，又將帕子的另一端交到舒清淺手中。「捏好。」

舒清淺聽話地捏緊了帕子的另一角。

章昊霖舉起手，看著兩人被帕子連在一起的手，頗為滿意地道：「這樣就不會再被擠散了，走吧。」說完便放下手，繼續抬腳朝前走去。

舒清淺這才明白了章昊霖的用意。她捏著帕子緊緊地跟在章昊霖身後，抬頭看著他走在自己前面、為自己推開人潮的高大身軀，再低頭看了看兩人只隔著一小塊帕子的手，心中突然泛起一絲甜甜的滋味，似乎空氣中那淡淡的花香也變得越發濃郁了。

——未完，待續，請看文創風759《不娶閒妻》下

758

不娶閒妻 上

國家圖書館出版品預行編目資料

不娶閒妻 / 安小雅著. --
初版. -- 臺北市 : 狗屋, 2019.06
冊 ; 公分. --（文創風）
ISBN 978-986-509-011-1（上冊 : 平裝）. --

857.7　　108006513

著作者　安小雅
編輯　江馥君
校對　林慧琪　周貝桂
發行所　狗屋出版社有限公司
地址　台北市104中山區龍江路71巷15號1樓
電話　02-2776-5889～0
發行字號　局版台業字845號
法律顧問　蕭雄淋律師
總經銷　知遠文化事業有限公司
電話　02-2664-8800
初版　2019年6月
國際書碼　ISBN-13　978-986-509-011-1

本著作物由北京晉江原創網絡科技有限公司授權出版

定價250元
狗屋劃撥帳號：19001626
網址：love.doghouse.com.tw　E-mail：love@doghouse.com.tw